魔豆

裏八仙

卷三

蒼葵——著

裏八仙

卷三

目錄

楔子

月亮高掛在夜空，藉著手機螢幕的光，可以清晰看見上頭顯示的數字。

現在是十一點十五分。

「居然這麼晚了？走到家都不知道幾點了啊……」收起暗下的手機，方奎嘆了口氣，推推臉上的方框眼鏡，抬頭環望四周，路燈的光芒將他身邊景象照得一清二楚。

兩側豎立著圍牆，圍牆後是一棟棟沿著街道並列的屋子，大部分窗內已熄燈，這是個相當安靜的住宅區。

同時，對方奎來說也是有絲陌生的住宅區。

事實上，方奎家並不在這個區域——他是不小心坐公車坐過站了。

這名在夜間穿著便服、肩上還側揹著背包的少年，四十五分鐘前才結束了今晚的補習，並照慣例搭上公車準備回家，卻沒想到不小心打起瞌睡。這一睡，也錯過了要下車的那站。

幸好只有兩站。方奎在心裡安慰自己，大約走個半小時就能到了。而且自己是男生，走夜路也不用太過擔心。

沿著公車來時的路，方奎大步邁出，鞋底踏上地面發出的聲音一下下地傳入他耳中。

這條街真的很安靜，別說行人，就連車輛也少。不遠處仍亮著燈的便利商店成了此刻最題目的存在。

經過便利商店時，方奎忍不住頓住腳步，接著方向一轉，往店內走去。當他出來時，手中已多了一本由靈異節目「驚奇！你所不知道的超自然世界」所發行的最新書籍，《編輯親身體驗一百則撞鬼實錄2》。

方奎是這個節目的忠實支持者。

俊秀的臉上多了心滿意足的微笑，方奎覺得坐過站也不是什麼壞事，最起碼他買到之前一直找不到的書了。

如果不是還記得得趕緊回家，方奎說不定會忍不住拆開書，邊走邊看起來。他對這回收錄的鬼故事很感興趣，也想著哪天有機會要來投個稿試試。

但可惜的是，他身邊至今不曾發生靈異事……等等，如果是那個呢？方奎思緒忽地閃了一下，他想到這陣子學校陸續發生的意外。

認真說起來，那或許不能算發生在校內，不過當事人都是他們明陽高中的學生，這點無庸置疑。

方奎也不清楚是從哪時候開始，只知道目前為止學校已出現超過五個突然無法說話的學生，即使去醫院檢查，也找不出身體上的異狀。

照校方說法，這幾個學生是因課業壓力過大，心理一時難以負荷才會造成失語現象。

但方奎卻不怎麼相信學校說法。這幾個學生當中有一人是他高一時的同班同學，對方向來樂天開朗，成績也維持在中上程度，說什麼都不像忽然無法承受課業壓力。

而且短時間內有好幾名學生變成這樣，方奎越想越覺得不對勁。他微微皺起眉毛，假使不是心理問題，難道是有什麼不可思議的原因嗎？

「不可思議」四字讓方奎不禁暈眩了下，他對這類事物一向缺乏抵抗力，心中不由得生起一絲激動。

老天，我眞是笨蛋！怎麼沒想過可以自己調查，說不定眞會找到超自然事件的蛛絲馬跡。

只不過就在下一秒，方奎硬生生中斷了思考，連帶地也停下腳步。他東張西望，剛剛似乎聽到什麼聲音？

叮鈴——

沒錯，是鈴鐺聲。

關鍵的三字一浮上腦海，方奎就愣了。他瞬間醒悟到那不是幻覺，而是眞眞切切出現在耳畔的聲音。

眞的有鈴鐺在響，可是方奎的前方沒有人。他趕緊往後一望，後方也空無一人。

叮鈴——叮鈴——

鈴鐺一聲接一聲地響，細微卻又無比清晰。

方奎知道這絕對不是幻聽，他不死心地繼續搜尋四周，卻看不見自己以外的身影。

鈴鐺聲越來越近了，與方奎保持著一小段距離，而且很明顯，聲音來自後方。

方奎嚥了下口水，聽見喉嚨傳出「咕嚕」一聲。他連忙重新踏出腳步，看看是否能和那聲音拉開距離，心中則是緊張又夾雜著一絲奇異的激動。

該不會……眞的就讓自己碰上了靈異事件？

方奎緊抓著背包的揹帶，越走越快、越走越急；然而更奇妙的事發生了，那道細細的鈴鐺聲不但沒有被拋在後頭，反而還與他維持著一樣的距離，甩脫不掉。

月亮不知何時隱沒在雲層後，路上的照明只剩下路燈。這條街上，此刻僅有方奎一人。在這種時間、這種情況下，饒是對超自然事件抱持期待的方奎，也不由得緊張起來。未知的事物總是獨具魅力，但同時也最容易教人心生畏懼。

戴著眼鏡的少年埋頭急促地往前走，身後古怪的鈴鐺聲緊追著他不放。

抓著揹帶的掌心微微滲出冷汗，就在方奎憂心這鈴鐺聲該不會眞的要一路跟回家時，鈴鐺聲忽然不一樣了。

什、什麼？方奎心臟重重一跳，他聽見鈴鐺聲變得短促，彼此距離急速拉近。

叮鈴！叮鈴！叮鈴！

方奎連背上都淌出冷汗，搭在背包揹帶上的手指越發收緊，心臟好像要跳出喉嚨。他深深吸了一大口氣，下一秒，原本大步前行的雙腳硬生生停下。

他猛然回過身，想要知道身後究竟有什麼。

只是方奎連一聲「是誰」都還來不及出口，迎面就是一陣白霧似的東西飛快朝他撲來，眨眼間穿過他的身體快速離去。

方奎腦袋一片空白，他連那是什麼東西都沒看清楚。是白霧？還是白影？唯一清晰的是那陣白霧似的東西撲上時，留在臉頰上的一陣冰涼感。

方奎呆立原地，鏡片後的眼睛因錯愕而睜得大大的，左手不自覺鬆開，手上的書頓時掉落在路面。

聲響驚回了方奎的神智，讓他差點跳起，他慌慌張張地彎腰拾起書，再急忙轉過身，無奈什麼都看不見了。

前方的路燈靜靜地發光，燈下沒有白霧、沒有白影，什麼都沒有，包括方才一直如影隨形的鈴鐺聲，此時此刻也消失蹤影。

方奎呆了呆，驀地驚叫出聲：「該死！我居然忘記拍照了！」

懊惱襲上心頭，方奎將手機抓在手裡，他不肯輕易死心，停在原地的雙腳再次邁步，想追上前碰碰運氣。

是另一陣動靜阻止了方奎的追逐。

最開始，方奎壓根不知道那是什麼聲音，唯一能確定是從後邊高處傳來的，所以他反射性回頭向上望去。

然後，他嘴巴張成大大的O形，露出目瞪口呆的震驚表情。這次不只是左手的書再次掉落，就連肩上的背包也因爲忘記抓握肩帶，一不小心滑墜下來，發出沉重的聲響。

方奎現在的模樣，就像是他所目睹的畫面，比實際發生的事還要讓人吃驚數倍。不，就算說是吃驚數十倍也不爲過了。

就在一戶人家的斜面屋頂上，有抹水藍色人影居然直接從兩層樓高度躍下，身姿輕巧得如同飛鳥。

方奎覺得自己一定是在作夢，否則怎會看見有人像在表演特技一樣，輕輕鬆鬆地從那種高度跳下。而且那人有著水藍色的頭髮，一身皮膚更是蒼白到幾乎沒血色。

不僅如此，那名藍髮少年身上還穿著古代服裝。似雲似浪的圖紋隨著揚起的衣襬晃漾，腳下則踩著一雙水藍錦靴。

平時若見到這種打扮，方奎的腦中第一時間會浮現「COSPLAY」或是「拍戲」這兩個詞。問題是，現在可是將近午夜十二點，更何況又有誰真的能輕而易舉地從屋頂跳下？

過度震驚使方奎忍不住後退一步，卻沒踩穩，一屁股跌坐在地，脖子依舊仰得高高的。

藍髮少年似乎正追著什麼，注意力全放在前方，並沒發覺方奎的存在。他的兩隻袍袖向後揮甩，簡直像張開的羽翼，腳下錦靴俐落踩上狹窄的圍牆，幾乎沒有停滯，又一個騰躍。

手、手機！方奎反射性找尋手機，當手指一碰觸到手機，他不加思索，連忙按下拍照的按鍵。

即使拍了照，方奎還是無法移開視線，只能繼續仰首，看著那抹水藍色身影朝白霧消失的方向追去，躍過他的上空，在他臉上落下剎那陰影。

緊接著，有什麼無預警闖進方奎的視野。

他壓根還來不及反應，只知道有抹白色迅速向自己逼近，眨眼間侵佔了全部視野。與此同時，臉上也傳來重物撲擊的疼痛感。

突來的重量讓本就仰著脖子的方奎失去平衡，腦袋朝後磕上硬實的路面，發出響亮的聲音後，他暈眩地閉上眼。

「痛痛痛痛痛……」

「痛痛痛痛痛……」

方奎發出呻吟，可接著他發現這串呻吟怎會是雙聲道？除了自己，還有另一道男性嗓音。

方奎又睜開眼，只不過眼前顯然被什麼擋著，只看得到一片白。他伸手摸往臉上，將那不知是什麼的物體使勁扯開。

雙眼總算可以視物了，方奎撐起身體，用空著的另一隻手扶正歪掉的眼鏡，待視野恢復清晰，他將手上抓著的神祕物體舉高，與自己視線平行。

然後他又是一愣。

首先進入眼中的，是翠綠的顏色。方奎敢用鄰居的祖宗十八代發誓，那分明就是一種叫作「葉子」的東西；視線繼續往下移，連接在葉片底下的，是白白胖胖的長條形軀幹。假使將兩者結合起來——

方奎得說，眼前的東西，跟他昨天在超市生鮮區買到的白蘿蔔真是像得不得了。

除了他眼前的這根「蘿蔔」，不只有手有腳還有超顯眼的腳毛……噢，它甚至正用一雙圓亮圓亮的眼睛盯著自己。

「呃，俺只是一根平凡的蘿蔔，一點兒也不英俊、不瀟灑，你可以不用在意俺沒關係唷。應該說，請你千萬不要在意俺吧！」

方奎看見那根被他抓在手裡的人面蘿蔔，以過分開朗的語氣說道。

方奎沉默了三秒，這三秒內，他的腦海跑過許多想法，例如「我是不是也要自我介紹」、「是說出姓名就好了，還是要交換電話」之類的，不過最後歸納出的結論只有一條。

見鬼了！爲什麼蘿蔔有手有腳有臉還會說話？

「電池呢？開關在哪裡？還是說藏有什麼機關！」方奎猛然將人面蘿蔔翻了過來，拚命尋找任何可疑處。

這瞬間的方奎忘記了白霧，也忘記那抹消失的人影。他拉扯著人面蘿蔔的四肢，翻開它的葉片，還試圖拔下它的腿毛。

「該不會、該不會這是政府最新研發的蘿蔔型機器人？」

或許是方奎的動作太過突然，以至於人面蘿蔔一時忘記掙扎。直到它的腿毛根部傳來刺痛感，一回神，它才驚覺自己最有男子氣概的部位就要被玷汙了。

「咿！你想對俺的男子氣概象徵做什麼！」人面蘿蔔大驚，人面蘿蔔花容失色，「住手住手！夥伴！有人要對冰清又玉潔的俺非——！」

最後一個高亢的「禮」字還沒從喉嚨喊出來，街道上剎那間又恢復了平靜。他方奎還不明白發生什麼事，只感覺眼角似乎捕捉到轉瞬即逝的銀光，接著手中一空。他呆了呆，視線從掌心內抬起，卻發現在他的正前方不知何時站著一抹水色人影。

人影手中赫然拎著上一秒還在自己手裡的人面蘿蔔。最大的差別是那個人面蘿蔔此刻被銀絲緊緊捆綁著，只露出一雙眼睛。

現在……是怎麼回事？方奎蹲跪在原地，茫然地看著再次出現、穿著一身奇裝異服的藍髮少年向他步步逼近。

這麼近的距離下，方奎注意到對方臉上帶著笑，一雙眉眼就像是弦月一樣彎彎的，右頰上還有著奇特的火焰圖紋。雖然水藍的眸子裡毫無笑意，可那確實是一抹會令人不自覺放下心中戒備的微笑。

然後，那名少年在方奎面前蹲下，又綻放出一抹純良無害的笑容。

「不好意思，我會下手輕一點的。噢，電視上不是常常這樣演嗎？要讓人失去記憶，就是給予重擊之類的。」

再然後，方奎就什麼都不知道了。

他後頸一陣刺痛，眼前猛然襲上一片黑。在昏迷的前一刻，腦袋只有兩個念頭——

第一，這是哪門子的下手輕一點啊。

第二，他又忘記拍正面照了混帳！

「醒醒，醒醒，你還好嗎？」

耳邊有個聲音一直干擾著方奎，他的眉頭忍不住皺起來，想喝斥對方不要吵他休息，他好不容易才補習回來……等等！

方奎腦中一頓，所有記憶瞬間全數湧回。他急忙睜開眼，立時撐著身體坐起，只是這動作拉扯到脖子，他痛得吸了口氣，五官全皺在一塊，幸好疼痛很快就消退。

四周依然是陌生的街景，兩側有乾淨的圍牆、靜靜散發光源的路燈。

「小弟，你還好嗎？」

一道低沉平淡的男聲響起，沒什麼顯著起伏。

方奎習慣性地推扶一下眼鏡，然後循聲轉頭。在他左側，一名陌生但又似曾相識的男人，正微微皺眉看著自己。

似曾相識？方奎心裡狐疑，他應該不認識對方，但怎會用上「似曾相識」這個形容呢？

方奎沒有深思，摸了下還隱隱作疼的後頸，聽見男人問了一聲「站得起來嗎？」，他點點頭，左右張望一下，抓起地上的背包和書，這才慢慢站起。

方奎完全站直後，才發現面前的男人異常高大，身高明顯超過了一百九。

突然間，方奎驚喊出聲，「我想起來了！你是便利商店的……」

方奎總算明白自己爲何會有似曾相識感了，因爲不久前他買書時，就是對方替他結帳的。而會對一個便利商店店員印象深刻的原因，便是對方那引人注目的身高，以及不苟言笑的嚴厲面龐。

「這種時候並不適合在街上遊蕩，沒事還是趕緊回家吧。」男人淡淡說完後，就轉身離開，沒多問對方怎會在深夜昏迷於路邊。

「是、是的，那個……非常謝謝你的幫忙！」明明男人語氣無波，方奎卻有種被長輩責備的錯覺，令他忍不住縮了縮脖子。

重新揹好背包，將新買的書塞進包裡，方奎摸出手機看看時間，十一點半。也就是說，他沒昏迷太久。

心裡一突，方奎迅速抬頭，發現便利商店店員還未走遠，他三步併作兩步，匆忙追上。

「先生，不好意思！先生，我想請問一下！」顧及現在時間已晚，方奎不敢喊得太大聲，怕吵到附近住家。

幸好前頭的男人有聽到他的叫喚，只見對方停下腳步，回過身，略挑的眉梢透露出疑問。

方奎也知道自己唐突，但他有事想弄清楚。

他一路跑到男人面前，喘了幾口氣才問道。

「請問……你剛才有在這附近看見我以外的人嗎？一個年紀和我差不多的男孩子，穿著奇怪的衣服，頭髮和眼睛都是藍色的，看起來弱不禁風，好像隨時會昏倒，但其實手刀超有力的。我剛就是被他打……」

看著男人無表情的臉，方奎的聲音越來越小，最後他乾笑幾聲。

「不，沒什麼。不好意思，你就當我什麼也沒問吧。」

方奎醒悟到自己這番話顛三倒四，聽在別人耳中，只怕會當他撞到腦子。倘若再說出自己還瞧見了一根有手有腳的人面蘿蔔，那麼他恐怕會被視作瘋子。

「我只瞧見你一人而已。」

沒想到男人還是回答了，可惜說出來的答案與方奎心底猜想的一樣。

方奎也不失望，只是輕吁口氣，規規矩矩地向對方再次道謝。等男人往相反方向離開後，他又拿出手機，三兩下點進相簿。

方奎打開相片，唇角勾起，笑容越咧越大，鏡片後的眼眸燃起興奮及狂熱的光彩。

沒錯，並不是他在作夢，一切都不是幻覺！

手機螢幕被一抹水藍色背影佔據，對方奔馳的姿態宛如飛鳥。

方奎興奮極了，這可是他碰上的第一件不可思議事件。夜裡從屋頂躍下的神祕少年，還有一根會說話的人面蘿蔔……

方奎深切感受到，體內熱愛超自然的血液沸騰了起來。

他邊急促地踏上返家路，邊靈活地將手機畫面從相簿切換到通訊錄，一下就找到他要尋找的人名。

才剛按下撥號鍵，方奎又聽見身後傳來聲音。或許是夜間街道太過安靜，才使得不大的說話聲傳進耳內——是便利商店店員在講手機。

方奎沒有回頭，他不是那種會豎起耳朵、好奇聆聽陌生人談話的人。很快地，他撥出的電話接通了，一道甜美的少女嗓音傳入耳中，那是他青梅竹馬的聲音。

於是寂靜的街道上，不同的方向，男人與少年，他們各自講著手機，彼此間的距離也越來越遠。

男人的聲音——

「抱歉這麼晚打擾你，林先生。雖然很冒昧，但我待會兒是否能上門拜訪？請不用擔心，我會直接從采和房間窗戶進去，我有事想找他談一談。啊啊，關於做事不知輕重及粗心大意這兩方面。是的，非常感謝你。」

少年的聲音——

「曉愁，是我。我當然知道現在幾點了，還沒十二點就不算半夜。妳明天早上早點到學校，順便通知阿湘一下，我有東西要給你們看。我們超自然同好會，這回說不定有事情可以做了。欸？什麼事？就讓我先賣個關子，不過我可以先透露一點……呼呼，我這次很有可能拍到貨眞價實的外、星、人了。喂，曉愁，妳別掛我電話！曉愁！」

最後，誰也聽不見誰的聲音，夜色環繞的街道重獲寧靜。

壹 天台上的三人組

明亮的陽光灑落下來，天空是晴朗的蔚藍色。

陽光下，來自不同方向的學生們正陸續走進校門，不時還可以聽見相識的人彼此道早。

潔白的襯衫搭上格紋裙或格紋長褲，有些人還會加上一件綠外套，這正是明陽高中的制服。明陽高中在中部地區稱得上是知名私立學校，今天正式開始暑期輔導，這也是爲什麼暑假還有學生會出現在校園中。

掛著一雙明顯睡眠不足的熊貓眼，方奎打著呵欠，慢吞吞地越過守在校門邊的糾察隊，往二年級大樓走去。

昨晚他幾乎沒什麼睡，爲了查閱外星人的資料，方奎將自己的藏書全挖出來。但不論是《超簡單！快速！三分鐘讓你認識外星人》、《小心田裡的青蛙也可能是外星人》，還是《超萌☆外星人七十二變！四十八手！三十六計！》等書，裡頭都沒有與藍髮少年及人面蘿蔔相關的敘述。不過，他倒是找到了一直以爲不見的《萵苣星人與高麗菜星人的愛恨情仇》。

方奎忍不住又打了個呵欠，心裡已經盤算著第一節課時，要不要假借身體不舒服，溜到保健室去睡一覺？否則只怕待會兒就要直接睡給英文老師看了。

由於早自習尚未開始，一路走上樓，教室外的走廊上都可以看見學生聚集聊天的身影。

每層樓都鬧哄哄的，就像夏季給人的感覺，既熱鬧又浮躁。

方奎的教室在四樓，踏進走廊一抬頭，就可以瞧見寫著「二年五班」的班牌。和一、二、三樓一樣，這層樓也能望見不少學生還逗留在走廊上。

「早！」

「班長早啊！」

「方奎早安。」

「唔哇！方奎你昨晚是幹什麼去了？」

和方奎打招呼的，有些是班上同學，有些是隔壁班的。其中幾人看到他臉上的黑眼圈時，忍不住大呼小叫。

方奎吞下差點又滑出的呵欠，端起自信的笑容向那些人道早，順便拍開湊上前來、想研究他黑眼圈的好奇分子。

「去去去，再看下去可是要收費的，看一次五百拿來。」方奎揚揚眉毛，不客氣地向同學索取觀賞費用，立刻換來鄙夷的眼神。

正當方奎揹著書包要走進教室，他敏銳地發現到，氣氛好像變了。鬧哄哄的音浪變小，就連離他最近、杵在門口旁聊天的兩名男生也中斷談話。兩人的目光看往同一方向，眼中燃起愛慕的火花。

這情況方奎相當熟悉，他的心底響起警告，想要回頭，然而腦袋剛發出指令、身體還來不及配合行動的瞬間，一個重量猛然撲上他的後背，壓得他差點喘不過氣，甚至雙腳一彎，險些就要當場跌跪下去。

同時間，兩條潔白柔軟的手臂從方奎頸後伸出，用力地圈住他的脖子。

「早安啊，方奎。」

似乎不知道自己的舉動讓人呼吸困難，一道笑吟吟的甜美女聲響起。

方奎挺直了背脊，任憑屬於女孩子的兩條手臂圈在脖子前。他偏過頭，正如他所料，一張俏麗甜美的臉蛋映入眼裡。

那是個留著短髮的女孩，偏淡的色素使得她的髮絲看起來接近褐色，皮膚也較爲白皙。加上捲翹濃密的睫毛和明亮有神的大眼睛，看起來就像是精緻的洋娃娃，身上的夏季制服更彰顯出她的俏皮。

此刻，這名吸引大部分男生目光的女孩親親熱熱地掛在方奎背上，臉上帶著甜甜的笑，用只有對方聽得清楚的聲音說。

「方奎先生，你眞是好大的膽子，叫我們早點到校，自己卻拖到這時候才來？你說，該怎麼處罰你才好啊？」

「所以我這不就趕來了嗎？」

方奎拉開掛在身上的手臂，他轉過身，推推眼鏡，直視正雙手抱胸、眉眼俏麗、但唇角笑意卻有一絲風雨欲來意味的女孩。

像是感受到一絲危險，他慢吞吞地說：「我想說妳昨夜掛我電話，應該不會早到，沒想到妳還眞的這麼早來學校，曉愁。還有啊，妳也改改妳的習慣，不要老是撲上來。」

「我高興撲不行嗎？」余曉愁哼了一聲，誰也沒看見藏在髮絲下的耳朵染上一抹紅。像是爲了掩飾什麼，她露出一朵更甜美的笑容，目光轉向還杵在五班教室門邊、傻盯著自己不放的男生。

「同學，可以麻煩你幫方奎放一下書包嗎？」余曉愁一邊問，一邊將方奎肩上的書包拉下來，「不好意思喔，你們的班長就借我用一下吧。」

也不等被塞了書包到手中的男生回話，余曉愁的笑容越發燦爛，目光又轉回自己的青梅竹馬身上，白皙的手指毫不客氣地扯住方奎的耳朵。

眾目睽睽之下，余曉愁就這麼拉著方奎往樓梯間走去。

還留在走廊上的學生不明白事情怎就往這方向發展了，倒是隱約可以聽見有人在讚歎那名短鬈髮女孩連拉人耳朵的樣子都好可愛。

方奎翻翻白眼，自家青梅竹馬的性格他哪會不清楚。外表嬌俏可愛，甚至還被人私下稱爲二年級之花或是明陽之花。問題是那個性……有時強勢到連自己也吃不消。

不過，這也是余曉愁的獨特魅力就是了。

余曉愁拉著方奎走去的地方，是通往頂樓的樓梯。

事實上，二年級大樓只有四層樓，更上方是沒有屋頂的天台，擺放著水塔。平常沒什麼人會去那裡，因此成了超自然同好會聚會的好去處。

說起超自然同好會，乍聽之下像社團名稱，但說穿了，不過是三人組成的小小團體。由喜愛並相信超自然現象的方奎發起，然後強迫他的兩名好友非得入會不可。

同好會的宗旨就是研究、尋找，或是討論那些無法用科學解釋的事件，可惜至今為止並沒真的發現什麼。最常進行的活動反倒是自封會長的方奎，不斷推銷自己珍藏的書籍，強迫另外兩名會員一起看。

現在正揪著方奎耳朵的余曉愁就是同好會的成員之一。她曾不只一次表明自己是看在青梅竹馬的份上，才願意掛名的。

至於另一個成員——

「對了，妳剛說……我們？」維持著有點困難的走路姿勢，方奎尾隨在余曉愁後方，一步一步踏上通往天台的階梯，「意思是阿湘也來了嗎？」

「那當然。」余曉愁回過頭，扔給方奎一記白眼，「你看看人家多好心，為了你那什麼外星人宣言，還特地起個大早到校。結果呢？某個始作俑者卻是姍、姍、來、遲。」

「我是不小心查資料查太晚……」方奎咕噥著，心裡也有絲不好意思。

沒對這話做出回應，余曉愁鬆開扯著方奎耳朵的手，推開眼前的鐵門。隨著門縫漸大，大把大把的陽光也跟著照耀過來，一片藍天攤展在方奎前方。

方奎瞇了下眼，一下子從陰暗轉換到光亮，他的眼睛有些吃不消。他抬手遮擋著日光，環視天台一圈，看得到矗立的水塔，看得到兩側的一、三年級大樓，偏偏就是沒看見他們同好會的第三名成員。

「阿湘？」方奎納悶地喊了一聲，就連身邊的短髮女孩也感到困惑。

「奇怪了，難不成是先回教室……」余曉愁忽然中斷句子，她看到方奎露出一抹好氣又好笑的笑容，伸手指向他倆的斜前方。

定睛一看，余曉愁先是一愣，隨即也忍俊不住地笑了。

就在他們斜前方，被架高的水塔下，露出一雙穿著格紋長褲的腳。

「阿湘？」方奎又喊了一聲，這回他看得清清楚楚，水塔後的雙腳遲疑地動了。先是極小的一步，接著是第二步，再來是第三步。雖然移動得緩慢，不過確實正往外走出來。

然後，那雙腳終於走到水塔邊側。

下一秒，探出的是一把撐開的紫色雨傘。

沒錯，不是誰的腦袋，而是一把打開的紫色雨傘。

方奎和余曉愁毫不吃驚，他們相當有耐心地等候。果然就在下一秒，一張年少面龐自傘下、自水塔後探了出來。

那是一張年輕的臉，雖說不會讓人誤認性別，可那張臉對這年紀的男孩來說，卻又過於秀氣纖細了。

現在，這張秀氣的面龐上，一雙眉毛垂垮著呈現倒八字，嘴唇也不安地微抿。

一言以蔽之，這是個給人畏縮怕生感覺的美少年。

這名少年，就是超自然同好會的第三名成員，韓湘。

方奎、余曉愁，加上韓湘，這三人在明陽高中內光憑外貌就已頗爲搶眼。但最受注目的卻是韓湘，幾乎全校師生無人不知。原因很簡單，並不是他那張秀氣的臉孔，而是因爲他總是隨身攜帶紫色雨傘。

不知道爲什麼，韓湘這人禁不住太陽曬，本人的說法是身體不好，所以不管有沒有下雨、陽光大不大，他在室外都會撐傘。

曾有一回，某個學生惡作劇搶了韓湘的傘不肯還，沒料到韓湘竟是腿一軟，昏了過去。剛好經過的方奎扶住了他，問清緣由後，馬上沉下臉，毫不客氣地狠罵惹事的學生一頓——這也是方奎和韓湘的相識過程。

「阿湘，出來吧。方奎這小子說有東西給我們看呢。」余曉愁露齒一笑，俏皮地皺皺鼻尖，「沒什麼好看的話，我就押著他到游泳池做魔鬼訓練。」

「喂喂，饒了我吧……」泳技可說等於零的方奎大皺眉頭，「不會游泳又不會怎樣。而且曉愁妳不是幾乎都天天押著我去了，就不能放我幾天假嗎？」

「你這什麼態度？本、本小姐親自教你不好嗎？一般人可沒這種待遇呢！」余曉愁有些惱怒地說，白皙的臉蛋閃過一抹薄紅，也不知道是被方奎氣的，還是因爲其他。見方奎狐疑地盯著自己，她掩飾地輕咳一聲，迅速端起笑靨，「決定了，阿湘，把魔鬼訓練換成我們一起揍他吧。」

「咦？揍揍揍……曉愁，這不好吧？揍、揍人，是不好的行爲啊。」韓湘說起話來有時會結巴。他面露緊張，似乎怕余曉愁眞的依言而行。

「我說笑而已呢，阿湘你太緊張了啦。」余曉愁笑得甜美，眸子眨呀眨的，「最多……嗯，最多，我們就罰方奎跟你吃一樣的午餐好了。」

方奎這下可笑不出來了。他想到韓湘的飲食習慣，立即將腦海內浮上的菜色全部打馬賽克，以免食欲降到最低點，他自認永遠做不到韓湘那地步。

「我最近腸胃不太好，就別這麼折磨我了。況且……」話鋒一轉，方奎挑高眉梢，看著等待下文的兩人。他勾起唇角，從口袋拎出手機晃了晃。

「況且我也沒說沒有好東西呀。」

方奎的笑容得意洋洋，就像偷吃魚而饜足的貓。

「你拍到了？」余曉愁腦筋轉得快，一下猜到對方拿出手機炫耀的原因。見方奎但笑不語，她好奇極了，「你拍到什麼？快給我們看呀！」

方奎也不賣關子，直接點進手機相簿，昨日拍到的照片就在第一張。他將照片放到最大，好讓同伴能看清楚。

兩顆腦袋幾乎要抵在一塊，兩雙眼睛全盯著照片中的水藍色背影。

水藍色的髮絲，水藍色的古怪衣著。

余曉愁眼中瞬間有什麼閃了閃，彷彿一抹晦暗陰影，但眨眼就消失，教人無法察覺。

「這什麼啊？」留著俏麗短髮的女孩率先抬起頭，眼神不滿，「你要給我們看的就是這種東西？這是哪來在玩角色扮演的傢伙？」

「嘿，這可不是什麼角色扮演！」方奎正經道：「我可是親眼見到這人從屋頂直接跳下，而且他身邊還有一根會說話的人面蘿蔔！」

「那蘿蔔呢？」余曉愁露出不相信的表情，「方奎先生，你昨天半夜打電話給我，就是爲了這個？」

「沒過十二點不叫半夜。」方奎乾脆地把自己打擾人的事推得一乾二淨，「我沒騙妳，我看得一清二楚。這人像是飛一般地從二樓跳下，頭髮、眼睛都是藍色的，臉上還有奇怪的花紋。憑我超自然同好會會長的第六感，我告訴你們，這絕對是外星人！」

余曉愁用憐憫的眼神看著朋友，「方奎，你是眞的唸書唸太累了嗎？就叫你不要晚上補習了，你好好地待在家裡不就好了嗎？」

「我還不至於唸書唸到產生幻覺。」方奎也有點不高興了，他板起俊秀的臉，轉向另個成員尋求支持，「阿湘，你也覺得一般人不可能在半夜從屋頂上跳下來，而且還……」

方奎突然閉上嘴巴，眼中閃動錯愕，忍不住懷疑自己是不是看錯了。因爲他的朋友，那個總是一臉愁苦、畏縮怕生的韓湘，居然睜大了眼，滿臉震驚神色。那眼神，簡直像巴不得將手機螢幕裡的人影刺穿，以確認眞假一樣。

不僅如此，韓湘甚至突然一把搶過了手機，雙眼緊緊盯著如同飛鳥般的水藍色背影，鼻尖都快抵上螢幕。

不管是方奎還是余曉愁，都不曾見韓湘露出這般表情。他們心下詫異，對望一眼，在彼此眼中見到滿滿不解。

「阿湘，你怎麼……」方奎的話來不及問完，就見韓湘又做出令人措手不及的動作。

韓湘將手機塞回方奎掌心，臉上有著慌張和驚惶。

「是在哪裡拍的？」五官精緻秀氣的少年伸手抓住方奎肩膀，「是、是哪裡拍到的？方奎，你是在什麼地方拍到小……拍到這個人的？」

「咦？什、什麼地方？」

韓湘難得一見的逼問，讓方奎破天荒地結巴了。這時的方奎全然忘記運用他靈活的腦子，否則他就會發現韓湘差點喊出了某個名字。

「我記得……我記得是在朝陽路附近……」

抓在方奎肩上的力道驟然鬆開，韓湘一手仍緊握傘柄，喃喃重複對方透露的路名，「朝陽路，也在豐陽市裡……怎麼、怎麼會這麼近？」

「阿湘？」余曉愁放輕嗓音，語氣柔和，「你該不會，知道方奎見到的人是誰？」

即使女孩聲音已放得輕柔，韓湘依舊受到驚嚇。他如同驚慌失措的小動物，猛地拉開與朋友的距離。那一大步退得又急又快，方奎與余曉愁壓根反應不過來，他們吃驚地看見韓湘用力擺手，眉眼驚慌。

「不不不不認識，我根本就不認識小……不認識這個人！」韓湘素來細小的聲音居然拔高了，「我只是看這人的背影……有點像我認識的另外一個人，真的只是有點像而已。所以我猜這個人也跟那個人一樣，都是不該靠近的！」

從韓湘的態度來看，方奎拿他們校長剩下的那一綹頭髮發誓，這話絕對有鬼！

「阿湘。」方奎上前一步，決定對韓湘曉以大義。好朋友是不能互相隱瞞的，特別是牽扯到超自然事件的時候。

可沒想到，方奎不過上前一步，韓湘就立刻壓低傘緣，遮住自己的半張臉，不與對方對上眼。

「總、總之，方奎你和曉愁千萬別靠近小……這樣的人。這種人，這種類型的人，很可怕的！他會笑容滿面，然後將你家的門徒手拆下，更會呼蘿……不對，是呼人巴掌，踩人、綁人，還有將人吊在屋簷下！」

說到後來，韓湘的聲音都拔尖了。也不管朋友有沒有聽懂，講完這一大段話，他急急忙忙跑向通往四樓的門口。

不到一會兒，那抹纖細身影就消失在方奎和余曉愁的視野內。

寬敞的天台上，頓時只剩下兩人呆立的身影。

「阿湘他，他是怎麼了？」半晌過去，呆愣的方奎才找回發聲能力，「他剛剛用來舉例的……是他朋友嗎?那根本就是虐待狂吧，那種個性。」

「誰知道呢?」余曉愁這句話說得極輕，眼眸中有一抹方奎看不見的若有所思，「管他是虐待狂也好，被虐狂也罷，那都……」

方奎沒機會聽余曉愁說完話，因爲代表著早自習開始的鐘聲，清晰無比地響遍整座校園。

「慘了，我還沒去拿考卷，我們班要英文小考啊!」余曉愁低呼，俏麗臉蛋染上緊張。

「我也得回去點名才行!」方奎跟著往四樓跑。

誰也沒再多說什麼，匆忙地跑下樓梯，離開陽光明亮的天台。

這時的方奎還不知道，過不久，他將面臨一個意想不到的衝擊。

貳 以轉學生之名

明陽高中暑期輔導的第一天無比熱鬧，另一端，同在豐陽市的林家大宅卻是一片混亂。

客廳裡，掛在米白色牆壁上的時鐘顯示著現在時間。

七點三十分。

一名穿著休閒服的男人正皺緊眉頭，嘴唇不悅地抿成一條線，左腳則不耐煩地打著拍子，雙手環在胸前。男人站在客廳中央，脖子仰高，一雙眼睛銳利地盯著二樓走廊，不時還轉頭瞄向時鐘。

「林川芎，你是怎麼了？一早就心情這麼差？」打從川芎維持這姿勢站在客廳裡，就一直在旁觀察他的中年幽靈，再也忍不住好奇地問道。

約翰望了下川芎盯著的方向，是二樓。

二樓有川芎的房間、莓花的房間、何瓊的房間，以及藍采和的房間。

此刻，林家么女早已起床，正在廚房裡幫昨夜不知因何到來的曹景休準備早餐——見識過川芎等同負值的廚藝能力後，曹景休便以誠懇又有些強硬的態度提出由他負責早餐的請求，好彌補深夜的冒昧打擾。

「嘿，林川芎？」見川芎沒回應，約翰又叫了一聲，還伸出半透明的手在他眼前揮了揮。

川芎忽然放下環抱胸前的手，正當約翰竊喜著今天的黑底白花襯衫果然大大提升自己的存在感，卻沒想到對方竟看也不看他一眼，反而邁上前，一張俊臉徹底鐵青。

下一秒，憤怒的吼聲響徹林家大宅。

「藍采和！三分鐘內再不把自己打包好下來，我就請曹先生親自叫你起床！」

這聲大吼不僅響徹林家上下，亦驚動了在廚房忙碌的一大一小。

「哎？小藍葛格還沒起床嗎？」一顆小腦袋從廚房內探出，莓花好奇地看向客廳及二樓。

「要我去叫他嗎？」又一人探出身體，借住一夜的曹景休沉聲說道。接著他瞄了眼時鐘，英挺的劍眉當即緊鎖，「抱歉，林先生，我這就去叫那孩子起床，免得他耽誤事情。」

話說完，曹景休雙手在有小熊圖案的圍裙上擦了擦，大步走出廚房。只是人還沒來到樓梯，二樓已瞬間爆發出乒乒乓乓的聲響。

緊接著，二樓走廊上的兩扇門幾乎同時打開，兩抹旋風似的人影衝了出來，還可以聽見他們發出慌慌張張的喊叫。

「哇啊！我起來了！眞的起來了！所以景休你完全不用做任何事，拜託你絕對不要再做任何事！」

「我我我、我也起床了！哪，阿景，這都要怪小藍不好！他昨天明明說會來叫我的！」

「哪有這回事？我才沒答應這種會危害生命的事呢！而且我也不是故意要睡過頭的，誰教景休昨天訓話到三點多……噢！爲什麼景休你還能那麼早起？」

少年的聲音，少女的聲音，此起彼落地交疊成一首急促的樂曲。

不到數秒，兩抹身影便衝到樓梯最底端，在曹景休面前站定。

相貌嚴肅的男人依舊一副不苟言笑的姿態，他俯視神情難掩緊張的秀淨少年與嬌美少女，然後淡淡地問：「東西都準備好了？」

藍采和與何瓊互望一眼，乖乖回答道：「都準備好了！」

「很好，那麼去吃早餐吧，待會兒會有人來接你們。」曹景休表情緩和，他伸手摸摸藍采和的頭，看似平常的舉動，卻又透出一絲疼寵，「今天的早餐是莓花幫我一起做的。」

「眞的嗎？我們莓花眞厲害！」藍采和綻出欣喜的笑容，大力誇獎林家么女。

只不過被誇的一方不像往常般露出害羞又開心的表情，反倒睜著一雙圓亮大眼，怔怔地盯著藍采和瞧。一張小臉逐漸浮上紅雲，最後染成紅艷艷的顏色。

不僅如此，就連人生以莓花爲中心、患有重度戀妹情結的川芎，也沒有對藍采和的那句「我們莓花」發火，相反地，他也一臉發怔，薄薄的面皮染著紅。

唯一的差別，在於林家長男盯著的不是藍采和，而是何瓊。

「莓花？」

「川芎大哥？」

這下子換兩名年輕仙人不解了，他們趕忙低頭檢視自己的裝扮。釦子有扣，拉鍊有拉；他們又摸摸頭髮，也沒亂翹，全身上下照理說沒有不對勁才是。

「林川芎和妹妹是看你們的新衣服看傻了啦。」

從出場到現在還沒被注意到的約翰決定自立自強、主動出擊。他飄到林家兄妹旁，好心地解釋，同時也問出心底疑問。

「欸，少年仔和小姑娘，你們今天怎麼穿得特別不一樣？這打扮……不是學生制服嗎？還有手上的書包……明陽高中？咦咦咦？你們要去學校唸書？但你們不是仙人嗎？」

約翰會如此吃驚也是正常的，因爲現在站在客廳的藍采和與何瓊，兩人的衣著都不是平時的T恤、牛仔褲及墨綠西裝；取而代之的是白襯衫加格紋長褲或格紋裙，外邊罩了件深綠外套，手裡抓了個寫有「明陽高中」的黑書包。

不論怎麼看，都是一副要出門上學的高中生模樣。

「約翰？」中年幽靈這回出聲，確實引起了曹景休的注意。這名高大的男人轉過頭，劍眉挑高，漆黑的眼珠浮上詫異，「你是什麼時候進來的？」

這句毫無惡意的話瞬間像箭矢一般，重重戳刺在約翰脆弱的大叔心上。

穿著黑底白花襯衫的幽靈顫抖著肩膀，發出悲憤無比的哭喊。

「什麼時候進來？什麼時候進來？我一直都是這個家的資深房客，壓根不曾出去過啊！我就知道，人類和仙人都是不懂得愛護大叔的種族！太過分了！我明明就是超稀有、外面絕對買不到的中年大叔幽靈啊啊啊！」

大叔心受到傷害的約翰一邊哭叫，一邊像陣風似地衝回相當於自己房間的地下室。那抹半透明的身子剛沒入門後，隨即又探出半透明的手臂，反手大力貼上一張大大的字條——

非大叔不准入內！

「那傢伙……忘記這是誰家了嗎？」川芎險惡地彈了下舌頭，額角青筋不住躍動。

「別這麼說嘛，川芎大人，大叔心和蘿蔔心一樣都是很纖細的。」

又一道嗓音無預警傳來，藍采和手中的書包開口被一股力量由內向外推開，一截頭頂翠綠的白色物體冒了出來。

「噢，川芎大人，你覺得俺今天的打扮怎樣？俺可是特地搭配小藍夥伴的呢！」

說著，阿蘿驕傲地挺起胸膛，上頭繫了條黑領帶。

……裸體領帶？川芎揮開瞬間竄上腦海的專有名詞，他隨意瞥了一眼，視線重新回到制服打扮的藍采和與何瓊身上，然後臉忍不住又紅了。

白襯衫加上格子裙，這樣的何瓊在川芎眼中耀眼得逼人。

「川芎大哥，是不是有哪裡不適合？」女式西裝穿慣了，何瓊對於川芎此刻的默不作聲有絲不安，她拉拉裙角，「這樣會不會讓其他學生看出破綻？」

「怎麼會不適合？小瓊妳就是太適合了……咳，不，沒事。」發現自己的語氣有些激動，川芎急忙咳了咳，心中則打定主意，晚點不管威脅或利誘，都一定要叫藍采和幫他拍一張何瓊的制服照。

不知林家長男心中所想，藍采和將阿蘿狠狠地壓進書包底部後，蹲下身認真地和滿臉通紅的莓花平視。

「莓花覺得我穿這樣不好看嗎？」膚色蒼白，襯得眉眼墨黑的少年柔聲問。

「沒沒沒沒沒有不好看！」莓花結巴地喊，小臉蛋紅得像要滴出血。她躲在川芎身後，縮了下身，又慢慢地探出頭，「小藍葛格……小藍葛格這樣穿比莉莉安裡面的王子還要帥！很帥很帥！」

再次從書包內偷偷鑽出的阿蘿望著眼前這一幕，覺得彷彿看見空氣都變成粉紅色。

唔嗯，不管是川芎大人還是莓花小姑娘，似乎都對制服缺乏抵抗力呢。

「采和、小瓊，我想我應該提醒你們。」無論在何種情況下，聲音永遠平淡沉穩的曹景休開口，「人界的高中生，八點十分就開始上課。」

而現在，已經七點過四十分了。

林家大宅又一次響起少年與少女的驚呼。

「糟糕！我們快遲到了，小瓊！」

「早餐早餐！小藍，這是你的份！」

眼見兩抹身影慌亂地扔下書包、衝入廚房，川芎忍不住搖頭嘆氣。

「葛格，小藍葛格和小瓊姊姊爲什麼要去上學？」莓花拉拉兄長的衣角，眨著充滿困惑的眸子，「神仙也要上學嗎？」

川芎彎身，一把抱起妹妹，「莓花，還記得東海爺爺吧？因爲啊，東海爺爺有事拜託藍采和他們，所以他們才要去上學的。」

沒錯，關於藍采和與何瓊必須冒充學生混進明陽高中就讀一事，這一切正是源於東海主任的請託。

明陽高中是一間中部頗負盛名的私立學校，校長與東海主任是有著數十年交情的老朋友。而在前一陣子，明陽的學生陸續發生了怪事。

出事的學生都是暑假到學校進行社團活動，卻沒想到會在社團活動結束後無法開口說話。突來的情況急壞了學校和家長，但即使送到醫院進行精密檢查，依然找不出原因。最後，醫院方面也只能推測是心理因素，或許是壓力過大造成的。

不過短短一個月，已經出現了七個擁有相同症狀的人。

而其他參加社團活動的學生也知道這件事，他們不太相信這是心理方面的疾病，畢竟那七人都是課業中上、個性也積極開朗的同學……

於是一些古怪的傳聞開始在學生之間悄悄流傳。例如可能是詛咒，或是幽靈作祟。更甚者，還有人說這是明陽高中七大不可思議引起的。

學校自然知道這些傳言，眼看暑期輔導即將開始，爲了避免引起不必要的恐慌，決定先請七位學生在家休養幾天，看情況是否能改善。

同時間，明陽高中的老校長也急著想調查事情的眞相。事關校譽，萬一影響到明年的招生，那可就是天大的問題了。

在一次偶然的機會下，老校長將此事透露給東海主任。像這種難以用常理解釋的現象，東海主任第一時間就想到眞實身分爲仙人的藍采和等人，他立刻找來在自己補習班工作的鍾離權商量。

既然是平時照顧自己甚多的東海主任請託，鍾離權自是不會拒絕。只不過他本身還有補習班老師的工作，曹景休也在便利商店上班，呂洞賓則是帶著擬幻寶珠返回天界了。這麼一來，人選頓時只剩下藍采和，以及碰巧從天界歸來的何瓊。

正好，這兩人的乙殼姿態都是十六、七歲，以「轉學生」的名義進入明陽高中調查，可說再適合不過。

在老校長的安排下，今日藍采和與何瓊便要進入明陽高中二年級就讀。

「這就是人界的高中嗎？」望著矗立在車窗外的巨大建築物，藍采和睜大了眼，眼中有著讚歎，「感覺眞了不起耶，小瓊。」

「我也覺得很了不起啊，小藍。」和同伴一樣，何瓊亦是一臉敬佩。

不論是佔地廣大的前庭、長條形的建築物，或是正從校園內走過的學生，都令第一次來到學校的兩名仙人感到十分新奇。

車內兩人仍出神地望著外邊景物之際，車門被人打開了。

「小藍、小瓊，你們再不出來的話，眞的會遲到喔。」

一張斯文俊雅的面龐探入車內，蓬鬆的髮辮順勢滑落至胸前，負責接送年輕小輩到校的鍾離權，露出溫和又隱含催促的笑容。

「出來吧，我帶你們到教師辦公室。」

少年和少女乖乖地依言而行。

或許是還未到下課時間，加上又是前往辦公室所在大樓，一路上他們並沒有遇到太多學生；但只要碰上，男學生往往是邊盯著何瓊邊紅了臉，女學生則總是偷瞄向鍾離權。

很快地，二年級導師專用的辦公室就出現在眼前。

藍采和與何瓊被安排進入的班級是二年五班，教室位於二年級大樓的四樓。

老校長顯然打過招呼了，見到來報到的兩人後，五班導師沒有多問，直接帶著他們往教室走去。

「小藍。」還沒走近教室，何瓊壓低音量與同伴咬著耳朵，「川芎大哥和阿景的交代你可要記好了。記得控制你的力氣，小心不要破壞學校的東西。總之，就是別引起騷動。」

「放心好了，這些我都記得。」藍采和也小聲做出保證，他一點也不想替川芎他們帶來不必要的麻煩，「阿權也說有問題就打電話給他、景休，或是哥哥，再找不到人就找校長。」

聽見同伴做出保證，何瓊安心不少。她知道身旁的少年向來說到就會努力做到。

但即使藍采和與何瓊多麼希望不要引起騷動，他們卻忘記了，這個世界上還有「意外」的存在。

意外，往往就是防不勝防、猝不及防、無法可防。

跟隨著老師的腳步，何瓊與藍采和一前一後走進二年五班的教室。一踏進去，耳畔便傳來男同學興奮的躁動聲。毫不在意大半視線都集中在何瓊身上，藍采和握著粉筆，與何瓊一起在黑板上端正寫下自己的名字。

何瓊。

藍采和。

其中一個跟神話故事中八仙相同的名字，立刻引來講台下的竊竊私語，雖然馬上就在導師一聲不悅的「安靜」之下，迅速化爲鴉雀無聲。

感受著班上的安靜，寫完名字的藍采和轉過身，正當他準備開口自我介紹，視線隨意瀏覽同學一圈，然後，準備好的說詞瞬間哽在了喉嚨。

藍采和的雙眼與台下的一個男學生對上了。

對方戴著一副方框眼鏡，五官俊秀，散發著知性感。最重要的是，藍采和認得那張臉！

月夜下，寂靜的街道上，有誰跌坐在地，目瞪口呆地望著自己……

過於震驚讓藍采和大腦一片空白，唇邊的微笑倏然凝住。他看見對方和自己對上眼後，眼內先是浮現狐疑，接著狐疑成了錯愕，最後再轉爲不敢置信。

下一秒，藍采和看見那名少年猛地站起，弄響桌椅，伸出手指著自己，大叫一聲——

「是你！」

參 八卦，是最好的情報來源

藍采和現在眞的後悔了，可惜這世上不賣後悔藥，不管是天界或人間都一樣。玉帝在上，他昨晚應該叫茉薇過來，然後將那名人類少年的記憶抹掉才對！

即使內心如此懊惱，但藍采和表面依舊掛著招牌般的笑容，他眉眼彎彎，唇角也彎彎，頰邊還有著淺淺的酒窩。

現在是下課時間，藍采和身邊圍繞了幾個對轉學生感到好奇的女孩。她們嘰嘰喳喳，時不時丟出問題，例如他是從哪邊轉來的、與何瓊認識嗎、以前的學校怎麼樣啊……

這些問題，藍采和都按事先準備的說詞一一回答，偶爾他會用眼角餘光瞄向兩個方向。

一是何瓊的座位。

與藍采和相比，何瓊身旁狀況才叫驚人，幾乎大半男生都圍上去了。從人群間隙可以望見雙馬尾少女唇畔含笑，極有耐心地應對面前的眾人。

藍采和的視線繼續瞄往下一方向。那個位子是空的，顯示主人此刻不在。事實上，那是屬於戴著方框眼鏡少年的座位。

少年名叫方奎，是二年五班的班長，也是師長眼中品學兼優的好學生。唯一比較特別的是他相當喜歡超自然現象，甚至和朋友私下組了超自然同好會，同時也是「驚奇！你所不知道的超自然世界」節目的忠實觀眾。

以上這些資料，全是何瓊在上課時寫小紙條扔過來的。她幾乎不費吹灰之力就從周遭男同學那裡獲得自己想要的消息。

發現方奎不在位子上，藍釆和自然鬆了口氣。

雖然當時方奎在大叫出「是你」後，很快地又以「我認錯人了」搪塞過去；可藍釆和清楚，那只是給其他人聽的說詞而已。證據就是，自己離開講台、坐到位子上之前，方奎的視線一直銳利無比地投射過來，彷彿想直接將他剖開一個洞，挖出裡面的眞相。

目前是乙殼姿態的藍釆和並非眞的擔心方奎會大肆宣傳昨夜的事，但他也不願在學校裡惹出麻煩，更不想讓人追根究柢地逼問。既然如此，那麼就由自己主動躲避方奎吧。

突然有一隻手臂在藍釆和眼前揮了揮。

「……釆和？藍釆和？藍釆和同學？」一名女同學納悶地湊近，她眼睛圓圓、眉毛細細，眼中閃動的是不解面前少年爲何忽然出神的困惑，「你有聽到我說的嗎？」

「咦？哎，對不起，妳剛是問……」藍釆和連忙拉回心神，他仰頭，又是純良無害的笑，墨黑的眼眸就像是夜空掛著的弦月。

那是一抹容易招人喜歡並放下心防的微笑，幾個原本有些不滿新同學分神的女孩，頓時被笑容吸引了目光。

「我是問……」最先開口的女孩眨眨圓亮的眼睛，一擊手掌，總算再度抓著問題的尾巴，「噢，你說你是利光高中轉來？那個啊，聽說利光……嗯，你知道的嘛！」

注意到藍采和露出了困惑神情，女孩用手肘輕撞身邊的朋友，「欸，妳說啦，明明就是妳最想知道的。」

「什麼我最想知道？妳們敢說妳們就……」

被輕撞一下的女孩不敢置信地瞪向把問題推到自己身上的朋友，可她又想起新同學還等她們解釋，給了其他幾人一記「妳們給我記住」的眼神，女孩掩飾尷尬地咳了一聲。

「呃，藍采和，聽說利光……是不是真的有那個啊？就阿飄啊！聽我唸利光的朋友說，你們那邊時常有靈異事件出現耶！」

上勾了！聽到女同學提出的問題，藍采和不動聲色，心裡卻暗暗一喜。

其實藍采和根本不知道利光高中是怎樣的一所學校，更別說有沒有靈異事件。會設定它為自己待過的上一所學校，是由川芎決定的。

「用本身就流傳許多鬼故事的學校當話題，比較容易問到明陽是不是也有什麼奇怪的事件。小鬼們老是喜歡比來比去，連靈異事件的多寡都可以拿出來比較一番。」

這是林家長男當時的說法。

「還有，不要用那種閃亮的眼神看我，很噁心。反正小說家這種人編東西、想理由最會，我也希望快點解決事情，免得某個掛名幫傭的小鬼，沒辦法認真做幫傭該做的工作。」

「是啊，有人還曾編過『香蕉星人入侵電腦，將稿子偷走所以無法交稿』這個藉口。」

話題最後是在流浪者基地小說部之首的平淡吐槽中，宣告結束。

對於川芎的先見之明，藍釆和現在是感謝得不得了。他望著幾位興致勃勃的女孩，腦中迅速構思話語。

「我也有聽朋友提過，不過是眞是假……老實說我也不清楚，畢竟我自己沒遇上過哪。」藍釆和選了個曖昧不明的答案，接著笑吟吟地反問：「那這裡呢？明陽也有什麼不可思議的事件嗎？」

女孩們對望一眼，似乎在互相確認。

「是幾大不可思議啊？我們學校傳的。」

「六大？還是七大？」

「不過有幾個是假的，方奎他們都查過了嘛！像男廁裡的女鬼，女廁裡的男鬼……我一直覺得眞有這種鬼的話，根本就是變態了吧？」

「沒錯沒錯，我也這麼覺得！」

女孩們一時像是忘記藍釆和的存在，七嘴八舌地討論起來。

「還有什麼染血的第十三階樓梯，只有在特定時候才會出現。第十三階這個比較好笑，我們每一層樓的樓梯都超過十五階了啦。」

「池塘裡的人面魚也是假的，那是有人無聊在校長養的鯉魚上畫臉。哇啊，校長當初超生氣的！深夜時自動彈奏的鋼琴，這個聽起來也是很假。」

「游泳池的那個，好像就比較有可信度耶。」

「咦？妳說出現人影，下一秒又消失的那個嗎？我朋友也跟我說過，她是游泳社的，聽說就是他們社團的人看到，還不只一人呢！」

「討厭，這個聽起來很真耶！」

「不過最真實的……還是那個吧？」綁馬尾的女孩一說，另外幾人頓時安靜下來，她們似乎全明白「那個」指的究竟是什麼。

藍采和被挑起好奇心。也許接下來的內容，會跟那些無法說話的學生有關？但出乎意料的，幾個女孩再次對望一眼，有志一同地噗嗤笑了出來。

這下子，藍采和是真的愣住了，「請問……」

「是學生餐廳的不可思議啦，那個可是真人真事！」綁馬尾的女孩賣著關子，「我不說，藍采和你之後一定有機會看到，說了就沒驚喜感啦。」

「那個在明陽很有名呢。」圓臉女孩附和道：「哪天中午，你一定就會看到了。」

餐廳裡的不可思議？這聽起來跟自己的任務好像關係不大。藍采和沒放在心上，不放棄地繼續探聽他想知道的。

薔蜜姊說過，女高中生之間的八卦，向來都是最強情報！

「這些就是明陽的不可思議嗎？那最近……」藍采和擺出無比誠懇的表情，一雙眸子黑亮黑亮的，「最近有什麼比較特別的嗎？」

「最近喔……」細眉大眼的女孩沒有懷疑藍采和的動機，只單純地當他好奇。她皺起眉頭，好似在努力思索，「最近的話，大概就是有幾人不能說話了。」

墨黑如畫的雙眼瞬間掠過光芒。

「聽說是壓力太大才造成的。可是那幾人明明就是在暑假參加社團活動時忽然變成這樣。參加社團哪會有什麼課業壓力？」

「唔，我聽到的也是這樣。不過這件事問班長，可能會更清楚喔。」

「班長？」藍采和心中浮現不祥預感。

「就是剛剛把你認錯人的那個啊，方奎對這事也很感興趣。反正他……」

「只要是超自然現象他都有興趣！」女孩們嬉笑成一團。

隨即，某個女同學像是看見什麼，忽地舉起手，向著教室前門打招呼。

「班長！班長！藍采和有事情想問你呢，你快點過來！」

藍采和頓時一驚，飛快看向前門，居然是先前不見人影的方奎回到教室了。也不知道他是去忙些什麼，俊秀的面孔上有絲疲憊。

聽見有人喊自己，方奎下意識望過來。當他瞧見被幾個女生包圍的秀淨少年，臉上的疲憊立即褪去，鏡片後的眼眸甚至迸射出銳利光芒，接著就見他邁出大步走了過來。

藍采和暫時不想和對方有所接觸，就算方奎可能知道什麼內情，也得等他準備好一套無破綻的說詞才好接近。

他將目光移往仍被大批男生圍繞的同伴。

何瓊與藍采和認識了千年時光，憑眼神就能明白對方所想。

「班長，我有事想問你。」何瓊立刻笑吟吟地站起，往方奎走近，巧妙地絆住他。

趁這個機會，藍采和則是隨口找了「有些不舒服，想到保健室一趟」的理由，從書包中抓出一個似乎裝著錢包和手機的小提袋，迅速離開教室。

幾個女孩沒有懷疑他，在她們眼中，藍采和實在太弱不禁風了，彷彿一不注意就會暈倒。就連導師之前也曾提及，這個新同學的身體不好，要大家多加關照。

「但藍采和知道保健室在哪嗎？」圓臉女孩問。

「我看我還是追出去告訴他好了。」細眉大眼的女孩自告奮勇，不過當她正要跑出後門時，一抹人影氣喘吁吁地衝進來，差點和她撞在一塊。

「大……大新聞……」

衝進來的女同學喘著氣，一手扶著門框，一手拍著胸口。她抬起頭，聲音因喘氣而發抖，帶著掩飾不住的興奮與激動。

「保健室……保健室來了一位超帥的新老師！要命，眞的是帥得不得了！其他班女生也都衝去看了啊！」

這話一出，瞬間在教室內女同學之間引起大騷動。誰也沒注意到何瓊肩膀微顫，似乎在努力壓抑笑意。

而原先要追出去找藍采和的女孩更是雙眼一亮，趕忙衝出教室。

「等等，藍采和！我陪你到保健室……啊咧？」

細眉大眼的女孩呆立原地，走廊兩端早已尋不著那抹瘦弱身影。

離開教室的藍采和，自然不會知道後來班上發生的插曲。

不過，他卻不是朝著此刻正成爲關注焦點的保健室走去。藍采和原本就只是拿去保健室當藉口，所以他提著袋子，來到了沒什麼人的中庭。

望望四周，確定四下無人，藍采和拐進一棵大樹後。這附近有草叢，加上周圍樹木枝葉茂密，成了適合藏匿的好位置。

「你可以出來了，但還是小心點。」藍采和輕拍袋子，等待熟悉的蘿蔔葉冒出。然而等呀等的，袋口就是沒冒出人面蘿蔔，反倒不停傳來蠕動聲，還有嗚嗚嗚的呻吟。

藍采和納悶地拉開袋子，低頭往內一看。映入眼中的，卻是一根有手有腳的人面蘿蔔和一捆麻繩糾纏成團的景象。

蘿蔔是自家的，藍采和認得；麻繩是自己準備的，當然也不陌生。可問題在於這兩個東西照理說是分開的，怎會糾成了一塊？

「噢，夥伴。」手腳被縛的阿蘿向藍采和拋了記媚眼當作招呼，「俺只是想練個掙脫術。你知道的，身爲強大勇猛的人質搶救專家，還是要學會掙脫術比較好。不過俺也不知道爲什麼，掙脫到最後，繩子就是不肯離開俺。小藍夥伴，這眞是本世紀最大謎題耶！」

「是啊，那等你解開後再來告訴我吧，不管是謎題還是繩子。」藍采和露出溫煦如春陽的微笑，一雙眸子瞇得彎彎，然後冷淡無比地闔上袋口，任阿蘿繼續和麻繩相親相愛。

空氣濕涼，上頭的陽光只落了半分下來，部分照耀到的草地閃動著金光。藍采和背靠著樹幹，從口袋裡掏出前幾日川芎帶他去辦的手機。

手機桌布是林家兄妹的合照。川芎皺著眉、別開臉，一臉不耐；小莓花則笑得靦腆害羞，耳朵紅通通的。

原本茉薇和鬼針搶著想放上自己的照片當桌布，兩株植物甚至還變成了迷你體型，準備來場規模迷你的爭奪戰，好避免破壞太多東西。

不過下一秒，就被藍采和拎到旁邊扔著，手機也被沒收回來。

無視自家植物，藍采和漾開討好的笑，纏著林家兄妹讓他拍照，好設定成桌布。

瞧見川芎與莓花的合照，藍采和柔軟的眉眼變得更柔更軟了。他點進通訊錄，一下找到他要的人名。

——景休。

希望景休這時沒在上班……藍采和聽著從手機傳出的鈴聲，腦中思考目前得到的消息。

明陽高中裡有七大不可思議，但似乎只有兩個有可信度。一是游泳池的神祕人影，二是學生餐廳裡的……天知道到底是什麼？女生們只顧嬉笑，卻不肯多透露一句。不過有空的話，這兩個可以順便調查一下。

最麻煩的是二年五班的班長，方奎。藍采和怎樣也沒想到，昨夜撞見他眞身的少年，居然可能知曉任務相關情報。

這巧合還眞是教人感到困擾。藍采和嘆口氣，耳畔鈴聲突然變成一聲低沉穩重的單音。

「喂？」

「太好了，景休，我還怕你在上班呢。」聽見熟悉的監護人聲音，少年臉上不自覺掛起安心的笑容，眉眼笑得彎彎的。

「我今天輪休。怎麼了，該不會是惹麻煩了？」曹景休的聲音平淡中帶著笑。

「嘿！你把我當成什麼？」藍采和頓時不滿地拉高聲音，手中提袋則冒出一截蘿蔔葉。終於掙脫麻繩的阿蘿用小短手抓著袋沿，好奇地聽著藍采和與曹景休的對話。

「說起惹麻煩，小瓊她可不輸……哎，不對，我不是要說這個。」

藍采和再次瞄瞄四周，放輕嗓音。

「景休，你還記得昨夜的事嗎？我的眞身形態被人撞見的那……哇！停停停，求求你這時候千萬別再訓我話了！」縱使另一端尚未開口，可藍采和就是能從平靜中嗅到一絲山雨欲來的危險，趕忙出聲討饒。

開玩笑，昨晚景休可是抓著自己叨唸了三個多小時，內容主旨是關於做事不知輕重及粗心大意。現在當場再訓一輪，他眞的會吃不消。

「……那事我記得。」曹景休嘆息，像是拿少年沒辦法，「說吧，你的重點是什麼？」

「哎，其實重點就是……」明知對方看不見，藍采和還是忍不住擺出討好的表情。他小心翼翼地說道：「我在明陽看見他了。」

曹景休沒有回話，可藍采和清楚，對方這是在等自己繼續說下去。

「他也看見我了……」藍采和閉上眼，一鼓作氣地說出答案，「好吧，事實上他和我同班，而且還是我們班的班長，最大的興趣是研究超自然現象。」

曹景休仍是不說話，但藍采和已可以想像到對方整張俊臉沉下、眉頭緊鎖、眼神透出嚴厲的模樣了。他忍不住嚥嚥口水，喉頭滾動一下。

「采和。」曹景休語氣依然平淡，沒有太大起伏，「你幫我通知林先生一下，今天我會再去拜訪。」

「等、等一下！不是這樣的吧，景休！」藍采和瞬間白了臉色，哀叫道：「我是想請你幫忙想辦法，不是要找你來訓我話的啊！景休！你聽我說啦，景……！」

藍采和猛地閉上嘴巴，他掛斷通話，背脊僵直。

有誰從後方伸手搭上他的肩膀。

「藍采和同學？」手指的主人出聲喊了藍采和的名字，聲音有點熟悉。

目前裝扮成明陽高中學生的藍采和緊緊抓著手機，心臟幾乎要跳出喉嚨。

靠靠靠杯！居然是方奎！

肆 植物們的角色扮演

眼前的瘦小背脊猛地僵直，繃得像是下一刹那就會斷裂的弦線。

方奎心想，是自己太過唐突，才會嚇到對方，於是他放軟聲音。

「藍采和同學？」

手下的肩膀又是一震，可很快地，對方回過身，綻露出一抹無辜笑容，墨黑的眉眼彎成動人的弧度，如同夜空中的弦月，哪有半分受到驚嚇的模樣。

方奎愣了愣，忘記收回手指，幾乎以為剛才所見不過是場錯覺。

他猶在愣怔，藍采和已用最快速度穩定心緒。

「是？」藍采和繼續保持溫和的微笑，收起手機，眼角餘光不著痕跡地瞄向袋口，幸好阿蘿早一步躲進去了，「請問有什麼事嗎？」

「什麼事……」方奎一時反應不過來，他喃喃地重複藍采和的話，眼睛眨也不眨地直盯對方。除了眼色、髮色，以及右頰上火焰般的藍色花紋，面前的藍采和與自己昨夜見到的藍髮少年分明一模一樣。

這世界眞的有這麼剛好的巧合嗎？方奎不知道，所以他絕對要弄個一清二楚！

「我剛聽班上的人說了……」下一秒，他也揚起笑，好似前一刻的呆愣不曾存在，「你好像身體不舒服？保健室在那個方向喔。」

「咦？啊，我打算現在過去。」

摸不清方奎的意圖，藍采和謹慎回答。可出乎意料地，方奎卻主動拉住他的手。

「等……請等一下，我自己可以……」

「我帶你過去吧，照顧新同學可是班長的義務嘛！」不讓藍采和有機會說完，方奎不容拒絕地抓著人，大步前往保健室。

找不到理由拒絕，藍采和只能任由對方拉著走。

保健室離中庭不遠，只是才剛繞過一個轉角，藍采和便聽見陣陣喧鬧。有驚呼，有尖叫，全都是女孩子的聲音，而且越接近保健室，聲音越發清晰。

待藍采和被強制拉到保健室所在的走廊，眼前光景令他忍不住呆了呆。

女生、女生、女生，不管怎麼看，圍繞在保健室門口的，清一色全是女生。

穿著制服或體育服的年輕女孩們幾乎將保健室圍得水洩不通，一張張青春的面龐上染著興奮、激動的色彩。

「我的老天，這裡怎麼還是這麼多人……」方奎捂額，不敢相信地發出呻吟。瞥見藍采和目瞪口呆的表情，他無力地嘆口氣，「不好意思，今天保健室剛好來了一位新老師，所以女生們有些……咳，就是興奮了一點。」

藍采和覺得這顯然不是只有興奮一點而已。這幅光景令他想起多崎鎮舉辦選美比賽時，自家的兩株植物趁他一不留意跑到舞台上鬧事，引發出的騷動和現在差不多。

不，等等，難道說……藍采和驀地頓了下。他想起來了，今天來到明陽高中的，除了他與何瓊外，據說還可能會安插他家的植物。

當然，他們也是以人形姿態混進這所學校的，只是不知道會用什麼身分。鍾離權笑著表示，這樣才能帶來意想不到的驚喜。

玉帝在上啊！

當藍采和瞥見保健室門口出現一抹再熟悉不過的身影，換他想呻吟出聲了。

那是一名膚色蒼白的男人，眉眼雖然陰冷狠戾，卻絲毫不影響俊美的相貌。一頭烏黑長髮束在身後，身上還穿著一襲乾淨的白色長袍。

就連躲在提袋、在袋上戳了兩個洞窺看的阿蘿，也不禁瞠目結舌。

是鬼針，無論怎麼看，那分明就是原形爲鬼針草的鬼針沒錯！

瞧見鬼針露面，在場所有女孩立刻騷動不已。

「不不不不會吧！」衝擊的畫面使得阿蘿一時忘了不能發聲，它捧著臉頰尖叫起來，「爲什麼那個傲慢刻薄又小心眼的傢伙，可以COS成被漂亮姑娘包圍的保健室老師啊！照理說保健室老師不都該是前凸後翹，還會溫柔對你說『讓老師來教你一些大人的事』的火辣大美……嗚喔！」

阿蘿的尖叫瞬間斷成悶哼，淹沒在女孩們興奮的驚呼聲中。

「奇怪，剛剛好像有男人的聲音？」方奎狐疑地望望四周，覺得好像在女生的驚呼聲中聽到一陣格外突兀的尖叫。但放眼望去，這附近的男性同胞不過三人。

「是你聽錯了吧，班長？」藍采和以不會讓人起疑的真摯聲音說，不著痕跡地鬆開前一秒毫不留情掐暈阿蘿的手，「那個，班長，我想我還是晚點再來保健室好了。現在這情況……哎，好像也不太適合過去？」

方奎可以理解藍采和所說的「不適合過去」，光瞧見前方那群興奮狂熱的女生，就算有病有痛，也會忍不住打退堂鼓。他一邊評估衝破人牆的可能，一邊回頭看向仍讓自己拉住手臂的藍采和。

雖說是一臉笑意盈盈，可在走廊的陰影下，黑髮少年本就蒼白的膚色看起來更加蒼白了，幾乎毫無血色。病弱的模樣，完全不會讓人懷疑他下一秒昏倒的可能性。

估且不論藍采和身上是不是藏了祕密，撇除對超自然現象的熱愛，方奎也是相當盡責的班長，見不得同學哪裡不適。

「這種事情用不著擔心。」方奎生起了強烈的責任感，「保健室本來就是讓不舒服的人休息的，我這就帶你進去。」

問題是……我壓根不想進去啊！藍采和有苦說不出，卻也不敢使上太大力氣，以免惹來方奎的懷疑。

沒發現走廊另一端兩名男學生在拉扯，目前是保健室老師身分的鬼針，對於圍擠在保健室外的女孩們毫不掩飾臉上的不耐。

聽著耳邊越漸擴大的騷動，他的眼神也越來越陰沉。假使不是爲了藍采和，他根本不可能來這滿是幼兒期人類的地方——在鬼針眼中，十六、七歲的少年與少女和嬰兒沒兩樣。

鬼針本就不耐煩應對，他甚至是仙人和植物公認的刻薄、狠毒、沒耐心。

「沒病沒痛的全給我滾開！當這裡是什麼地方？」忍耐到極限的男人厲喝一聲，他音量不大，可每一字都像是冰雕成的，眼神更是狠厲得嚇人。那股氣勢頓時震懾住一干年輕小女生，原先的嘰嘰喳喳轉眼成了死寂。

望見這一幕的方奎咂了下舌，「靠，這老師也太凶了吧？」話一脫口，這名二年五班的班長就後悔了。他的聲音在一片死寂中格外清晰，立即引來眾女的注視。

被那麼多雙眼睛盯著瞧——有些人眼中還帶著惱怒，像是不滿他這麼說保健室老師——饒是自信如方奎，也覺得有絲膽怯。他嚥嚥口水，視線越過面前的女同學們，望向朝他們看來的男人。

奇異的是，這個新來的保健室老師居然緩和了臉上表情，周身氣勢也不再這麼嚇人。方奎雖覺詫異，但並沒有多想。

「呃，老師，我朋友不舒服，可以……」方奎抓準機會，打算藉此讓藍采和進去保健室休息，不過還未說完就猛遭人打斷。

「沒那回事，我沒有身體不舒服，抱歉打擾了。」藍采和哪會讓方奎把話說完，趁誰也來不及反應的當下，反抓住方奎的手臂，快步跑離保健室。

「等一下，藍采和！你明明看起來……嘿！藍采和你跑錯方向了，教室在那邊！欸，已經打鐘了耶！」方奎連忙想再拉住少年，然而施加在自己手臂上的力道大得驚人，任憑他怎麼使力就是掙脫不開。

吃驚於對方力氣之大，方奎正想喊些什麼來制止對方，跑在前頭的人卻忽然回過頭。

方奎閉上嘴，什麼話也說不出來了。他看見那張偏白的年少面龐上，漾出了一抹天真無害的笑容，可眸中卻半點笑意也沒有，凍得人後背發冷。

方奎呆了、傻了、懵了，他認得這抹笑容，昨夜那名藍髮少年在打量自己之前，就露出了這樣的笑。

如果世上有兩人長得如同一個模子刻出來，方奎還信，可就連微笑方式也一模一樣，說是不同人，無論如何都讓他難以相信。

*不會錯的，藍采和絕對就是昨夜的藍髮少年！他現在的笑容就是在警告自己不要深入追查！*方奎只覺激動不已，熱愛超自然的血液無法控制地沸騰起來。

在心底賭上超自然同好會會長的名義，立誓要揭穿藍采和祕密的少年不會知道——藍采和的那抹笑，其實是針對鬼針的。

是人聲還有水聲，拉回了藍采和的神智。

等等，水聲？藍采和一愣，同時也停下奔跑的腳步。他四處張望，自己居然在不知不覺中跑到游泳池旁邊了。

隔著高高的鐵絲網，能夠瞧見泳池內跟泳池外都有學生，顯示有班級正在上游泳課。而傳入耳中的水聲，正是泳池裡的學生發出的。

在明亮金燦的陽光下，池水湛藍，清澈的泳池閃閃發亮。

「我說……可以放開我的手了吧？」一道氣喘吁吁的男聲響起。

藍采和先是一愣，隨即想起自己是抓著方奎一路跑過來的。

「真的很不好意思，班長。」藍采和連忙鬆開手，眼帶歉意，「請問你還好吧？」

「沒事沒事，就只是喘了點。」方奎沒說自己的手險些要被藍采和一把抓斷，沒想到對方看似病弱，力氣卻出乎意料地大。

可方奎轉念一想，假使藍采和就是昨晚的神祕少年，這樣的不合理放到他身上，似乎也變得合理起來。

對方都可以輕鬆地從屋頂跳下，身邊還帶著一根會說話的人面蘿蔔了，力氣大又有什麼好稀奇的？

「唔喔，沒想到我們跑到這來了。」方奎推推有些下滑的眼鏡，往鐵絲網靠前一步，「在上課的……是六班的嘛！對了，藍采和，下禮拜的體育課要記得帶泳褲，換我們班上游泳課。」

「啊。」見方奎沒有對自己剛才的舉動產生懷疑，藍采和心裡大大鬆了口氣。他學著方奎上前一步，開始覺得對方的個性相當照顧人。

和哥哥有點像呢。藍采和想到總是緊皺眉頭、擺出不耐表情，但其實對人細心體貼的林家長男，唇畔忍不住浮現笑意。

身穿制服的方奎和藍采和在泳池外格外顯眼，不一會兒就有許多人注意到他們，幾個離他們最近的女孩頓時嬉笑地靠上來。

「這不是方奎嗎？」

「你是來看曉愁的嗎？她還在游喔。」

「要不你也進來吧？讓我們看看你游泳的英姿！」

從女孩們的態度來看，就可以知道她們認識方奎。

「什麼英姿不英姿的……饒了我吧，妳們明明知道我對游泳實在是……」方奎擺出愁眉苦臉，瞥見藍采和的訝異，他嘆氣說道：「本來就游不好了，前年又在海邊溺水過一次，所以就……」

「別說得那麼委屈，我們也只是開開玩笑，我幫你叫曉愁吧。」一名女孩轉頭，手圈放在嘴邊，對著泳池的方向大叫出聲，「曉愁，妳家青梅竹馬又來找妳了！」

「……這些人，是巴不得我被老師發現嗎？」方奎揉揉額角。幸好六班的體育老師似乎不在，否則看見別班學生出現，鐵定會過來詢問。注意到藍采和面露困惑，方奎聳聳肩，解釋道：「她們說的曉愁是我鄰居。哪，那邊那位戴藍色泳帽、快游到底的人就是了。」

藍采和順著方奎示意的方向望去，映入眼中的是一抹異常優美的身影。不論是舉起又側滑入水面的手臂，或是偏頭換氣的姿勢，全都流暢得不可思議。靈活優雅的體態，令人不禁聯想到水中徜徉的魚兒。

下一剎那，再次舉起的手臂碰觸到泳池邊的磁磚，只見戴著藍色泳帽的優雅身影停止前進，她在水中站直身體，伸手搭上池畔，接著雙臂使勁，將自己撐上了岸。

由於戴著泳鏡，藍采和難以窺清對方全貌，不過那優美的泳姿，卻已深深刻印在他心底。

戴著藍色泳帽的女孩顯然聽見了同學的叫喊，臉轉向方奎與藍采和的方向，一邊邁出大步，一邊伸手摘下泳鏡和泳帽。

「方奎？」淺褐的短鬈髮隨著揭下泳帽而散落，沾著點點水珠，在日光下閃閃發光。白皙甜美的面龐望向藍采和時，有著顯而易見的困惑，「他是？」

「啊啊，他是藍采和，我們班新來的轉學生。」方奎替雙方介紹，「藍采和，這位就是……」

「你好，我是余曉愁，叫我曉愁就可以了。」沒等方奎說完，余曉愁主動伸出手，纖細的手指穿過鐵絲網的網格，指尖碰了下藍采和的手當作招呼，褪去困惑的臉蛋揚起甜甜的笑容，「藍采和，你的名字眞有趣，和八仙裡的神一模一樣呢。」

「哎，因爲我父母是八仙愛好者嘛。」藍采和也瞇著眼睛笑，「而且藍采和又是當中最英勇、最有男子氣概的一位！」

假使川芎在場，估計會扔來一記鄙夷的眼神，說：得了吧，你這小鬼就不要再自誇了。

「你的說法可能有點誤差，藍采和。」方奎一推眼鏡，擺出認眞思考的表情，「書上提過，藍采和……噢，我是指八仙那位。據說他性別不明，是女性的可能性也相當……」

「靠夭咧！你說誰是女的還超沒男子氣概啊！」搭在鐵絲網上的手指猝然使勁，藍采和的微笑瞬間轉爲猙獰，方才令人想到潭水的黑亮眸子，此刻亮得幾乎要噴出火。

藍采和的那聲咒罵又響又亮，頓時讓泳池畔及泳池內的學生齊刷刷地轉過頭，想看清是誰在公共場合爆粗口。

方奎和余曉愁也呆住了，兩人臉上全是錯愕，沒想到前一刻還柔柔弱弱的少年，下一刻說變臉就變臉。而且秀淨的臉龐居然可以像惡鬼般猙獰。

回過神的藍采和猛然醒悟到自己又做了什麼，忍不住想再罵一聲「靠杯」，不過這回罵的對象是自己。要命，怎麼就管不了反射動作？虧我還答應了同伴盡量別惹出騷動。

雖然內心冷汗直冒，但表面上，藍采和仍迅速調整表情，一眨眼又是張和煦的笑臉，快得令人懷疑剛才所見是不是錯覺。

「你……」方奎動動嘴巴，正想說「我講的是八仙藍采和，又不是你。況且我從頭到尾都沒提到男子氣概四個字」，另一道響亮聲音卻快一步地蓋過。

「你們兩個！是哪一班的？」穿著泳衣的體育老師出現，她大步朝鐵絲網走來，黝黑的臉上掛著嚴厲的表情。

「對不起，老師，我們只是剛好經過！」方奎急忙地喊，拉著藍采和趕緊跑離，以免待會兒挨上一頓訓罵。

眼見兩名少年跑開，余曉愁卻還是站在鐵絲網前。她的目光停佇在其中一人身上，直到看不見對方為止。接著她低頭注視鐵絲網，本該是大小相同的網格，卻有個位置突兀地成了大洞，銀色的鐵絲彎成扭曲的弧度。

藍采和的手指剛剛就放在那裡。

「曉愁，老師要我們過去集合了。」一名女同學靠上前來，「咦唷！這裡什麼時候破一個大洞的？」

對同學的驚呼置若罔聞，余曉愁伸指撫上自己的嘴唇。日光下，烏黑的眼珠有一瞬閃動著金芒。

「八仙．藍采和，目標確認無誤。」余曉愁如此說。

蔚藍的天空下，兩名身穿制服的少年一前一後地跑著。

那是有點奇妙的場景，跑在後頭的少年分明外表病弱，但跑得上氣不接下氣的卻是前面的那個。

一路從泳池跑進了建築物裡的走廊，方奎才終於鬆開抓著人的手。他將背靠在廊柱上，拍著心臟怦怦跳的胸口，大口大口地喘著氣。

相較於方奎的狼狽，被他拉著跑的藍采和反倒一派悠閒。

方奎幾乎有些嫉妒了。面前的少年連汗也沒流，呼吸平順，蒼白的臉孔也沒有因此染上明顯紅暈。

「這下子可好，都上課七、八分鐘了……」方奎靠著柱子，吐出一口氣，「算了，反正這節是英文課，老師常常會遲到個十分鐘才來，大不了就說我們是去幫別的老師辦事。」

「不好意思，班長，都是我沒注意到鐘聲……」藍采和語氣歉疚，眉眼低垂，柔順的反省模樣教人看了有氣也生不起來。

更何況，方奎本來就沒有生氣。

方奎原本想擺手表示沒關係，反正他也常假借幫老師的名義，上課時間在校內蹓躂。可他轉念一想，某個念頭在腦海中浮現。

方奎咧開了笑，鏡片後的眼眸閃呀閃的，笑得像隻狡詐的狐狸。

「這樣好了，藍采和。如果你覺得不好意思，就加入我們社團吧！你還沒選定要參加哪個社團，對吧？」方奎心底的算盤撥得可響了，只要將藍采和拉進他們超自然同好會，就有更多挖掘他祕密的機會，「雖然我們也不算正式社團，但前途無限！」

「社團？」藍采和一怔。他根本不打算參加社團，他進明陽的主要目的是爲了查明學生忽然不能說話的原因，「你是說……超自然同好會？」

「喔？你有聽過嘛。」方奎笑容咧得更大，他推推鏡架，眉眼散發出無比自信，「超自然現象是一定存在的！研究這些事是我們同好會的最大任務，就連學校的七大不可思議也在研究範圍內。附帶一提，我們已經查證有好幾個是虛構的。既然你是利光轉來的，相信你應該也會有興趣。」

「我聽說，明陽……不，我們學校的學生，有好幾個人忽然說不出話來？」藍采和決定趁機試探，不過他心裡還是不太願意參加超自然同好會。

增加了相處時間，若是被抓到什麼漏洞，不就自惹麻煩嗎？噢，更不用說監護人曹景休會狠狠地痛罵兼痛揍他……好吧，不只一頓。

「你連這也聽說了嗎？」方奎雙眼一亮，熱切地抓住藍采和的手，「嘿，你有興趣吧？你有興趣對吧？這事可是我們同好會的第二目標呢！順便說一下，我們的第一目標……」方奎忽然頓了一下，熱切的笑容中無預警地摻入銳利，「是研究人面蘿蔔星人存在與否。」

藍采和猛然抽回手，微笑有瞬間的僵硬。他掩飾得很快，不細看根本無法察覺，可他抽手的動作卻是太過突兀。

即使如此，藍采和還是不動聲色地說，「對不起，手剛好滑了一下。」

「沒關係、沒關係。」方奎仍是笑咪咪的。

光聽對話會覺得風平浪靜，然而躲在袋中的阿蘿完全能感受到兩人之間的暗潮洶湧。

都是俺對不起夥伴啊！阿蘿難過並後悔地想。昨天應該建議夥伴將這人丟到鐵桶，灌進水泥，然後丟到海底去！電視上都是這樣演的！

「班長，你一定是在說笑。」藍采和端出最無辜的笑顏，「這世界上怎麼可能有會說會跳還有腳毛的人面蘿蔔呢？絕對沒這回事的。」

「咦？它有腳毛嗎？這我還真的沒注意到。」方奎詫異地挑眉，緊接著從口袋掏出手機，「要是你對人面蘿蔔沒興趣，我們也可以改研究這個。呼呼，不知道是從哪個星球來的神祕少年，和人面蘿蔔是一起出現的。」

說著，方奎點開手機裡的照片。

手機螢幕顯出一抹水藍色背影。向後揮甩的袍袖讓對方身姿看似展翅飛鳥。

藍采和哪會認不出畫面中人影，那正是昨夜顯露真身的自己！

這下真的靠杯了，方奎居然連這東西都拍到。

「班長，可以借我看清楚一點嗎？」藍采和保持著微笑。那畢竟只是背影，況且，自己現在可是乙殼姿態，和照片中的藍髮怎樣也劃不上等號。

「這個嘛，只要你願意告訴我，你昨晚十一點多時在做什麼？人又在哪？」方奎俐落地收起手機，不讓藍采和碰觸。他逼近藍采和，不論是笑容或眼神都逐漸變得咄咄逼人，「我對你真的很感興趣啊，藍采和同學。你是什麼人？你到底是什麼來歷？你其實是外……」

「那邊的那兩個！你們不去上課，待在這裡做什麼？」年輕尖銳的嗓音驀然傳來，生生截斷了方奎的逼問。

乍聞這聲音，藍采和的眼瞳瞬間收縮了下。

沒料到會有第三者出現，方奎嚇了一跳，他循聲轉頭。

映入眼中的，是一抹穿著灰藍工作服、單手扛著梯子的身影。從對方的裝扮，以及繫在腰間的大串鑰匙與螺絲起子等物品來看，似乎是校內工友。

會用「似乎」這個詞，是因爲方奎無法確定。畢竟來人只是個與他們年紀相仿的褐膚少年，紅銅色的鬈髮招搖顯目，一雙眼睛給人凌厲的感覺。

「看啥看？老子就是不爽唸書，高興當工友不行嗎？」年輕工友彷彿看穿方奎所想，不悅地瞇起眼，眼神像刀子般甩射出去，「都上課多久了，你們還在這裡閒晃？快點回自己的教室去！」

「我們這就要回教室了。」深怕會再引來其他師長，方奎暫時放棄逼問，他抓住藍采和的手，離開之前忍不住多望了工作服少年幾眼。

今天是怎麼回事？轉學生、新保健室老師、新工友，這也太剛好了吧？總不會連英文老師也突然換成新的？

方奎不禁暗笑自己的胡思亂想，顧著注意前方的他不知道，身後少年與年輕工友擦身而過的瞬間——

「謝啦，椒炎。」藍采和氣聲說道，眉眼間笑意吟吟，「黑色的隱形眼鏡很適合你唷。」

「囉嗦，老子又不是特意要幫你的。」以工友身分進入明陽高中的椒炎，同樣用氣聲回話，凶狠的態度難掩一絲彆扭，「只是碰巧，碰巧而已。」

粗聲粗氣回應的紅髮少年忍不住摸上眼角，僞裝的黑瞳裡竄過剎那竊喜。

短短瞬間發生的事，方奎都不知道。

一邊拉著藍采和跑上樓梯，方奎一邊瞄著手錶。已開始上課十五分鐘了，英文老師估計早就抵達教室，看樣子免不了被詢問一番。

但或許是受到幸運女神眷顧，當方奎拉著藍采和回到教室走廊，講台上的不是頭半禿還挺著啤酒肚的英文老師，而是管控秩序的風紀股長。

很明顯，英文老師還沒來。

「老師這次遲到眞久啊……」方奎站在門外喃喃說道，旋即將藍采和推向教室，「藍采和，你先進去，我去辦公室問看看。」

「班長你不用去問啦！老師越晚來，我們賺到的時間越多耶！」位子在門口附近的男生聽見這話立刻哀叫起來。他的抗議馬上獲得多數人附和，一時贊同聲此起彼落。

「沒錯，班長你別問啦！」

「讓我們賺堂自習課又不會怎樣！」

「方奎，如果你還是人的話，就不要做這種事啊！」

方奎動了動眉梢，很想提醒一下同學，講台上的風紀股長已經黑了一張臉，隨時都有拍桌大罵的可能。

爲了避免自己也被罵進去，方奎準備開口，樓梯間卻突然響起一陣規律的聲響，那是高細鞋跟敲擊地面才會發出的清脆聲音。

那道聲音越來越清晰。

還在教室外的藍采和與方奎下意識回過頭。

下一刹那，一抹鮮紅色的曼妙身影自轉角走了出來。

方奎呆立原地，聽見自己的喉頭因吞嚥發出好大一聲咕嚕。藍采和卻是差點跳起來，他迅速轉回頭，視線越過同樣看見鮮紅身影、不是發出吞嚥聲就是抽氣聲的男男女女，對上何瓊狡黠的貓兒似大眼。

不是這樣的吧？藍采和用眼神吃驚地問。

就是小藍你想的那樣唷。很不錯的驚喜吧？何瓊眨了眨眼作爲回應。

「你們是五班的學生嗎？」

教室外，一襲鮮紅貼身裙裝的女子正對著藍采和與方奎綻露嬌艷動人的笑；倘若再仔細觀察，便會發現那抹笑，百分之百全衝著藍采和一人。

不過此刻的方奎哪有餘力觀察，他只能反射性點頭。如果說今日轉來的何瓊，像春天花朵明媚，那麼眼前這名女子，就宛若盛綻到極致的薔薇。

臂彎裡抱著英文課本的女子金髮藍眸，擁有奢華的美貌與凹凸有致的姣好身材，她的美麗是強烈且具侵略性的。

慢著，英文課本？方奎心裡一突，他的目光頓時從女子臉上移到她抱著的課本上，再移回她的臉上。

容姿艷美的女子以指尖撥撩起耳際的髮絲，「你們的英文老師有事回老家，這幾天就由我負責代你們班的課。」

不會吧？眞的出現了新的英文老師？方奎目瞪口呆。

同時間，藍采和卻是克制不住地捂額呻吟。這名自稱英文代課老師的女子還能是誰？正是原形爲薔薇花的茉薇！

保健室老師的鬼針，工友的椒炎，現在再加上英文老師的茉薇……

藍采和無力地垮下肩膀，他已經可以預想到，這一天的校園生活會有多、熱、鬧了。

伍 喘口氣，休息一下

夕陽光輝透過玻璃窗，滿滿地灑在林家大宅的客廳裡，將偌大的空間映得一片金橙。

「魔法少女莉莉安，今天就要代替魔法少女之神來懲罰你們！」

電視螢幕上，穿著華麗的可愛少女正揮舞著魔法棒，小小聲地吐出台詞——並不是正義角色忽然決定要走輕聲細語路線，而是電視的音量被人調到了最小。

現在的時間是下午五點四十八分。

沒有待在電視前收看自己最喜歡的節目，有著柔軟鬈髮、圓亮眼眸和蘋果臉頰的小女孩紅著臉，雙手抱著小熊娃娃，蹲在長長的沙發前，聚精會神地盯著沙發上的人影瞧。

躺在沙發上的，正是下了課的藍采和。一回到林家，他就像是被抽光力氣的人偶，連制服也沒換，書包扔到一旁，直接癱倒在沙發上。

他閉著眼，一動也不動，彷彿睡著了一樣——不過不知情的人要是看見了，大概都會認爲這名少年陷入了昏迷。

藍采和眞的累癱了。果然正如他當時所預想，今天的校園生活根本熱鬧得不得了了。

他不只要閃避方奎的逼問，還得不時阻止茉薇對他做出太親密的動作；更別說偶爾還要抽空去保健室，看看用意識向他抗議「憑什麼那白痴女人能和你待在同一個地方」的鬼針。

這當中，只有椒炎最不用他費心了。

而爲了避免消耗更多心力，幾乎一到家，藍采和就將所有植物趕回籃中界裡，不准他們出來干擾他的安寧，包括阿蘿也不例外。

在沙發上翻了個身，藍采和懶洋洋地掀開眼皮。還有些迷濛的視野中，他看見林家么女手抱小熊娃娃，紅著臉地蹲在沙發前方。

那個玩偶看起來好像很好抱……藍采和迷迷糊糊地想，疲累使他意識不太清明，所以本能地伸出雙手，連熊帶人一把抱到懷裡。

莓花一開始還不能理解發生什麼事，等到那雙墨黑如畫的眸子又閉上，她才終於反應過來，自己居然被小藍葛格抱住不放！

下一秒，白嫩的臉蛋炸成鮮豔的紅色，頭頂似乎也快冒煙。莓花屏住氣，動也不敢動，整個人像是一隻紅通通的小蝦子。

趕完今天稿子進度的川芎走出房間，低頭向客廳一望，望見的正好就是這幕。

於是伸到一半的懶腰瞬間僵住，川芎閉了下眼再睜開，眼前光景依然還在，這證實他並不是因爲趕稿趕到出現幻覺。所以說，他眞的沒有看錯……他確實看見自己的寶貝妹妹被某個姓藍名采和的小鬼抱在懷裡？

幹！我家莓花眞的是被一個男性生物抱在懷裡！

林家長男大怒，腦中傳來理智線劈啪斷裂的聲音。

「藍采和！你他媽的對我家莓花做什麼！」患有戀妹情結的川芎怒吼，三步併作兩步地衝向一樓。

同一時間，二樓的一扇房門被人撞開，哀號聲湧了出來。

「小藍主人！小藍主人！求求你不要把鬼針他們放進來啊！」一抹矮小人影哭哭啼啼地奔往樓梯，「鬼針那傢伙會踩我就算了，他還和茉薇打起來！現在就連椒炎也跟他們打在一塊！阿蘿……阿蘿則是閃避不及，昏死在裡面了呀！」

怒吼加上哀號，原本安靜的客廳變得喧鬧吵雜。

像是嫌不夠熱鬧，一截半透明的身影也從地下室門探出。

穿著花襯衫的中年幽靈茫然地問：「是晚餐時間到了嗎？」

不過誰也沒回答他。

藍采和被吵得沒辦法繼續睡，他努力睜開眼，第一眼就望見兩張俯望他的面孔。川芎的臉色比鍋底還黑，簡直像是要將人千刀萬剮；相菰一臉悲慟，紫色的眸子裡蓄滿淚水，臉上不知為何還有一枚腳印。

藍采和眨眨眼，視線重新移回川芎臉上，對方還是一副巴不得將人生吞活剝的猙獰表情。

呃，將誰生吞活剝？藍采和的思緒慢半拍才開始運轉，能夠讓川芎臉色大變的只有兩件事，一個是稿子，一個是莓花。

這幾天薔蜜姊沒有按三餐加下午茶加宵夜來問候哥哥的寫稿進度，所以顯然和稿子沒有關係。既然如此，那麼就是……

「小藍葛格，你睡醒了嗎？」稚嫩害羞的童聲自臂彎中發出。

「哎？」藍采和後知後覺地低下頭，這才發現自己將莓花抱在懷裡不放。

「敢對別人妹妹出手，相信你已經做好去死的覺悟了嘛，藍采和。」川芎陰惻惻地開口，指關節折得咔咔作響。

「葛格不行！你不可以欺負小藍葛格！」莓花將名爲「漢妮拔」的小熊留在藍采和懷裡，匆匆跳下沙發，張開細細的手臂，小臉蛋上正氣凜然，「你要是欺負小藍葛格的話……莓花，莓花以後就不跟你一起看莉莉安了！」

「沒關係，林川芎，我可以代替你陪妹妹看。」約翰整個身體脫離門板，插嘴說道，只是他的聲音照慣例遭到忽略。

面對眼前混亂的場景，藍采和的表情依然有些茫然。他只要過於疲累，大腦就不太靈光。他低頭再看看被自己抱著的小熊娃娃，總算想起來了。

「嗚啊，我怎麼會將莓花當成漢妮拔來抱？」藍采和歉疚地說，「對不起，莓花，我剛剛眞的睡昏頭了。」

藍采和不解釋還好，一解釋，頓時令川芎再度大怒。

「你是什麼意思？你是嫌我家莓花的觸感比不上一隻熊嗎？」林家長男踏上前一步，看起來像是要狠狠揪住藍采和的衣領。

一旁的相菰不知該不該出聲提醒：川芎大人，你這話不就前後矛盾了嗎？

「那個、那個，沒關係啦……」想到剛剛被最喜歡的小藍葛格抱住，莓花再次紅了小臉，她低著頭，食指和食指對戳著，「小藍葛格就算要抱久一點，也可以啊。」

臉蛋上的紅潮越來越深，莓花偷偷瞄了一眼藍采和，接著就像是太過害羞，拉住相菰的手，「相、相菰，你陪莓花一起看莉莉安！」

「咦？莓花大人？等一下啊，莓花大人！我還沒對小藍主人抗議……不不不，沒事了，小藍主人，我沒什麼事要說了！」也不知道怎麼回事，有著紫色杏仁狀瞳孔的男孩突地慌張擺手，轉頭陪著莓花一塊去看「魔法少女☆莉莉安」了。

「我我我，我也有事先回地下室了！」態度轉變的還有約翰。不像以往非要大家注意到自己的存在，這個穿著花襯衫加藍白拖的中年幽靈用逃命般的速度，迅速鑽入地下室門板。

前一刻還鬧哄哄的客廳，瞬間恢復安靜。

川芎與藍采和對望一眼。能夠讓相菰與約翰突然像是老鼠遇上貓的，也只有一個人了。

兩人下個剎那一併抬眼，往樓梯方向看去。

有三抹小小身影，彼此刻意拉開距離飛了下來。

是變成迷你體型的鬼針、茉薇及椒炎——這樣的大小可以讓他們節省力量。

「采和！」一發現坐在沙發上的藍采和，茉薇馬上親親熱熱地黏上去。

鬼針不甘示弱，在對方佔據藍采和右肩位置時，自己也霸住他的左肩。

反觀椒炎，則是揀了個與藍采和有段距離的位置，降落在沙發扶手上，雙手抱胸，倨傲的褐色臉龐上帶著傷。

其實不只椒炎，鬼針和茉薇的臉上或身上也有不明顯的傷痕，看起來剛經歷過一場打鬥。

川芎想起相菰的話。

「鬼針那傢伙會踩我就算了，他還和茉薇打起來！現在就連椒炎也跟他們打在一塊！」

這群植物要互毆是無所謂，只要別打壞我家東西就行。對鬼針等人的傷做出稍嫌冷淡的感想，川芎直接在沙發另一端坐下。

「怎麼沒看見小瓊？」平息怒火後，川芎問出他一直想問的問題。

都已經快六點，屋外的金橙天色也轉為偏紫，但客廳裡卻不見何瓊身影。

「小瓊又跑去找能和她溝通的小動物了。」藍采和一手圈抱著觸感極佳的小熊娃娃，一手掩口打呵欠，「她今天都被男生包圍，說笑得臉有些僵了。要是不找找小貓或小狗和她說說話、抒發壓力，明天的起床氣可能會比平常嚴重。所以哪，哥哥，你明天可千萬別去叫她起床，這事我叫阿蘿做就可以了。」

目前不在現場的阿蘿，就這麼平白無故獲得危險等級破錶的任務。至於沒被點到名的植物，不是在心裡、就是直接露骨地吐出一口氣。

身為八仙中的唯一女性，少女仙人的起床氣足以令所有靠近的生物面臨生命危險。

「你說，被男生包圍？」川芎在意的卻是另一部分，他盡量讓語氣保持平穩，不過聲音裡還是洩露出一絲緊張，「小瓊在學校很受歡迎？」

話一出口，川芎忍不住流露出懊惱神情。他這不是白問嗎？明媚如春天花朵的少女，怎麼可能不吸引男孩子的目光。

「沒茉薇那麼誇張啦。」藍采和瞄了眼右肩上的迷你身影，利用機會再次嚴正重申，「聽好了，不能讓其他學生知道我們認識，尤其是方奎。哎，不過椒炎倒是沒什麼關係。」

聽見這話的鬼針和茉薇互望一眼，難得達成共識，決定晚點聯手痛毆椒炎。

而即使藍采和這麼說，川芎還是難以鬆口氣。

「放心啦，哥哥。」見狀，藍采和瞇著眼笑了，「那些男生看在小瓊眼裡，都和小嬰兒差不多，人家畢竟年紀破千了嘛。不過啊，哥哥你不一樣。你在小瓊心中可是很有男子氣概的，就跟我和阿蘿一樣唷。」

川芎覺得藍采和不要補上最後一句會更好。

「誰跟那蘿蔔一樣啊。」川芎白了少年一眼，但不能否認他的心情確實徹底好轉了，「算了，慶祝小瓊今天上學，我們叫外送當晚餐吧。」

說著，川芎站起身，朝放置電話的櫃子走去。

「討厭啦，哥哥，你可以直接說慶祝我跟小瓊今天上學嘛。」藍采和笑咪咪地跟在川芎身後，得到後者一記鄙視的白眼。

「誰幫你慶祝了？有哪個幫傭是像你做成這樣的啊？」川芎越說越不高興，眼神也從鄙視變成刀子般銳利，「家事沒做多少就算了，還老是弄壞別人家的東西。你那個怪力到底什麼時候可以稍微控制一下？」

「呃，那是不可抗力，是不可抗力……」藍采和的笑容頓時變得心虛，瞥見左肩上的鬼針戾氣十足地睇眼，他立刻彈指敲上對方額頭，不讓他有機會動手動腳。

爲了避免川芎繼續翻舊帳——而且這一翻下去，帳單絕對稱得上壯觀——藍采和縮縮脖子，打算退到莓花身邊。但剛一提步，門鈴就這麼剛好地響了起來。

客廳裡，七雙眼睛不約而同地望向大門。

川芎拿著電話的手一抖，幾乎瞬間刷白了臉，可馬上又恢復鎮定。不對，他這次又沒拖稿，就算是張薔蜜上門也沒什麼好怕的。

「我來開門！」想要挽救在川芎心裡的形象，藍采和立刻自告奮勇地跑向玄關。

「開門之前先把你肩上的那兩隻藏好。」川芎警告地喊，見藍采和朝他比出一個不用擔心的手勢後，這才用肩膀夾住話筒，一邊翻找成疊的廣告單，一邊隨口問道：「對了，藍采和，你剛說的『方奎』是誰？明陽的老師還是學生？」

玄關處並沒有傳來任何回答。

川芎狐疑地抬頭望去，看見藍采和僵立在打開的大門前。門口，站著一抹高大筆挺的身影，有種不怒而威的氣勢。

「我也很想知道那位方奎是誰，采和。」

曹景休一把拎住拔腿想溜的少年，無視對方的掙扎，他抬眼對上面露詫異的林家長男。

「你好，林先生。不介意的話，晚餐成員名單能否多算上我一個？啊，這是要送給你們的禮盒，還請收下，希望你們會喜歡。」

曹景休一發怒，即使是向來護主心切的茉薇等人也不敢擅自打斷他的訓話，更別說從他手中救回被叨唸得七葷八素的藍采和了。

孤立無援之下，藍采和只得乖乖接受監護人的嚴厲教訓，並且當著眾人的面，老實完整地交代今日在明陽發生的大小事——

關於方奎這個人，關於他與方奎的初次見面。當然，還有關於他探聽到的那些情報。

同樣混入校園的何瓊、鬼針、茉薇，以及椒炎，也各自收集到一些消息，只是統整起來和藍采和知道的大同小異，沒什麼突破性進展。

當討論會告一段落，夜也已經深了。

「果然沒那麼簡單就能獲得關鍵情報啊……」

回到房裡，藍采和一屁股坐在床上，臉上卻沒有太過失望的表情，畢竟今天只是混入明陽高中的第一天而已。

「那還用說嗎？情報這種東西，又不是隨隨便便就會從天上砸下來。」

房內出現第二道嗓音，屬於少年的音質，同時也透著獨特的尖銳凌厲。

但是，房間裡卻只有一人坐在床上。

藍采和也不驚訝，他雙手撐著床墊，脖子向後仰，眼裡映出盤坐在床頭櫃的迷你身影，大約只有一個手掌高。

紅銅色的頭髮、眼睛，褐色的皮膚。為了節省力量變成迷你體型的椒炎，正雙手抱胸，以不高興的眼神直視自己的主人。

而椒炎此刻待著的床頭櫃上，還放著一個竹籃子，籃裡有一根尚未回復意識的人面蘿蔔。除了阿蘿和椒炎，其餘三株植物全被強迫趕回籃中界休息。

說實話，藍采和一點也不想在勞累整天之後，再搭理鬼針與茉薇的床位爭奪戰，或是相菰的被欺負問題，他只想安安靜靜地休息。

「哎，所以我只是隨便說說嘛。」藍采和對椒炎露出一抹微笑。

「嘖，誰教你沒事要蹚這渾水？淨把麻煩往自己身上攬，來到人間後，你的腦子也進水了嗎？」椒炎別過臉，擺明不領情，吐出的話更加尖銳、不客氣。

藍采和卻聽出話裡的關心，「阿權難得有事拜託我，我當然要努力才行。況且……」

注意到對方的停頓，椒炎藏不住好奇地回過頭。

「況且，說不定惹出這事的，又是其他人。」藍采和轉過身，改正面對著椒炎。他垂下眼，摸上嘴唇，若有所思地喃喃道：「如果真是他們，我出手也是應該的，我也想弄清楚你和茉薇身上發生的事。」

聽見這話，椒炎頓時抿唇，整張臉繃得淩厲狠戾，紅銅色瞳孔中閃動著憤怒的焰火。

椒炎完全不記得離開籃中界、來到人間後的事，這點與茉薇一模一樣。他是從旁人口中得知發生在多崎海邊的事情。而不管是將自己當成辛玫之弟，或是出手攻擊藍采和，對椒炎來說都如同是奇恥大辱。

「要是讓老子知道是誰玩這種手段，絕對宰了他！」自尊心高的紅髮少年咬牙說。

「所以我會查的，我一定會查出來。」藍采和溫聲說道，可素來柔和似水的眼眸底處，卻是凝著寒冰。

就算平時看起來一副溫溫和和、笑臉迎人的模樣，但藍采和從來不是什麼好脾氣的性子。膽敢碰觸底線，他會不留情地加倍奉還。

椒炎已經很久不曾見過藍采和露出這樣的神情，知道對方是爲了他們這些植物而動怒，不由得心頭一暖，可他還是不願坦率地表現出自己的感受。

「那種小事我們自己會處理，你就在旁邊乖乖待著吧。」他惡聲惡氣地開口，接著就像是不想再理會人，或是要掩飾自己的不好意思，他翻身躺下，背對著這房間的主人。

藍采和以爲椒炎要睡了，自己也躺在床上，拉上棉被。正準備合上眼，沒想到床頭櫃上方又冒出聲音。

「放心好了，要是眞逮到人，老子會將他綁得好好的，讓你去弄那個什麼聽說威力很強大的ＳＭ……？」

接下來，椒炎就眞的沒再說話了，只有窗外月光照明的房間變得靜悄悄的。

藍采和的唇角彎出笑意，決定不拒絕椒炎的好意，也不告訴對方，其實他對SM敵人倒是一點興趣也沒有。

再然後，他很哀傷地發現一件事。

……靠杯，完全睡不著。

試過了數綿羊、數蘿蔔之後，藍采和絕望地確定，自己是眞的感受不到一絲睡意。反倒是他用來數數的蘿蔔，在數到第一百零八根時，居然還比他早一步地呼呼大睡。

「這什麼沒職業道德的蘿蔔啊……」藍采和不平地咕噥著。他睜開眼睛，乾脆坐起來發呆。只是坐著坐著，睡意不但沒有襲來，還越來越有精神。

苦等不到睡意降臨，最後，他想到運動會耗費體力，耗費體力就會疲累、想睡覺。至於該做什麼運動才好？墨黑的眼眸一轉，定格在半開的窗戶上。

窗外，明月靜靜地照著整座豐陽市。

藍采和輕手輕腳地下床，不忘順手撈過昏睡中的阿蘿，及僞裝成國民身分證的乙太之卡。

月光下，清澈如流水的嗓音輕輕逸入房間。

「吾之名爲藍采和，現在要求解除乙殼封印。應許．承認。」

下一剎那，一抹水藍色人影踩上窗台，宛如飛鳥般一躍而下，消失在夜色之中。

陸　夜間之聲

入夜的豐陽市極為安靜，街道上看不見什麼人，偶爾會傳來幾聲野狗吠叫，或是車輛快速駛過的聲音。除此之外，醒著的似乎只剩筆挺站立的路燈，以及懸掛夜空的一彎銀月。

不，還有一人也是醒的。

那是一抹水藍色的身影，他悄然無聲地行走於屋頂上，從這戶人家躍到另一戶。

假使換作白日，這幕光景一定會引來注目，甚至驚聲四起。可現在是深夜，誰都不會知道有個少年把屋頂當道路。

這個少年，自然就是解除乙殼姿態的藍采和。他手上還抓著昏迷的阿蘿，以防四周出現植物卻無法察覺。

藍采和現在做的，就是所謂的夜間偵查。他打算到明陽高中附近看看是否有什麼不尋常的事。

很快地，他來到昨日遇上方奎的地方。這次他確定四下真的無人，這才從屋頂上輕巧躍下，水藍色的錦靴無聲無息地踩在路面。

事實上，他昨夜外出，便是因阿蘿察覺到一絲屬於植物的氣息，飛快從林家大宅外經過。

對方速度實在太快，氣息藏得極為隱密，就連阿蘿的葉子雷達也只偵測到有植物出現，卻來不及判斷出對方的身分。

「究竟是誰？爲什麼要躲著我？難道說又是……」藍采和眼中掠過凌厲，右手五指不自覺施勁，掐得阿蘿在昏迷中也發出痛苦的呻吟。

當呻吟傳入耳中，藍采和這才鬆開手。他不死心地觀望四周，可惜阿蘿的葉子還是有氣無力地垂垮著，沒有任何反應。

藍采和嘆了口氣，只得放棄。瞥見遠方燈光乍現，他趕忙拔起身影，飛快落至一戶人家的屋頂。過不了多久，一輛小貨車從下方街道經過，沒有發覺旁側屋頂上竟佇立著一個打扮古怪的少年。

藍采和不多逗留原地，繼續奔往目的地——明陽高中。

憑仙人的異能和速度，這點距離花不了太多時間，藍采和從他所在的位置，遠遠地就能瞧見屬於明陽高中的大樓。

被夜色籠罩的巨大建築物看起來給人隨時會活動起來的錯覺。

藍采和原本想踩著屋頂一路接近校園，可沒想到才剛隨意向下一瞥，竟碰巧捕捉到一抹眼熟身影。

白襯衫、格子紋長褲，那分明是明陽高中的男生制服。不僅如此，藉著月光的照明，藍采和還可以清楚地望見對方側臉。

是方奎。

這種時間，為什麼他會出現在這？藍采和腦內一陣混亂，唯一想得到的，就是這回絕對不能再讓對方撞見自己。

方奎顯然還不知曉上方有人，他躲在圍牆轉角後，只探出一顆頭，似乎在觀察什麼。藍采和小心翼翼地藏匿身形，左手在袍袖裡捏成拳。若方奎抬起頭，望向這處，他就要立刻施展仙術，抹消自己的存在。

順著方奎望去的方向，藍采和注意到那裡正是明陽高中的側門，那裡不但沒有警衛室，而且根據藍采和得到的消息——這要感謝椒炎的發現——側門其實有辦法開啓。

側門門鎖早已破損，只要用點小技巧就能鬆開門鎖。

想到這裡，藍采和不由得一愣。難不成……方奎是想潛進校內嗎？

乍看下，方奎的行動令人摸不著頭緒，但轉念一想，藍采和覺得這也不是沒有可能——二年五班的班長向來對超自然現象深感興趣。況且他曾說過，想調查清楚那七名學生無法說話的眞相。

既然如此，藍采和便決定偷偷尾隨在方奎之後，萬一眞出了什麼意外，自己也能及時出手保護他的安全。

心中剛做下決定，藍采和卻猛然驚覺情況有異。

有霧出現，且不是自然生成的霧氣！

這一刻，藍采和與方奎所處的巷子底端，突如其來地湧現白霧。

明明四下無風，但白霧就像遭到強風吹拂，以異常的速度朝巷子口漫湧過來。直到這時，藍采和才發現到，那根本不是霧，而是大量泡沫的聚合體。

那些泡沫湧出的速度實在太快，幾乎幾個眨眼間就已逼近方奎身後。

藍采和還來不及出手，發現腳下有白色逼近的方奎一回頭，才喊出「什……！」，立即被撲面而來的泡沫一口氣吞到裡頭。

「班長！」藍采和駭然，手指急忙掐出法訣，只見一條銀絲迅速直入泡沫裡。同時，他對著空中輕吐出一口氣，「散。」

如同在呼應他，原本寧靜的地域立刻風聲驟起，看不見的氣流挾帶凌厲之勢，飛快衝撞上泡沫，巷內光景重回原樣。

腰間繫上銀絲的方奎倒臥在他原本來站立之處，臉龐朝下，動也不動，顯然失去了意識。

「班長！」這時藍采和已顧不得掩飾身分，他心急如焚地躍下，直奔方奎倒地處。

過於著急讓藍采和忘記留心周遭動靜，否則他就會發現那陣古怪的泡沫並沒有真的被風吹散，依舊環繞在小巷兩側，如同一道圍牆困住兩人。

奔到方奎身旁，藍采和蹲下身，急著想知道對方情況，卻沒想到手指剛碰上方奎，那具軀體居然崩散成無數泡泡。

大大小小的泡泡在藍采和眼前飄起，哪還有方奎的蹤跡。

他頓時呆了、傻了，出乎意料的異變讓藍采和的大腦一時無法運轉，只能茫然地看著那些不斷升湧的大小泡泡。

泡泡發出了咕嚕咕嚕的聲音，緊接著，情況再次生變！

藍采和的愣怔替自己帶來了危險，就在他還瞪著面前泡泡之際，已飄到高處的泡泡倏地閃過瞬間冷光。

下一剎那，尖利的呼嘯之聲進入藍采和耳中。他反射性仰頭，水藍色的瞳孔急劇收縮，數量眾多的泡泡正如箭矢一般地朝他而來。

來不及細想，也無暇思考爲什麼柔軟的泡泡可以造成如此尖銳的聲音，藍采和急忙退至一邊，驚險避開俯衝而下的攻擊。

失去目標的泡泡只能硬生生撞在路面，旋即破裂，消失無蹤。

然而應該硬實的路面竟留下了淺淺的圓形凹痕，若撞擊在人體上，會造成怎樣的傷害可想而知。

藍采和瞪著那些大小不一的凹痕，心中捏了把冷汗，但隨之而來的是更爲巨大的困惑。他的植物們沒有這種攻擊方式，所以不可能又是哪一株植物受到操控而出手攻擊自己。

既然如此，既然如此……又會是……

「討厭，您這是在看哪裡呢？」

甜美的女聲平空浮現，卻依然不見人影。

瞬間掐斷腦中的思緒，藍采和驚見又有第二波攻擊來襲。

不，不只第二波，甚至還有第三波、第四波。沒有消散的泡泡分別從三個方向瞄準藍采和所在位置，猛地疾速飛出，三道尖銳的呼嘯聲颳得聽者耳朵生疼。

藍采和不假思索，張手迅速抓出銀絲。閃動銀光的絲線奇快無比地交織成網，及時擋下了左右兩側的攻擊。可擋得了第二波、第三波，卻疏忽了第四波。

沒有從正面攻擊，第四波泡泡飛快地鑽過銀網側邊，在藍采和驚覺不妙而扭頭的同時，泛著冷光的泡泡已要擊中他的後背。

徹徹底底的無法可防！

藍采和唯一能做到的，就是咬緊唇、睜大眼，準備承受即將到來的疼痛。

就在這千鈞一髮之際，一抹狂傲的緋紅撞入了藍采和的視野。

接著熱度和煙塵撲面而來。藍采和反射性地閉上眼，當他重新睜眼，一抹令人想到狂狷焰火的少年身影，筆直地擋在他面前。

少年的右手臂上，怵目的焰之爪正囂狂無比地燃動。

「椒炎？」

藍采和瞪大眼，不敢置信地喊出面前身影的名字。而四周已然不見那些泛著冷光的泡泡，只餘小巷兩側依舊遭到泡沫包圍。

藍采和怎樣也沒想到，自己的植物居然剛好趕到，他甚至沒出聲呼喊。

但藍采和剛喊出名字，立刻就見紅髮少年迅猛回頭，一雙紅銅色的眼睛簡直要噴出火。

「你是白痴嗎？要出門也不會帶上一個人？」椒炎氣急敗壞地對著主人劈頭一頓痛罵，「如果不是我剛好跟在你後面，你就等著天界出現藍采和被一堆泡泡砸傷的笑話吧！」

宛若感應到操控者激動的情緒，椒炎臂上的火焰也跟著劇烈跳動。只有椒炎知道，自己被火焰包圍住的手指，其實正控制不住地微微顫抖。

只要回想起剛才驚險萬分的畫面，椒炎就覺得後背又要滲出冷汗。要是自己沒有及時趕到……要是自己沒有及時趕到的話……

椒炎猛地揮開這個想法，強迫自己不要再胡思亂想。他的主人沒事，藍采和現在確確實實沒事。

「這個，我也沒想到會發生這種事……」藍采和刮刮臉頰，笑容無辜混著尷尬，「呃，而且我有帶著阿蘿。」

藍采和後一句不說還好，一說出來，馬上見到椒炎的眼睛不只是要噴出火，還竄出了要將人生吞活剝的猙獰。

「這根蘿蔔睡得跟死豬一樣，你有帶沒帶有差嗎！」椒炎怒指仍未醒來的阿蘿，後者依舊閉著眼睛，葉子垂著。

不對，葉子並不是垂著的。

藍采和眼尖地注意到，阿蘿頭頂上那束葉子，居然有兩片正微微顫動，旋即直立起來。是外側第四根和內側第一根！但是，角度呢？這兩根葉子現在的角度是？

「喂，藍釆和。」椒炎當然也注意到了，凌厲的雙眉狠狠擰起，警戒地掃視四方。

他已從他人口中得知仍有不少植物下落不明，而且現在是敵是友也難以判定。

有人可能對水淹籃中界的事心生怨懟，有人可能喪失記憶不識主人，更有人可能遭受不明之力操控，出手攻擊。

有了茉薇和自身的前車之鑑，椒炎說什麼也不敢掉以輕心。他伸手擋在藍釆和之前，擺出防禦姿勢。熾烈的焰火包覆在他的手臂上，身周環繞著數顆鮮紅色的圓珠子。

小巷兩側的泡沫之牆不知何時已經不見，但奇異氣氛卻沒有因此消失。

就在巷子另一端，有什麼漸漸湧現。一開始，椒炎還以爲又是泡沫，可再定睛一看，不是泡沫，而是稀薄的白色霧氣。

白霧用不算快也不算慢的速度往他們逼近，並且在瀰漫一段距離後朝兩邊滑開，留下中間的路面，改貼著左右圍牆繼續滑行。

不到一會兒，就像方才的泡沫之牆，白霧也形成一座囚禁的牢籠，將兩人圍困其中。

只是光憑這陣白霧，椒炎仍無法判斷尚未露面之人究竟是自己的哪個植物同伴。

「藍釆和，阿蘿到底是醒了沒有?」椒炎急聲催促，現在只有阿蘿能夠分辨來者身分。

「等等，我正在努力……阿蘿!嘿，阿蘿!」藍釆和抓著人面蘿蔔使勁搖晃，無奈阿蘿就是沒有張眼的跡象，「阿蘿你醒醒啊!」

見阿蘿仍毫無動靜，藍釆和當機立斷地改變呼叫方法，下一秒，蒼白手掌左右開弓地落在阿蘿臉上。

椒炎目睹這一幕，不禁吞嚥唾液，他自認脾氣急躁，但怎樣也比不上發飆的藍采和。進階版的呼叫方式果然見效了，閉著的細小雙眼終於顫顫睜開。

「人間界……萬歲……請好好愛護蘿蔔……」體型腫脹一圈的阿蘿虛弱地說，眼看下一秒又要不支地閉上眼。

「靠杯啦，阿蘿。」藍采和一把掐住自家蘿蔔，眼中閃動猙獰色彩，「你要是敢再失去意識，我會把你的腳毛全部扯光唷。」

「報告！俺沒有要昏！絕對沒有要昏！」原本差點黏在一起的眼皮馬上分了開來。阿蘿挺起胸膛，擺出一個代表自己精神抖擻的敬禮姿勢。接著，它也察覺到頭頂葉片的變化，急忙舉起小短手，朝頭頂一摸。

外側第四根葉子八十七度角，內側第一根葉子三十九度角。

這是——

「是風伶！」阿蘿大驚，「夥伴、夥伴，來的人是風伶！」

「什……！」藍采和剛失聲喊出一個字，嘴巴立刻遭人摀住。

「閉嘴，不要出聲。」

摀住藍采和嘴巴的是椒炎，他眉眼凌厲，一雙眸子散發出高度防備，緊緊盯著白霧最先湧出之處，聲音也壓至最低。

「誰知道現在這個風伶還記不記得你。別忘記那傢伙對聲音的癖好，他向來喜歡你的聲音。萬一他不記得你，還看上了你的聲音，那可不是什麼有趣的事。」

瞥見阿蘿也用兩隻小短手捂著嘴，椒炎從鼻子裡發出冷笑。

「阿蘿你可沒差，反正風伶以前就對你的聲音沒興趣。」

「太過分了！你竟然看不起俺充滿男子氣概的……嗚嗚嗚！」

阿蘿的嘴巴也讓人堵住，不過不是用手，而是藍采和祭出銀絲，將阿蘿捆了個密密實實，再繫在自己腰上，當成一個大型的蘿蔔鑰匙圈。

少了阿蘿的抗議聲，霧氣繚繞的小巷頓時恢復寧靜，同時也讓任何細微聲響更加清晰。

叮鈴——叮鈴——

是鈴鐺輕輕晃動的聲音。

椒炎和藍采和繃緊背脊，他們認得這個聲音。風伶走動時，總是會帶來鈴鐺聲。

叮鈴——叮鈴——叮鈴——

隨著鈴鐺聲越漸清晰，在小巷底端、白霧最初湧溢之處，漸漸出現一道高瘦人影。

人影一步步地向前走，宛如先前的白霧，速度不快也不慢。

當人影走至路燈下，燈光也將他的面貌清楚勾勒出來。

那是一名體型高瘦的美男子，五官秀麗，唇角掛著一抹沉靜的弧度，長長銀髮披散在身後。僅是行走，都令人覺得姿態優雅無比。而更為奇特的是，他的雙眼居然是閉著的，銀色睫毛靜靜垂下。

雖然閉著眼，男子踏出的步子卻極為沉穩，彷彿不用透過眼睛也能看清前方情況。

男子右手提著一柄造型古怪的燈籠。燈柄呈弧形曲線，上頭垂吊著六個風鈴形狀的燈，每一盞小燈綻放的光輝有著差異。

藍釆和望著自籃中界淹水後便不曾再見過的植物，那是他的鈴蘭沒錯，依舊一身沉靜優雅的氣質，依舊燈不離手。

銀髮男子在還未走近藍釆和等人之前，先停下腳步。

椒炎不敢大意，仍一手摀著藍釆和的嘴巴，神情戒備，像是遇敵的野獸。他用眼神向藍釆和傳遞訊息，後者意會，當下鬆了阿蘿身上的銀絲。

「風伶！現在立刻把雙手舉高放在腦袋後！」恢復自由的阿蘿馬上跳到椒炎頭頂，挺直它的小胸膛，「你有權保持沉默，否則你所說的一切都將成為呈堂證供！噢，俺說出來了！俺終於有機會說出這麼帥氣的台詞了！」

「聽你放屁！阿蘿你說這啥鳥東西？」沒想到阿蘿說出的話居然和自己預期不同，椒炎暴怒，一時忘記壓低聲音。他鬆開摀著藍釆和嘴巴的手，只想把膽敢跳到自己頭上作亂的人面蘿蔔抓下，「老子是要你試風伶那傢伙啊！」

「試我？」那是一道悅耳沉靜的男中音，「你們知道我的名字？」

一連兩個疑問，讓阿蘿和椒炎瞬間停下抓捕與閃避彼此的行為。他們看見那名閉眼男子微微側過臉，那雙沒有睜開的眼睛像是能看見一樣，不偏不倚對著他們的方向。

然後，風伶又用那悅耳的嗓音說出了第三句話，「可是，我不喜歡你們的聲音，沒有收集的價值。」

這一句話，讓藍采和的心臟重重一跳。收集的價值、明陽高中、無法說話的七名學生，難道說……一個念頭快如閃電地竄過藍采和腦海。

「是你拿走那七個學生的聲音？」顧不得椒炎先前的交代，藍采和急促叫喊出聲，只想求證事情的眞相，「風伶，是不是你拿走了那七個學生的聲音？」

「藍采和，我不是叫你閉嘴！」椒炎暴喝。

可是，已經來不及了。藍采和出聲的同時，風伶的臉迅速轉向他所在位置。

「我喜歡你的聲音。」風伶說。

下一秒，銀色身影消失了，眨眼間，那道身影居然重新出現在藍采和身畔。

藍采和甚至來不及反應，他瞳孔錯愕地收縮，看見銀髮男子伸出手，聽見那道悅耳沉靜的聲音傳入耳內。

「所以，成爲我的收藏品好嗎？」

「風伶你想都別想！」暴怒的大吼炸開，一道鮮艷的緋色猛地介入藍采和與風伶之間。

灼人的高溫讓風伶皺眉，伸出的手及時收回，躲過了被火燒傷的危機。

趁這機會，椒炎一把將藍采和拉到身後，紅銅色眼眸灼灼似火，燃動著高度敵意。

「你這傢伙，忘記老子和藍采和了嗎？」椒炎厲聲逼問面前的男子。

「我該記得你們？」風伶卻只是沉穩反問，態度一點也不似作假。

「風伶、風伶，你連俺都忘記了嗎？俺是你的好同伴阿蘿呀！」阿蘿落在椒炎肩膀上，雙手扠腰，「看看俺這充滿男子氣概的腳毛！有沒有想起來？有沒有想起來？」

「我確定我對那糾結的腳毛一點記憶也沒有。」風伶這次沒有反問，而是快速又果斷地否認。

阿蘿覺得自己纖細的蘿蔔心小小地被刺傷了，不過它不氣餒，繼續精神喊話，「那其他人呢？相菰、茉薇，還有那個刻薄又惹人厭的鬼針，你有沒有一點印象？」

奇異地，風伶忽然靜默，秀雅的眉頭略蹙起來，「不知道為什麼，蘿蔔你最後說的那個名字，讓人有種討厭的嫌惡感。」

好吧，藍采和再次深刻體認到，原形是鬼針草的那個男人，在同伴間做人有多失敗。

「我不認識你們，我也不知道你們說的那些人是誰。可是……」風伶再次開口，「我想要那位藍采和的聲音。」

話聲剛落，風伶已搶先出手。

叮鈴——叮鈴——叮鈴——

一聲又一聲的鈴鐺聲再度在被白霧環繞的小巷內響起。

風伶身形快如風、疾如電，眨眼便直欺椒炎面前，未提燈的修長五指眼見要抓握上椒炎的頸項。但椒炎哪可能乖乖任人宰割，他心念一動，鮮紅圓珠硬是比對方快上剎那。

雖然對這個眉眼不馴的紅髮少年毫無印象，風伶卻還是直覺感到危險，再次抽身而退。事實證明，他的直覺是正確的，退開的下一秒，紅珠子立即碰撞，帶來了小型爆炸。

煙塵瞬間瀰漫，風伶以袖掩住口鼻，心裡明白這回想要的聲音沒那麼容易得手了。但即使如此，他還是想要，他想收藏藍采和的聲音。

瞥見風伶暫無攻擊行為，藍采和迅速伸手朝虛空一抓，指尖頓時纏繞銀絲。

「椒炎，想辦法壓制住他。」藍采和果斷地下達指令，「不管風伶是喪失記憶還是受人操控，我要直接在這裡收伏他！」

「如果您這麼做的話，我會很傷腦筋的啊，藍采和大人。」

有誰咯咯輕笑，卻不是椒炎的聲音。

藍采和等人心下一震，這聲音分明屬於年輕女孩，他們飛快往聲源望去。是路燈。路燈上方，竟坐著一抹海藍色的纖細身影，兩條潔白的腿還踢晃了一、兩下。由於距離和霧氣的關係，看不清楚女孩的面貌。唯有一點是肯定的——

那女孩，絕非人類！

「好了，風伶，你還在拖拖拉拉地做什麼呢？不快點出手？」

聽女孩的口氣，顯然她和風伶是一夥的。

「聲音歸你，人我要了，這點你可別忘記。」

認知到這個事實，藍采和等人更為錯愕。風伶和那女孩究竟是什麼關係？而藍采和又為何是那女孩的目標？

「你老實說，藍采和，你到底惹惱過多少人？」椒炎太清楚自己主人的個性，縱使他總是一副笑盈盈的無害模樣，但若被踩到地雷——例如「不男不女」或是「缺乏男子氣概」這兩個關鍵字詞——管對方是誰，立刻六親不認地翻臉。

天曉得他有沒有因為這樣而為自己惹來敵人？

「別傻了，椒炎。」藍采和聳聳肩膀，「我可是品性良好，又不是鬼針那傢伙。」

姑且不論「品性良好」這四字的眞實度，但藍采和的後半句連椒炎都打從心底認同。若要論樹敵功力，那麼刻薄狠毒又傲慢無比的鬼針，確實是當仁不讓的第一名。

另一端，風伶卻沒有趁著藍采和他們竊竊私語的空隙出手。

「我想妳忘記了，我並不聽從任何人的指揮，即使是那位也一樣。」銀髮男子淡淡說道，沉靜的聲音透出一股冷漠，「我只是在做我想做的事，我想要聲音，僅此而已。」

「你！」甜美的女聲滲入惱怒，「殿下明明就說……！」

女孩驀地咬住聲音，驚覺自己可能會在無意間洩露情報。於是她不再和風伶爭辯，高舉起雙手，隱約有冷光在手上閃現。

「算了，不管怎樣都好，反正我就先幫你拿到你想要的聲音吧！」女孩嬌聲喊道，雙手使勁，做出一個扔擲的動作，有什麼東西俯衝下來了。

是稍早前曾攻擊過藍采和的泡泡。

同一刻，風伶也跟著採取行動，藍采和等人頓時陷入被夾攻的局面。

「雖然我還沒和女孩子玩過繩縛，不過這次也許可以試試看？」藍采和綻露柔和的笑靨，然而這笑卻是皮笑肉不笑，令身旁的一人一蘿蔔不禁感到頭皮發麻、寒意竄上。

沒有浪費時間，藍采和迅速揮甩指間銀絲，泛著銀光的絲線立刻交織成網，更有數條竄向路燈上端。

「眞是，老子明明說過會幫你綁人的吧，你幹嘛非要出手不可？」椒炎惱怒地叫喊，他彈了下手指，數顆紅珠平空浮現，飛繞到銀絲四周，加強網子的防護。

既然藍采和選擇對上方女孩出手，那麼椒炎自然是迎戰前方的風伶。

「等等啊！俺還在你肩膀上！你衝那麼快俺會暈車的啊，椒炎！」趴在椒炎肩上的人面蘿蔔悲慘大叫。

「靠！你廢話怎麼這麼多！」椒炎伸手抓住阿蘿，看也不看就將它朝牆邊扔去。

與此同時，上空也傳來了小型的爆炸聲。女孩召喚出的泡泡不是被銀網擋下，就是碰到紅珠，進而產生爆炸。

不知是否白霧的關係，那麼大的聲響，圍牆後的住家卻是一點騷動也沒有。

月夜下，附近的屋宅都寂靜如昔。

「風伶嗎？老子可沒想過有天居然能和你打上一場。」聽著爆炸聲在身後四響，椒炎眼中射出高昂戰意，火焰重新覆上他的手臂，眨眼就成了嚇人的焰之爪。他鎖定要攻擊的目標，管對方是不是同伴，現在唯一要做的就是打倒對方！

面對朝自己衝來的紅髮少年，風伶輕蹙秀麗的眉頭，他仍然闔著眼，提燈的右手一甩。那是瞬間發生的事——造型奇特的燈籠發生異變，它的形體猛地扭曲，變化成一柄細長的刀，刀身近乎透明，外圈籠著淡淡的銀光。

當那柄刀出現在風伶手中，椒炎眼中更是爆出興奮光彩。身爲同伴，他哪會不知道那柄刀代表的意義。如同相菰召喚出水鍵盤便是正式進入備戰狀態，此刻的風伶，同樣也有心要與椒炎大打一場。

然而心中的興奮剛掠過，甚至還沒發酵，椒炎猛然感覺到不對勁，那絲不對勁是從自己身上傳來的。椒炎心下一愣，但就在下一秒，他腦中襲來暈眩感，前衝的身體竟是不協調地晃了晃。

「椒炎！」望見這幕的阿蘿慌張地扯開嗓子大叫，只覺得自己的小心肝都要迸出喉嚨。不僅阿蘿，包括藍采和，包括風伶，也包括坐在路燈上的女孩，全望見了這一幕。

椒炎覺得自己似乎聽見誰在大叫，暈眩感越來越重，四肢的力氣逐漸被人抽空。他不知道自己的外形正在變化，緋紅火焰從手臂上消失，削瘦的身子縮小，轉眼間竟成了手掌大的迷你身形。

「椒炎！」藍采和白了一張臉，顧不得防範女孩，他衝向那抹落地的迷你身影，袍袖一揮，將對方捲入自己臂彎中，「該死，果然是在多崎時耗去太多力量，又沒好好休養……」

化作迷你體型的椒炎已失去意識，否則他在聽見阿蘿驚慌失措地大嚷「人工呼吸！讓俺替他做人工呼吸啊夥伴」時，一定會拚死放出火焰，燒了阿蘿向來最自傲的腿毛。

「啊啦，這可是大好機會呢。」坐在路燈上的女孩咯咯笑起，金眸閃著狠辣。她舉起食指，輕輕地在空中轉著圓圈，有什麼正無聲無息地形成。

同樣地，這對風伶來說也是不可錯失的大好機會。

「抱歉了，少年。」閉著眼的銀髮男子如此說。

聽聞這句話的藍采和反射性抬頭，就在他抬起頭的這一瞬間，水藍色眼眸裡已倒映出風伶的身影。

風伶猝不及防地欺至藍采和面前，張開修長優雅的五指，眼看即將一把箝住那過於蒼白脆弱的頸項。

就在這千鈞一髮之際，某道聲音響起了。如同最細的一根針，精準地插在風伶箝上藍采和頸項的前一秒。

是笛聲。

風伶動作硬生生停住了，指尖停在藍采和的脖子前，那張秀雅的面龐浮上茫然。他直立起背脊，向四周張望，似乎在尋找笛聲自何而來。

夜間無預警出現的笛聲既優美又愁涼，幽幽長長地迴盪在每個人心裡。

更奇異的是，那笛聲聽起來分明輕細，卻又清晰無比，彷彿吹笛人是在耳畔吹奏。

茫然的人不只風伶，坐在路燈上的女孩也是滿心愕然。轉著食指的動作中斷，她也不知道爲什麼，就是突然失去了攻擊的心思。接下來，讓女孩更加錯愕的景象在眼前上演。

風伶手中的長刀又變回了燈，他轉過身，往先前現身之處走去。

叮鈴——叮鈴——叮鈴——

隨著風伶的走動，鈴鐺聲再度響起。兩側白霧也跟著他的步伐逐一退返。

「風伶，你這是做什麼？風伶！」見對方居然撤退，女孩惱了，「你怎麼可以說走就……噢，眞是可惡，連我自己都不想打了。這笛聲到底是怎麼回事？」

末了，女孩咕噥幾句。那道坐在路燈上的海藍色身影旋即消失得無影無蹤。

白霧退得一乾二淨，小巷中只剩藍采和等人。

緊接著，就連笛聲也戛然而止。

倏然消失的笛聲猛然拉回藍采和的神智。他急忙站起，想要尋找聲音來自何方。

只是，如今僅餘一片悄然無聲。

「夥、夥伴，這笛聲難不成是……」阿蘿不敢相信地拉扯藍采和的袍角。

藍采和沒有回應，他眨了下眼，最後輕輕動了嘴唇。

「阿湘……？」

柒 該來的，終究躲不過

隔日，明陽高中。

當正午十二點的鐘聲響起，原本就有些浮躁的二年五班教室立刻像一鍋再也按捺不住的沸水，咕嚕咕嚕地炸開了鍋。推開椅子的聲音、人聲、奔跑聲，教室頓時變得熱鬧萬分。

不像附近同學衝去福利社或是學生餐廳，方奎只是坐在位子上，慢條斯理地收拾桌面物品，但鏡片後的一雙眼睛其實正緊盯著一道身影。

藍采和。

也不知道藍采和昨夜是做了什麼，今日的他居然頂著黑眼圈來上學。明顯睡眠不足的模樣，加上本身給人的病弱感，就連國文老師也忍不住出聲關心，主動詢問他要不要到保健室休息一下。

至於第三、四節課的英文老師，則是掛著嬌艷的笑，輕聲細語地要求所有學生盡量放輕聲音，以免吵醒已經體力不支趴下的藍采和。

現在想想，這要求確實不合理。有哪個老師會反其道而行，讓學生在課堂中睡覺？不過包括方奎在內的大部分學生，都被那抹笑迷得暈頭轉向，誰也沒有提出質疑。

此刻，一頭黑髮、膚色格外蒼白的病弱少年依舊一動也不動地趴在桌上休息。他的雙臂交疊爲枕，臉孔朝下，絲毫不爲吵鬧外界所動。

方奎盯著藍采和，心中在想是不是該去叫他起來。不然天知道他會一路昏睡到第幾堂課？這樣自己豈不是連追問的空檔也沒有了嗎？

目光下意識瞥向另一個轉學生的座位，據說是藍采和表姊的雙馬尾少女並不在位子上，興許是被其他女生拉出去了吧。這對方奎來說，是個大好機會。

正當他準備上前叫醒藍采和，一個男同學忽然跑了過來，一拍他的肩膀，指指門外。

「班長，外面有人說要找藍采和耶。」

「啊？」方奎一愣，反射性看向教室外。

前門確實站著一個校外人士。一身休閒便服，年紀看上去二十來歲，五官俊挺，但一雙濃眉卻糾結得死緊，襯得表情有些凶惡。

一邊猜測對方與藍采和的關係，方奎一邊隨口問道：「既然是找藍采和的，那你叫我做什麼？」

「欸，因爲茉薇老師剛不是交代過嗎？要我們千萬別吵醒藍采和……」男同學眼神游移了下，隨即理直氣壯地說道：「反正你是班長嘛，班長就是管班上大小事的……而且那男的看起來眞凶。」

「靠，這才是你的眞心話吧。我這哪叫班長？你乾脆叫我班上的管家公算了。」雖然嘴上抱怨，不過方奎還是一推眼鏡，迅速擺出自信表情，朝門外男人走去。

穿著休閒的男人一開始並沒有特別注意方奎，直到發現對方在自己面前站定，才困惑地皺緊眉。這個小動作，頓時加深不好親近的印象。

「抱歉，藍采和還在睡，叫不太起來。」方奎解釋，「我是這班的班長，請問你是？」

「……我是他的家人。」男人語氣似乎有絲心不甘、情不願，「那就麻煩你將這東西交給他，他早上忘了帶便當。」

「啊，好啊。」方奎伸手接過男人遞來的小提袋，「請問，要不要我再去叫他一次？」

「不用了。」男人視線瞄向教室內，像是在尋找誰，可很快又收回，「那小鬼睡多久了？該不會一整個早上都在睡？」

「咦？不，也不是睡很久……」身爲二年五班的班長，方奎說什麼也得替同學留點面子。只是這說法顯然讓男人看破了什麼，只見男人瞇細眼、咂下舌。

「這死小子，都忘了來學校是幹嘛的嗎？」男人咕噥，接著他看向方奎，「待會兒再叫不醒，你直接在他耳邊說『曹景休』三個字。」

「欸？」

方奎無法理解，但拋下那莫名三字的男人卻是轉身就走，連追問的機會也不給。於是方奎只能困惑地咀嚼那幾字的意義，提著要給藍采和的便當走回教室。

曹景休、曹景休……這三字聽起來怎麼那麼耳熟呀？方奎苦惱地思索，他覺得自己應該聽過，而且時間還是最近。

啊！想起來了！方奎在心底暗叫一聲。昨天他追出去找到藍采和時，正好聽見對方朝著手機大喊「景休」兩字。可是，在藍采和的身邊說出這個詞，有什麼意義嗎？

方奎百思不得其解，走至藍采和座位前時，對方猶然趴在桌上沉睡，能看見他露出的蒼白後頸。

先將提袋置於桌上，方奎半信半疑地彎下身，在藍采和耳邊吐出「曹景休」三字，沒想到效果出乎意料地好。

瞬間便見已經昏睡大半天的少年飛快抬頭，挺直背脊，雖說仍頂著兩枚黑眼圈，但眼中不再有睡意，反而清明得嚇人。

「對、對不起，景休，我絕對沒有上課打瞌睡！我只是……」挺直背脊的藍采和似乎發現到不對勁，他眨眨眼，抬高視線，看見一臉錯愕的方奎。

沒錯，是方奎，不是板著臉、面無表情的曹景休。

綳直的背脊頓時放鬆，藍采和靠上椅背，心臟還緊張地撲通撲通跳。靠杯，嚇死了，我還以爲景休眞的出現……不對，等等。

藍采和思緒猛地凍結。爲什麼方奎會知道「曹景休」這個名字？

「剛剛你的家人來找你，他給你帶了這個。」瞧見藍采和眼中有什麼一閃而逝，方奎趕忙解釋，免得對方加深戒備，自己就更難打探到消息了，「呃，他說要是再叫不醒你，就直接喊這名字。」

說實話，方奎可沒想到這麼有效，簡直就像是某種制約反應。幸好班上這時沒什麼人，留下的同學也都忙著吃飯聊天，最多只投來好奇的幾眼，便又轉回。

藍采和一愣。家人？誰？總不可能真的是景休來送便當吧？

心中納悶，藍采和打開提袋，取出小熊臉孔造型的便當盒，接著再將便當盒打開，耳邊同時傳來方奎吃驚的抽氣聲。

和造型可愛的便當盒截然不同，盒內盛裝的，是一團近似黑炭的……神祕物體。

這下子藍采和可以確定，送便當的人是誰了。

……小莓花，妳怎麼沒阻止哥哥下廚呢？

「我說，藍采和。」

一隻手拍上了藍采和的肩膀，他抬起頭，看見方奎滿臉同情之色。

「你就跟我一起去學生餐廳吃午餐吧。以我超自然同好會會長的名義發誓，我敢保證，這團應該唸作『實驗失敗』的東西吃下去，你下午就會在廁所裡度過了。」

如果要問藍采和，中午的學生餐廳究竟給他怎樣的感受，他會回答，簡直就像是全校學生都突然擠來這裡，放眼望去是滿滿的人潮。

寬大的長方形空間裡，除了塞滿眾多學生外，還充斥著各種聲音。音浪交疊在一塊，彷彿形成一首磅礡的交響樂。

怕藍采和被人潮衝散，方奎抓著對方的手臂，盡量擠開擋在前方的人，從空隙鑽過去。

「班長，其實我隨便買個東西來吃也可以……」藍采和光看見餐廳裡的人潮，就忍不住想打退堂鼓。

況且，就算要他回去啃那個像黑炭一樣的便當也沒關係，雖說危險等級似乎和小瓊的起床氣差不多，但再怎麼說，那可是哥哥做的愛心便當……呃，是愛心沒錯吧？

「說那什麼話？這裡的東西可是好吃到有掛保證的！」方奎頭也不回地喊，繼續奮力朝前方行進，「放心好了，我們絕對有位子可坐，那可是專屬我們超自然同好會的ＶＩＰ位子，只要……喔喔喔！有了，他果然有來這裡吃飯！」

聽見方奎的聲音染上欣喜，藍采和不免心生好奇。他越過方奎的肩膀，望向更前端，那實在是一個相當好認的目標。

因爲在桌桌爆滿的餐廳裡，最角落靠窗的桌子異常冷清，唯有一名男學生坐在那邊用餐。旁邊的三張椅子明明無人，卻沒見誰願意落坐。

獨自佔據那張桌子的，是一名面貌異常秀氣，但不會令人誤認性別的美少年。明明今日沒下雨，桌上卻擺了一把紫色雨傘。

少年低垂著眼，相當專心地吃午餐，一雙眉卻是愁苦地垮著，彷彿吃東西對他來說極爲痛苦。而從旁人眼光來看，要吃下少年面前的食物，的確是極爲痛苦且需要莫大勇氣。

那其實只是一碗湯麵，可問題在於那碗麵呈現令人怵目驚心的鮮艷紅色。明眼人一看就知道，那種嚇人的色澤源自於辣椒醬或是辣油，那已經不是一般人能接受的辣度了。

面前擺著紅通通的一碗麵，怪不得秀氣少年會露出愁雲慘霧的表情——這是第一眼見到這畫面的人會產生的想法；但如果再觀察下去，就會推翻這個想法。

因為少年的表情愁苦歸愁苦，悲哀歸悲哀，然而挾麵的右手停下時，他會再舀個幾匙辣醬進去，或是從口袋裡掏出一瓶辣椒粉使勁往湯中撒，讓整碗麵看起來越發通紅。

不僅如此，少年吃到一半，也不知是被辣椒嗆到還是想起什麼事，居然流下了眼淚。他就這麼一邊吃、一邊哭，一邊哭，再一邊替自己的麵加辣。

如此古怪又倒胃口的一幕，怪不得沒有學生願意靠近尚有空位的這桌了。

「唔哇，今天的吃法看起來依然很驚悚……」方奎彈下舌頭，每回瞧見那驚人的紅，都會令他忍不住懷疑對方的味覺是否還在。發現身邊安靜無聲，擔心藍采和受到過度衝擊，方奎連忙轉過頭，「呃，第一次看見的人都會呆住啦，不過多看幾次也就……藍采和？」

藍采和確實呆住了，但絕不是方奎所認為的因為瞧見那碗紅得嚇人的麵。他的視線死死盯著邊吃邊落淚的少年，他認得那眉那眼，不論是愁苦畏縮的表情，還是那張秀氣的臉孔，對他而言，都熟悉得不能再熟悉。

竟然……會在這裡遇上。藍采和彷彿沒聽見方奎的疑問，不自覺上前一步，嘴唇輕輕蠕動一下，像是想說出什麼。

「藍采和？」方奎注意到自家同學的舉動，不禁納悶，放大聲音再喊一次，「嘿，藍采和！」

吃著麵的秀氣少年驀地僵住，維持著一手拿筷子、一手拿湯匙的姿勢。他緩緩抬起頭，用著奇慢無比的速度抬起頭，直到他看見站在桌前的藍采和。

韓湘的視線與藍采和對上，然後他手中的湯匙、筷子「啪」的一聲掉落桌面。

「小小小小……」韓湘的聲音在打顫，就連牙齒似乎也在發抖。

「阿湘？眞的是阿湘？」藍采和眨也不眨地望著對方，墨黑的眸慢慢瞇起，唇角的弧度也越揚越高，綻放出一抹宛若春陽的欣喜笑容，「老子他×的總算是找到你了呢，阿湘。」

只是吐出來的話和那抹春陽般的笑容相差了不只十萬八千里。極巨大的落差讓方奎呆了呆，瞬間不知道該做何反應。

方奎沒反應，卻不代表韓湘也是。他發出短促的呻吟，臉龐刷白。

下一秒，驚慌失措的慘叫在學生餐廳的角落爆發開來。

「咿啊啊啊！我不是故意的！我、我絕不是故意要把你弄成那種體質的啊！」韓湘悲慘地大叫，他抓起桌上雨傘，完全不敢逗留，拉開窗戶、傘一撐，立時如脫兔般跳出了窗外。

「靠杯啦！你弄了就跑最好叫你不是故意的！」藍采和也不遲疑，馬上跳上桌、踩上窗框，迅速追出去。

學生餐廳內，頓時只剩回過神，卻來不及有所動作的方奎，以及大量騷動的人群。

明陽高中的操場上，正在上演一幅你追我跑的戲碼。由於正值午餐時間，操場上沒什麼人，否則這幅怪異的景象，只怕早已引來圍觀。

互相追逐的是兩名少年。追人的一方膚色蒼白、相貌病弱，彷彿隨時會體力不支暈倒。被追的一方則是在大太陽底下撐傘，秀氣的臉蛋掛著兩行淚，一臉如同世界末日降臨的絕望表情。

「阿湘你快點給我停下來！如果你不是故意的就給我停下！」

「我我我我想停下，可是小藍你的表情好可怕！我怕會死！嗚嗚嗚，我怕會被你打、被你踹、被你吊起來！」

這兩名少年正是藍采和與韓湘。

「胡說！你又不是我家植物，我沒事幹嘛對你做這種事？」藍采和不滿地自證清白。

「對、對喔，我又不是阿蘿或鬼針。」韓湘頓時煞住腳步，他連忙回身，一手握傘，一手伸出，做出「不要再向前」的手勢。

藍采和見狀也不再逼近，兩人之間保持著一段距離。

不知不覺兩人跑到操場邊緣的單槓區，呈ㄇ字形的單槓剛好阻隔在藍采和與韓湘之間。

藍采和喘了一、兩口氣，迅速調整好呼吸。這時他總算有餘力注意到其他事物，目光落在韓湘抓著的紫色雨傘上。

藍采和抬起頭。天氣很好，陽光也強，但有人會在被死追著不放時還堅持要撐傘嗎？

「阿湘，那傘是？」忍不住好奇，藍采和將疑問問出口。

「是……」韓湘緊抓著雨傘握把，眼盯腳尖，眉毛垂垮，一臉泫然欲泣。他張開嘴，聲若蚊蚋地說：「是……啦。」

由於聲音實在太細小，即使藍采和再怎麼努力聆聽，還是捕捉不到，最多只聽見頭、尾兩字，但完全沒有關鍵字眼。

「是什麼？」藍采和下意識上前一步，只是這一步，馬上又使得韓湘畏縮地後退。

見狀，藍采和露出容易讓人心安的和煦微笑，眼眸似月牙瞇得彎彎的。他重新退回原位，好讓同伴放下戒備。

「是、是詛咒……」韓湘果然少了警戒，雖然說話還有些結巴，「不撐傘的話，我會、我會很快暈倒的，我怕太陽曬。」

「哎？」藍采和詫異地提高一個音階，對於韓湘的說法，他一頭霧水，「阿湘，等一下，我怎麼聽不懂你在說什麼？你說，你也中了詛咒？」

韓湘點點頭，「就是那一次讓小藍……呃，變成那種體質的那一次，其實我、我也被波及到。我猜應該是我事前研究得不夠謹慎，不然、不然會很完美的，只有小藍你……不不不不！我不是這個意思！」

驚覺到自己似乎吐露出眞心話，韓湘連忙慌張搖手。

「我當初眞的只是秉持著研究精神，絕對、絕對沒有『太好了，小藍這時候過來剛好可以當我的實驗對象』的意思。」

韓湘根本徹底說出了真心話。

藍采和慢慢地吸一口氣，臉上微笑依然沒變，最多只是抬起一隻手，撐放在旁邊的單槓上而已。

「放心好了，我沒有生氣。」藍采和柔聲說，「哪，阿湘。你告訴我，你的詛咒和我的詛咒，有辦法解開嗎？」

「小藍你放心，我已經研究出辦法了。」

確認面前少年並非皮笑肉不笑，眼中也沒有散發出宛若要吃人的猙獰色彩，韓湘鬆了口氣，說起話來也比較流暢，不再那麼結巴。

「我的話，只要回去天界，很快就可以解開。我會一直待在人間也是因爲怕你生氣，還有怕阿景教訓我。不過你現在不生氣，我也就不用再擔心了。」

「那我身上的詛咒呢？也只要回天界就能很快解開了嗎？」藍采和耐心地繼續問。

「啊，不是，小藍你的跟我不一樣。」韓湘搖頭，「我有找到一個最快的方法。只要小藍你收集玉帝大人的鬍子、阿景的頭髮、張果的眉毛，還有這個、那個、這個、那個，加起來四十九種材料，就可以順利破……」

啪嘰。

韓湘瞬間閉上嘴巴，他覺得自己好像聽見「啪嘰」一聲。他小心翼翼地抬高傘緣，好讓視野開闊些。他的目光先是落在藍采和笑意盈盈的臉上，再順著他的手臂一路移向指尖。

蒼白的手指仍搭在單槓上，只是那單槓的形狀……似乎、好像，有點扭曲了。

「討厭啦，阿湘。剛剛風大，所以我有點聽不清楚。」藍采和的笑容沒有絲毫改變，事實上，他笑得越發無害了，「你說，需要幾種材料？」

「四四四四四十九種……」韓湘的聲音因本能感到危險而微微發抖。

「很好，四十九種。」藍采和的笑容下一剎那猛然猙獰扭曲，同時又是「啪嘰」一聲傳來，「我最好有辦法收集到四十九種材料啊混帳！阿景的頭髮就算了，玉帝大人的鬍子和果果的眉毛又是怎麼回事？靠杯，那個果果，那個性格差勁度絕對不輸鬼針的張果耶！」

「咿！小藍你明明說你不生氣的啊！」韓湘發出悲鳴，淚水在眼眶中打轉，一張秀氣臉蛋比紙還白。

「我是說過我不生氣。」藍采和鬆開手指，放開已被自己捏到彎曲變形的金屬柱，露出笑意沒有傳進眼底的微笑，「我只是會非常火大而已唷。」

那就是氣瘋的意思了嘛！韓湘在心底尖叫。

「對、對對不起，我知道這都是我的錯！這一切都是我的錯！像我這麼沒用的傢伙，小藍你就不要管我了！」韓湘的聲音抖個不停，他一步步往後退，猛地轉身拔腿就跑，「所以小藍拜託你不要管我——」

「在那之前你先想辦法用別的方法解開我的詛咒啊！」藍采和則是拔腿就追，操場上再次上演你追我跑的戲碼。

藍采和只差幾步就要追上前面的韓湘，卻不料對方突然回頭，空著的右手從口袋抓出一把東西向後撒。

藍采和反射性閉上眼，只是在他睜眼視物之前，身體已快一步告訴他那究竟是什麼。

他開始打噴嚏，覺得喉嚨和鼻子都爬上癢意，於是急忙掩住口鼻，用最快速度向後退了約莫一公尺之遠。

在藍采和前方，散落著一地小花。看起來嬌弱又惹人憐愛的白色花朵，映在藍采和眼中堪比無法突破的銅牆鐵壁。

只要一公尺內有花，這名膚色蒼白、眉目秀淨的少年仙人，就會開始狂打噴嚏。

更前方，撐著紫色雨傘的纖細身影早已趁機一溜煙竄到建築物裡。

「噢，該死的……哈、哈啾！哈啾！」不斷累積的癢意讓藍采和忍不住連打兩個噴嚏，他只好再向後與小花拉開距離，覆在口鼻上的手一時不敢放下。

藍采和眨了眨被淚霧侵染的眼，視野中已看不見韓湘的身影。

「靠杯啦，阿湘。」藍采和不怒反笑，只是這笑卻是陰惻惻的，帶著濃重的危險意味，「不要以為我沒辦法堵到你。」

放下手，藍采和閉上眼，直接以意識傳遞。

茉薇、鬼針聽令！你們的主人命令你們——

韓湘下午蹺課了。沒有待在教室裡，他反而跑到頂樓的天台。他蜷縮著身子，頭頂還遮覆一把傘，把自己藏在水塔後。陰影下，那張纖細面龐此刻愁苦得快要流出眼淚，就連眉毛也無精打采地垂下。

韓湘難過地呻吟一聲。雖然看過方奎拍到的照片，已經事先做了藍采和在豐陽市的心理準備，可他無論如何也沒想到，居然會無預警與對方面對面。

「玉帝我恨你……不不不，我不是在詛咒玉帝你的！」韓湘發覺用詞不對，趕忙改口，「怎麼辦？怎麼辦？小藍一定會很生氣的……嗚嗚嗚，我爲什麼老是這麼成事不足、敗事有餘？我果然是八仙中最沒用的一個……」

說到最後，這名僞裝成高中生的少年仙人再也忍不住悲從中來，眼淚一顆顆落下。

韓湘會來到人間，原來是爲了躲避藍采和的怒火，以及可能來自其他六仙的責罵。

韓湘私下喜歡研究古怪的東西，他前陣子迷上的剛好是詛咒。照著一些典籍的記載，再加入自己的創新，他研究出了屬於自己的詛咒。

而爲了證實詛咒是否靈驗，自然須要實驗。最初，韓湘鎖定的目標是呂洞賓，只可惜當時對方在家閉關，一心一意想縫製更精美的心上人娃娃，壓根見不到面。

於是韓湘把目標轉移到其他四仙——個性嚴謹的曹景休和冷酷漠然的張果，韓湘說什麼也不敢打他們的主意。

最後詛咒的試驗，落在碰巧來訪的藍采和身上。而詛咒的結果，可說是成功，也可說是失敗。成功的部分是，藍采和自此真的對花過敏；失敗的部分則是，韓湘沒想到自己會被波及，成了一曬太陽就會暈的體質。

「嗚嗚嗚，小藍竟然、竟然氣到從天界追下……咦？好像也不對？」韓湘驀然止住哭聲，他吸吸鼻子，發現一絲不對勁，「小藍下凡就下凡，爲什麼連風伶都會出現？而且，風伶還出手攻擊小藍？」

越想，韓湘越覺得事情大有蹊蹺。

乙殼指定身分是「高中生」、在明陽高中唸書的韓湘，昨夜爲了調查近日發生的怪異事件而前往學校附近，卻撞見了意想不到的光景。

「奪走學生聲音的凶手居然是風伶？這太奇、奇怪了啊……」韓湘抹抹眼淚。他所認識的風伶是個氣質高雅的人，個性上更是嫻靜、不愛紛爭。

倘若鬼針、茉薇與椒炎算是武鬥派，那麼風伶則是習慣旁觀的中立派了。這樣的風伶，唯一的特殊喜好就是聆聽各種聲音，可是，絕對不會出手奪取的。

「風伶、風伶，是出了什麼事嗎？難道說，小藍來這其實是爲了……唔啊！」韓湘猛地驚叫一聲，突然響起的鐘聲讓他心臟重重一跳，喃喃自語也因此中斷。

韓湘從傘下抬頭站起，身體自水塔後探出，向下一望，已經可以看見揹著書包的學生正陸續走出大樓。

視線再移動，對面的一年級教室裡，學生們不是在整理書包，就是起身走向教室門口。這一幕，讓韓湘驚覺自己這一蹺課，竟眞把下午的課都蹺光了，眼下已來到放學時間。很快地，底下人影從稀疏變成密集，眾多學生擠著往校門前進。前一刻還安靜的校園，轉眼被鬧哄哄的人聲佔領。

韓湘想到自己的書包還在教室，趕忙爬起來，三步併作兩步地跑向通往四樓的天台大門。不過手剛碰到門把，他又反射性地收回。

「不行，萬一、萬一小藍還待在學校……」擔心藍采和會爲了再見到自己而留下來，韓湘遲疑一下，決定打電話向好友求助。

撥出的電話好一會兒才接通，聽見手機裡傳來方奎的聲音，韓湘急忙向對方確認事情。

「方奎，是、是我，我是阿湘。」韓湘就像是怕被誰聽見一樣，聲音又細又小，「我我我問你喔，小藍他……不對，我是說你們班的那個轉學生，還在教室嗎？」

「你說藍采和嗎？他下午就因爲不舒服到保健室去了，一直沒回教室。應該已經早退了吧？害我根本就沒辦法……阿湘，你老實告訴我，你和藍采和……等等，別硬拉著我！」

方奎聲音忽然變得十分慌張，乍聽之下有點像是哀叫。

「我這輩子就算學不會游泳，也一樣可以活得堂堂正正！慢著，就說別拉我到游泳池做什麼特訓啊！」

方奎後半段話很明顯不是對韓湘說的。

韓湘困惑地看著手機，彷彿這樣看，就能看見另一邊發生的事。

手機裡又傳來方奎的聲音。

「總而言之，要是有任何事，你一定要告訴我哪，阿湘。就先這樣，我明天再找你……余曉愁，妳不要扒我的衣服！妳爲什麼堅持要我每天都和妳一起留校特訓啊！」

方奎氣急敗壞的慘叫下一秒倏然中斷，結束通訊的手機不再發出絲毫聲音。

方奎最後喊出的人名，讓韓湘大致可以推測出事情的來龍去脈。

泳技極佳的余曉愁一直想讓曾經溺水的方奎減少對游泳的抗拒。看樣子，方奎這次又被他的那位青梅竹馬強行押到泳池去了。

「不過，方奎也眞、眞遲鈍啊……」

韓湘嘆著氣做出結論。就算是青梅竹馬，方奎難道眞的不知道，對方是爲了什麼才會天天抓著他嗎？

「曉愁明明就對他……唔，算了，還是、還是旁觀就好。」

既然得知藍采早退，韓湘總算是鬆了一口氣。少去心頭壓力的他，就連腳步也變得比平常輕鬆。

韓湘回到教室拿了書包，只想趕快回家，順便思考明天要怎麼辦才好。畢竟躲得了一時，躲不了一世。

錯開學生最多的放學時間，當韓湘撐傘走出二年級大樓時，已不見先前的擁擠人潮。

韓湘低著頭快步走向校門，他穿過一年級大樓，來到前庭，大門就在前方。

只是就在他正要一腳踏出校門之際，視野內出現了兩雙腳。一雙是男人的，一雙則是屬於女人。

韓湘一愣，步子停住。他慢慢地抬高傘，視線也從對方的鞋尖一路向上移。

白色的長袍、凝著戾氣的面龐、一頭綁束在頸後的黑長髮；鮮紅的裙裝、嬌艷無比的臉蛋、波浪鬈的金色長髮。

黑髮白膚的男人，以及金髮藍眸的女人。

韓湘的動作定格了。

「韓大人。」男人說。

「韓大人。」女人說。

「請跟我們走一趟。」兩人同時說。

韓湘手一抖，差點掉了手中雨傘。

玉帝在上！爲什麼沒人跟我說鬼針和茉薇竟然也在明陽裡啊！

捌 韓湘

川芎若有所思地盯著僵坐在客廳沙發上、雙手擱在膝蓋、背部挺得異常筆直，並且身穿明陽高中制服的少年。

少年身形纖細，卻不像藍采和一樣給人風一吹就倒的感覺。潔白的臉龐五官秀氣，多少帶了一絲女氣，但不至於令人誤認性別。

而現在，少年那雙細緻的眉毛，正愁苦地垂下，眸子緊盯腳下，無論如何就是不敢抬起與對面的川芎直視。

這名看起來怕生內向的少年，是前幾分鐘由鬼針和茉薇親自帶回的。若不是藍采和事先告訴過川芎少年的名字，見對方畏縮膽怯的模樣，川芎還真要將藍采和的植物們當成了綁架犯，居然綁了一個人到自己家。

他盯著少年瞧，林家么女也模仿兄長的動作，圓亮的大眼睛眨巴眨巴地盯著少年。

除此之外，客廳裡還有一截半透明身影從門板後探出來，眼內盈滿不加掩飾的好奇。

被這麼多視線盯著，少年更加緊張了，置於膝上的雙手捏成拳，額角滲出冷汗，彷彿隨時準備奪門而出。

「哎，哥哥，你們要喝茶嗎？」

總算有人打破客廳裡的詭異沉默，藍采和自廚房裡探出身來，腰間繫著一條小熊圖案的圍裙，墨黑眉眼含笑，像是沒察覺眼前古怪的氣氛。

「還是喝其他飲料？」又一顆腦袋露出來，這回是頂著翠綠葉片的白色腦袋。阿蘿與藍采和做相同打扮，自藍采和腿後探出半截身子，「還是要俺的馬殺雞服務？」

「馬殺雞……什麼？」陌生的名詞吸引莓花的注意力，她不再盯著客人，而是轉過頭，眸子裡浮現求知欲。

只可惜，阿蘿還來不及出聲解釋，藍采和已一腳踩上它，同時還有一隻室內拖鞋砸上那具白胖的身體。

突如其來的一幕，讓沙發上的少年幾乎彈跳起來，卻又拚命地壓抑住緊張。

「莓花乖，那不是什麼重要的東西。」腳上只剩一隻室內拖鞋的川芎，摸摸自己妹妹的頭，接著他瞄了眼如坐針氈的少年，再將目光轉向自家幫傭，「我說，藍采和。」

「是？」被點到名的藍采和笑咪咪的，腳下力氣卻沒放鬆，踩得阿蘿只能發出「嗚嗚嗚、咿咿咿、啊啊啊」的三段式呻吟。

「你帶回來的這小鬼，眞的叫韓湘？」川芎皺著眉問，「八仙中的那個『韓湘子』？」

「是、是的！對對對不起，我就是那個韓湘子！」

藍采和還沒開口，沙發上的少年先驚慌失措地跳起，他的眉毛垂成八字形，嘴唇顫抖，眼眶內似乎還有淚水打轉。

「忘、忘記帶伴手禮眞的很抱歉，還請千萬、千萬不要因爲我的疏忽，就將八仙統統當成沒禮貌的人。另外，有件事、有件事想請教一下，請問……爲什麼你會知道我等的眞實身分？你究竟是誰呀？」

……這種問題，應該一開始就問的吧？而且身分的事你剛剛不是全都說出來了嗎？川芎按壓著眉心，忍住嘆氣的衝動。

太好了，又來一位仙人。爲什麼連明陽高中裡都會出現八仙中的一人？再這樣發展下去，套句張薔蜜說的，眞的可以集滿八仙了。

見鬼了，誰會想集那種東西啊！

「阿湘你冷靜些。」

嬌美的少女嗓音自上方落下，換下制服的何瓊一步步走下樓，貓兒似的大眼帶著笑意。

「川芎大哥和莓花不是什麼外人，阿景他們也都認識唷。」

「小小小小小瓊？」一望見綁著雙馬尾的美麗少女，韓湘更是睜大了眼，坐也坐不住。他只知道藍采和寄住在這個家，沒想到連何瓊也在，旋即才反應對方說了誰的名字，臉龐頓時刷白，「不、不會吧？還有阿景？咿！難道說阿景他他他下來是爲了……」

「爲了什麼？」何瓊困惑地歪了下頭。

「沒有！沒沒沒有！」驚覺自己差點說溜了嘴，韓湘迅速閉上嘴巴，眼神心虛地瞄向藍采和；然而還沒從對方的表情確認他有沒有將詛咒的事說出去，一道中年男人的聲音無預警傳來，嚇得他身體猛然一震。

「可是聽起來就像是有什麼啊。」約翰脫離門板，忍不住好奇地插嘴：「仙人耶！沒想到我竟然又看見一個活生生的仙人？這眞是太神奇了！」

約翰顯然沒意識到，自己的存在本身就是一件神奇的事。

韓湘循聲轉頭，映入眼中的是一個身體呈現半透明的中年人，穿著花襯衫、海灘褲，腳下踩著一雙藍白拖。

「咿！有鬼啊！」韓湘驚叫，「爲、爲什麼這裡有鬼？他是什麼時候出現在這的？爲、爲什麼我完全不知道！」

「眞是夠了，你先冷靜一下。」看不過去韓湘的慌張模樣，川芎雙手按住對方的肩膀，將他壓回座位上，「那是約翰，我家地下室的特產。他五分鐘前就出現在這了，只是你沒注意到。」

「咦？是這、這樣嗎？」或許是被林家長男的氣勢震懾住，韓湘吶吶地回應。他乖乖坐回沙發，雙手重新規矩地放在膝蓋上，「不、不好意思，我來到人間還不是很久，不知道人類家裡的地下室會出這種特產，還、還請見諒。」

「你以爲你這樣說，我就會原諒你嗎？就算是心胸寬大的大叔，也無法原諒！」

哀怨的語氣瞬間轉爲氣急敗壞，約翰飛快飄到韓湘與川芎面前。仔細一看，還能發現他的眼中噙滿憤怒的淚水。

「誰是地下室的特產啊？再怎麼說都應該加上『超珍貴』才對！而且我明明半小時前就待在這裡了！過分，眞是太過分了！爲什麼人類還有仙人老是喜歡欺負大叔？」

約翰再次拔高身形，他改飛到客廳中央，抽了一把衛生紙，大力地擤鼻涕。

「我明明就是比少年仔還要資深的房客啊！但那個沒啥男子氣概的少年仔爲什麼……」

咔嚓。

某個聲音突兀地響起，在約翰喋喋不休的話語中仍相當清晰，甚至可說清晰得過了頭。

約翰閉上嘴巴，後知後覺地發現，自己好像說出了在林家被禁止使用的形容詞。

數雙眼睛全都望向聲音來源處。

成爲焦點的藍采和，猶然一臉溫和無辜的笑，眉眼彎彎、看不出什麼猙獰神情，與平時的反應有點不太一樣。

「咦？」何瓊睜大眼。

「欸？」韓湘震驚地站起來。

「靠……靠北邊走。藍采和，你是被附身了嗎？」川芎滿臉不敢置信，雙手從莓花耳旁移開。按照以往的發展，藍采和不是早就扭曲一張秀淨的臉，當場髒話飆滿天了嗎？

「討厭啦，哥哥，人家有時候還是很理智的。」藍采和繼續露出純良無害的微笑，「我先進去準備晚餐材料喔，不然會來不及煮的。」

說完，藍采和鬆開了握在門把上的手指。他鬆手的速度很慢，一根根地放開，可轉身返回廚房的速度卻很快，簡直就像有火在燒他的屁股。

就在下一刹那，川芎總算明白為什麼自家幫傭會逃命似地衝回廚房。

首先是金屬製的門把「噹啷」一聲墜落，緊接著，整扇門板開始傾斜。

——原來藍采和不只是扯下門把，就連門板也被他完全拆下。

「藍采和！你這樣最好叫作很理智！你這欠揍的小鬼——」

川芎憤怒的咆哮響徹客廳，可誰也沒注意到，韓湘在聽完兩人的對話後，臉色刷得更白了，背後更是冷汗涔涔。

煮？揍？合在一起……不就是「詛咒」的音嗎？

——一定不會錯的，他們這是在暗示詛咒那件事啊！

韓湘幾乎又要跳起來了。萬一這時讓其他人知道自己當初做的事……玉帝在上，那些植物也在這啊！要是、要是那些護主狂知道……越想，韓湘越是心驚膽跳，冷汗也越流越多。

「阿湘，你是不是不舒服？」發現同伴神色有異，何瓊伸手搭上對方的肩膀，卻沒想到這個小動作惹得對方當場發出驚喊。

「咿！不是我！我真的不是故意要這麼做的！」韓湘慌忙大叫，整個人像受到驚嚇的小動物，不住瑟縮。

突來的激烈反應嚇到了客廳所有人。

「不、不是，我是說……」韓湘意識到自己反應過大，緊張地想要掩飾。

彷彿聽見了韓湘的心聲，高亢的門鈴聲就像一把小刀，瞬間切入客廳之中。

「啊啦，有客人？」躲進廚房的藍采和又露出頭，墨黑的眸子盛滿好奇。

川芎下意識皺眉，他可沒聽說這時誰要上門拜訪。

「你家監護人有說要來嗎？」他瞄向藍采和，後者急忙搖頭，不忘擺出乖巧溫馴的姿態，以表明自己眞的是無辜的。

門鈴聲持續響起，門外的訪客宛如篤定了屋內一定有人。

「怪了，會是誰？」川芎離開座位走向大門，他伸手搭上門把，解開門鎖，拉開門。下一剎那，門被他反射性關上，發出響亮的「砰」一聲。

「葛格？」

「哥哥？」

「川芎大哥？」

川芎瞪視門板一秒，隨即放鬆緊繃的肩膀，他吐出一口氣，重新拉開大門，迎入站在外邊的淡紫身影。

一頭長直髮、外表精明冷靜的美麗女子推高眼鏡，「川芎同學，不要看見你的責任編輯就反射性甩門。怎麼，你稿子又沒寫完了嗎？」

「屁啦，我昨天明明才將東西交給妳。」川芎低罵。他會甩門，只是以往被催稿催到怕，不小心養成的反射性動作，「妳怎麼會突然來，張薔蜜？」

川芎可沒想到訪客會是自己的青梅竹馬兼責編，同時也是流浪者基地的小說部之首。

「如果我說我的第六感告訴我，你們今晚會吃得特別豐富，所以我才特地來的，你信嗎？」薔蜜脫下高跟鞋，踩上室內地板，她瞥了一眼面露震驚、似乎將她的話當眞的男人，「我亂說的，其實是有人通知我能過來蹭晚飯，才順便繞過來。」

「啥？妳亂說的……靠杯，我還眞的相信了。」川芎不高興地咂下舌，可立即醒悟到另一件更重要的事，「慢著，妳說有人通知妳？」

下一秒，川芎迅速轉回頭，凶惡的眼神跳過何瓊，直接看向藍采和。但藍采和卻是一臉疑惑，像是在反問爲什麼要看他。

川芎冷靜了下來，從頭到尾也沒看見藍采和打電話，怎麼說凶手都不該是他才對。小瓊跳過，莓花也跳過，韓湘就更不用說了，他根本不認識薔蜜。

飛快在心裡剔除人選，最後，川芎的視線慢慢地移往樓梯口的方向。那裡有根蘿蔔正躡手躡腳地往上走，手裡還抓著一支手機。

川芎青筋迸出，「原來就是你這根蘿蔔！當初在多崎也是你通風報信的對不對！」

「嗚哇哇！俺只是基於與相菰好兄弟的情誼，想讓他見見薔蜜大人啊！」被逮個正著的阿蘿跳起來，「而且多崎的事跟俺一點關係也沒有，俺可以用俺隔壁老王家的妹妹的老公的鄰居的頭髮發誓！那眞的跟俺沒有關係！」

「你用那種東西發誓，我最好會信你！而且那些植物好不容易安分待在籃子裡，沒事別叫他們出來搗亂！」回想當時在多崎被逼著寫稿的慘況，川芎頓時燃起滿肚子怒火，「不把你刨成蘿蔔絲配生魚片，老子就不姓林！」

「咿啊啊！川芎大人求求你，千萬別這樣做！夥件夥件！殺蘿蔔了啊夥件！」

人類與蘿蔔的追逐戰就此展開。

無視自家蘿蔔被人殺氣騰騰地追著跑，其實才是凶手的藍采和態度親熱地迎接薔蜜。

「薔蜜姊，等等一起吃晚飯吧，再一下下就可以弄好了。」年少的蒼白面龐堆著最眞摯的笑容，「啊，那位就是我在電話裡跟妳提過的……」

「韓湘？八仙中的韓湘子嗎？」薔蜜在沙發旁站定，居高臨下望著身穿制服的秀氣少年。

薔蜜臉上沒特別揚起笑容時，那張美麗的臉蛋往往給人冷漠的錯覺。鏡片後的眼睛看起來更是銳利無比，全身散發難以言喻的魄力。

被面前的陌生女子這麼盯著，韓湘只覺得停住的冷汗好像又冒出來。對方的視線給他帶來壓迫，感覺就像曹景休站在自己眼前一樣。

韓湘忍不住慌了。他如坐針氈，不停猜想藍采和究竟在電話裡告訴過對方什麼。

小藍說了嗎？難、難不成，小藍都說出來了嗎？所所所所以，這位人類姑娘才會如此目光銳利地看著自己？

「你好，韓湘。藍小弟跟我提過了，聽說你喜歡做些研究？那你……」其實薔蜜只是想問「那你喜歡研究不可思議的『驚奇！你所不知道的超自然世界』這個節目嗎」，卻沒想到她尚未問完，坐在沙發上的纖細少年已驚慌失措地猛力跳起。

「對不起！對對對不起！我不是故意要害小藍得到對花過敏的詛咒！這一切都是我的錯！我這就把我自己放逐到天際，請你們不要管我了！」

韓湘悲痛地嚷著，他抓起雨傘，如同箭矢般衝出林家大門，速度快得讓人攔也攔不住，眨眼間消失在眾人面前。

「阿湘！阿湘！我去追他！」雖然慢了幾拍，但藍采和是眾人中反應最快的。他三步併作兩步地奔往大門，快速套上鞋子，拔腿追了出去。

留下客廳裡一干人等加一根蘿蔔。

「過敏？」川芎拎著被他逮住的阿蘿，狐疑地重複這兩個字。

「詛咒？」薔蜜則是挑高眉梢。

「那個，小藍葛格和小藍葛格的朋友都跑走了耶……」莓花眨巴著眼，一臉困惑。

何瓊卻是不說話，她若有所思地摸著嘴唇，總算明白爲什麼同爲八仙年少組的韓湘會離開天界。

——原來，小藍的詛咒是阿湘弄出來的，怪不得阿湘會躲到人間來。

「阿湘！阿湘！」

藍采和追出門外，外頭天色早已暗下，小巷內的住戶都亮起了燈，街邊路燈亦散發著水銀色光芒。

藉著這些光源，藍采和一眼就瞧見韓湘往小巷盡頭跑去的身影。

「阿湘，你等一下！」見狀，藍采和不敢遲疑，趕忙拔腿再追。

聽見身後傳來的叫喊，穿著明陽高中制服的少年不但沒有停下，反而加快腳下速度，無論如何都想與對方拉開距離。

兩人就在夜間小巷裡，一前一後地展開追逐，一個拚命逃、一個拚命追，不時引來路人的側目。

「阿湘，你爲什麼一定要逃？」

「那小藍你又爲什麼一定要追？」

眼見同伴完全沒有止步的打算，思及今日校內發生的事，憂心對方再撒出花，自己會白忙一場。藍采和眼一瞇，迅速觀望四周，巷內正巧無人車經過，他伸手探向口袋，指間夾住僞裝成國民身分證的乙太之卡。

不料這時異變陡生！

白色霧氣平空湧現，並且迅速漫過藍采和腳邊。同時鈴聲驟響，「叮鈴、叮鈴」的聲音忽前忽後地傳入耳中。但不論從哪傳來，每一聲都清晰無比。

藍采和臉色瞬變，心下一驚。這鈴聲、這霧氣，是風伶？

彷彿在印證藍采和的猜想，鈴鐺聲瞬間變得更急促、更狂亂。

叮鈴！叮鈴！叮鈴！

藍采和不敢再遲疑，他掏出乙太之卡，張嘴就要喊出解除乙殼的咒語。

「討厭啦，我不是說我會傷腦筋嗎？」甜美的女聲咯咯嬌笑道。

藍采和還來不及反應，握著乙太之卡的右手腕已傳來被勒緊的疼痛。一條由泡泡組成的長鍊捆住他的手腕，猛然加重的力道迫使藍采和手指一顫，竟是掉了乙太之卡。

藍采和卻沒有彎身去撿。

——因爲有一雙手，一雙修長白皙的手，正自頸後探出，輕輕地掐在他的脖子上。

「抓到你了，少年。」有誰沉靜地這麼說。

玖　被撞見的現場

當韓湘察覺到情況有變已經來不及了。

他猛一回頭，撞入眼底的赫然是同伴被制住的光景。

一雙修長白皙的手圈在藍采和脖頸上，手臂的主人則是一名閉眼的年輕銀髮男子。

鈴鐺聲還在不停響著，高亢又刺耳。

叮鈴！叮鈴！叮鈴！

「小藍！」韓湘心中大駭，不敢相信風伶眞的出手攻擊自己的主人。他顧不得自己原本是被追逐的一方，即刻抽出乙太之卡，邁出雙腳，「放開小藍，風伶！吾之名爲韓湘，現在要求解除乙殼限制！應許．承認！」

向來纖細的少年嗓音因情緒激動而拔得響亮，如同一柄新開封的刃，氣勢十足地劃破夜間小巷的寧靜。

淡紫光芒瞬間充斥巷內，隨即收成細長光束，宛若植物枝蔓妖嬈延伸，攀爬上少年四肢。

不到眨眼間，韓湘原本身穿的格紋長褲與白襯衫全幻化成柔軟飄逸的紫色布料。襟領、袖口及外衣下襬綴飾著繁雜的華麗花紋，內裡則是貼覆身軀的緊衣，腰間露出，一道形似羽毛的淡紫圖騰顯目地烙印其上。

不僅衣著改變，韓湘的眼色、髮色，皆化爲同色系的淡紫。五指抓握住的長柄雨傘更在光芒乍現的那一刻，變成了通體透銀且帶著紫紋的橫笛。

橫笛如劍，飛快隨著主人的動作一個揮劃，看不見的氣流頓時呈放射狀彈射出去，急急撞向手猶扣著藍采和頸項的男子。

即使眼不能視物，但憑靠異常敏銳的感官，風伶當即感受到危險到來，他抽開雙手，並不打算與韓湘硬碰硬。

縱然不知韓湘來歷，但風伶心裡清楚，自己絕非對手。況且，他也奪得了最想要之物。毫無戀戰之心，眼眸閉合的銀髮男子側退一步，身形轉眼竟和白霧一併消失。

藍采和按著自己的脖子，雙腿彷彿突然被抽光力氣，跪倒在地。

「小藍！小藍！」無暇理會風伶的消失，韓湘急忙奔至藍采和身邊，眉眼是掩不住的驚惶，秀氣的臉蛋看起來像快要哭出來，「小藍你有沒有怎樣？拜託你千萬別怎樣啊！否則你的植物一定會找我麻煩的！」

藍采和都還沒鎮定下來，就被劈頭罩下的一大串話打得頭暈眼花。他伸手探向掉落一旁的乙太之卡，抬頭望著面前一臉泫然欲泣的年少組同伴，想開口安撫對方先冷靜下來。

然後，藍采和發現不對勁了。那張總是笑意盈盈的面龐上，罕見地露出錯愕，一雙墨黑眸子睜得又圓又大。

……靠杯，不會吧？藍采和呆若木雞。

「小藍？」注意到同伴的表情，韓湘也看出有地方不對勁了。他吸吸鼻子，小心翼翼地問道：「該不會……真的被風伶怎樣了？」

藍采和動動嘴巴，閉上，再動動嘴巴。

「咦？小藍，你有說什麼嗎？」聽不見聲音的韓湘，納悶地將耳朵往藍采和嘴邊貼近。但不曉得是不是太小聲，雖說看見了缺乏血色的嘴唇一開一合，可就是捕捉不到任何聲音。

「啊啦，藍采和大人，您說不出話來了嗎？」

先前出現的女聲再次落下，又甜又軟，令人想起棉花糖。

「眞傷腦筋、眞傷腦筋，不過，是您要傷腦筋哪。」

藍采和快速朝上望去，路燈之上，果然坐著一抹纖細的海藍色身影。她的身周圍繞著許多泡泡，遮掩大半面容。

「若想要拿回聲音，我們會在明陽等著您。」少女發出甜甜的笑聲，下一秒，聲音又轉成輕柔，「還有您，韓湘大人。」

尾音方落，坐在高高路燈上的海藍色身影頓時崩化成無數大小泡泡，一顆顆地往上飄升，很快地消失在夜幕中。

小巷裡，不見風伶、不見少女，兩側環繞的白霧亦退得乾乾淨淨，巷內恢復本來景象。

韓湘？爲什麼會指名阿湘？難道說，連阿湘也是對方的目標嗎？越來越無法理解對方的意圖，藍采和只覺至今發生的一切，就像一團纏得亂七八糟的毛線球，難以理出頭緒。

正自思索，忽然一雙手緊緊抓住藍采和的肩膀。

「小小小小藍……」誰的聲音抖得像浪花一樣，甚至語帶哭腔。

藍采和收回視線，一張近得幾乎要貼上自己臉的秀氣面孔嚇了他一大跳。如果不是還認得出那是韓湘，他可能就要反射性一掌揮出去了。

「小、小藍。」紫髮紫眸的少年哪知道藍采和心思，他死命抓著對方肩膀，眼角泛紅，眼眶裡淚珠打轉，「眞的嗎？她說的是眞的嗎？你你你的聲音……眞的被風伶奪走了？」

藍采和只能回以一抹苦笑當作回答，他現在眞的說不出話了。

韓湘呆住，抓著藍采和的雙手也驟然鬆下。

下一秒，他再度抓住同伴的肩膀，「完蛋了！完蛋了！小藍你說、說，這該怎麼辦才好？有我在，居居居然還讓你出事？阿景一定會不高興的，你家的植物也會不高興的……尤、尤其是鬼針還有茉薇他們，會和風伶打起來的！」

說著，韓湘看起來就要痛哭失聲了。

「怎麼辦啊，小藍！風伶絕對會被他們倆、他們倆宰掉的！如如如果風伶眞的被宰掉的話，能不能拜託你把灰讓給我，讓我研究、研究？」

……靠夭，你已經篤定風伶會被人燒成灰了嗎？藍采和的額角迸出一條不明顯的青筋，任憑肩上的雙手繼續抓著自己，他唇畔浮起微笑，伸出了手。

不一會兒，小巷內傳出一陣細弱的哀鳴。

「嗚嗚嗚，我冷靜下來了……小藍，我、我眞的冷靜下來了啊……」韓湘滿臉愁苦，表情說有多悲切就有多悲切，「所以請你不、不要再拿我的笛子，勒、勒我的脖子了……」

等架在脖子前的橫笛挪開，韓湘抓過笛子，縮在角落，忍不住掩面抽抽噎噎地哭了。

「我果然是八仙中最沒用的……我對這個世界已經不抱希望……嗚，就讓我一個人在這裡自生自滅吧……」韓湘肩膀一聳一聳地顫動，不時還發出吸鼻子的聲音。

——雖然身爲八仙之一，然而被世人尊稱爲「韓湘子」的韓湘，其實只是個悲觀消極的愛哭鬼，若遭受到打擊，就會陷入自怨自艾模式。

見狀，藍采和在韓湘身邊蹲下。他拍拍對方的肩膀，像是在給人無聲的安慰。等韓湘抬起布著淚痕的臉，藍采和瞇起眼睛，嘴唇也彎起柔軟的弧線。

接著，他笑盈盈地在路燈的燈柱上，掐出五枚凹下去的指印。

放你自生自滅？靠杯啦，阿湘，你加在我身上的詛咒都沒解除，而且人家都指名你去了。怎麼，你現在是玩弄過我就想跑嗎？

就算膚色蒼白的秀淨少年沒開口，韓湘還是從對方猙獰閃動的眸裡，讀出以上訊息。

韓湘眼淚瞬間止住。

「不不不，我絕、絕對沒有玩了就跑的念頭，也絕對沒有、沒有想說，要是小藍你放我一個人，我就可以趁機逃逃逃走了！」韓湘使勁搖著頭。

他抹抹眼角淚水，縮著肩膀站起，把橫笛抱在胸前，畏縮地覷著仍笑如春陽的同伴。

「那個，我們現在直接去明陽嗎？還、還是……先回去通知小瓊？」

藍采和摸摸下唇。此時的他無法出聲，便無法解除乙殼限制，倘若只有自己和韓湘，只怕又會遭受那神祕少女的偷襲。

但是，不趕緊先到明陽的話……短短瞬間，藍采和腦海裡掠過諸多思緒，最後他迅速地做下決定。

如今不能說話的少年仙人從口袋取出一朵用塑膠套包住的粉色花朵，交至韓湘手中。

韓湘馬上認出那是什麼，那是能夠與何瓊聯絡的通訊工具。明白事情的緊要性，他握住花，另一隻手則是被藍采和拉住，後者正用指尖在他的掌心上寫字。

——通知小瓊，要她到明陽。

「喂喂，小、小瓊在嗎？這裡是阿湘，聽到的話，小瓊請、請回答。」

韓湘話語落下沒多久，夜氣環繞的小巷內很快響起第三人的聲音。少女嬌俏的嗓音從花朵中心傳出。

「這裡是小瓊，發生什麼事了嗎？大家都還在等你們回來吃晚餐呢。」

「小瓊妳聽我說……」

感覺停在掌心的食指再次寫動，韓湘一邊用眼角瞄著藍采和的手，一邊配合他的速度說。

「我們遇上風伶了，他奪走小藍的聲音，所以妳現在快來明陽的側門，跟我們會合。帶上椒炎跟阿蘿，鬼針、茉薇和相菰留守家裡，這是小藍交代的。然後順便拿白板跟筆過來，這也是小藍交代的。要是鬼針他們敢跟，就等著直接被嗶掉，這、這也是小藍交代的！絕對不是我說的！」

「……了解，這邊全部都收到了唷。」只停頓短短幾秒，嬌美的話聲便回以肯定的答覆，「小藍、阿湘，我們馬上就到。」

結束通訊，韓湘再將試探的眼神投向藍采和，無聲地詢問接下來的行動。

藍采和想了想，再一次於韓湘掌心上寫字，他打算要韓湘先回復乙殼姿態，否則萬一有人經過，這顯目的模樣絕對會引來不必要的麻煩。

只是藍采和才剛寫了「回復」兩字，他的動作就硬生生地停住了。

「藍采和？還有……阿湘？」

小巷內出現第三道聲音，但聲音卻不是從粉色花朵傳來的，而是貨眞價實地來自巷口。

不管是藍采和還是韓湘，兩名少年仙人都僵住身子，他們慢慢地扭過頭。

巷口處，一名戴著方框眼鏡、身穿明陽制服、手裡還拿著書包的俊秀少年，正瞠目結舌地望著他們。

手中書包「啪」的一聲掉落在地，發出沉悶的聲響。

方奎睜大眼，不敢相信自己居然會撞見這種畫面。事實上，他坐公車不小心又坐過站了，反方向的公車也不知何時才到，乾脆步行回家，卻在途中聽見再熟悉不過的少年聲音。

雖然不知道爲什麼聲音激動又拔得高亢，但方奎認得，那是韓湘的聲音。

阿湘是在和誰說話？而且還那麼激動？好奇心促使下，方奎決定循聲過去看看，然後他見著了兩抹身影。

其中一人，方奎立刻認出來。秀淨的面龐和過於蒼白的皮膚，可說是最顯著的特徵。

那是藍采和。

然而當視線轉往另一人，方奎卻忍不住湧上一絲遲疑。他認得對方的臉，那是韓湘的眉眼。可是，他朋友的眼色和髮色，不該和自己同樣漆黑嗎？怎成了奇異的淡紫？

方奎腦海被大片空白侵佔，一時只能呆立原地，怔怔地望著本該熟悉無比，如今卻又感到陌生的纖細少年。

淡紫的髮絲、淡紫的眼瞳，身上一襲宛若古代人才會穿的衣服，腰間上還有一枚羽毛狀的花紋。那個人……眞的是他所認識的韓湘嗎？

這一邊的方奎陷入呆愣，另一邊的藍采和與韓湘則是驚疑不已。

爲、爲爲爲什麼，方奎會出現在這啊？

韓湘死命抓著藍采和的手臂，內心掀起了滔天巨浪。他一直隱瞞的身分，竟然會在這時候被方奎親眼目睹。

這種事就算你問我，我也不可能會知道的。藍采和同樣以眼神傳遞訊息，心裡則是七上八下。之前是自己的眞身被方奎撞見，現在居然換成韓湘……玉帝在上，這下子該怎麼自圓其說才好？

無數選項飛快竄過藍采和腦中，但不論是打量對方、敲暈對方，還是揍暈對方，顯然都不是什麼好方法。

就在兩名少年仙人不知如何是好之際，方奎最先理清了思緒，許多零散碎片這瞬間全順利地拼組在一起了。

韓湘看到照片的態度，藍采和在餐廳遇上韓湘的態度，再加上此刻的韓湘與日前夜裡的藍采和，兩人的裝扮有著異曲同工之妙。所以說……

沒錯！一定是這樣的，絕對是這樣的！

「阿湘！」撈起地上的書包，方奎毫不猶豫地一個箭步衝上，趁韓湘尚未回神，一把抓住對方的手，「你是外星人對不對？不用再隱瞞我了，你和藍采和都是外星人對吧！」

「咦？外、外……」韓湘被方奎驚人的氣勢震懾住，他後退一步，說話更結巴了。

不待韓湘把話說完，方奎又是連珠炮般的一串質問。

「阿湘你太不夠朋友了，這種事怎麼能夠瞞著我？就算知道你是外星人，就算你可能只是披著人皮，原形跟果凍差不多，我們之間的友情也絕對不會改變啊！」

「等一下，方奎，我、我我的原形……」才不是果凍！韓湘下意識想提出抗議，但抓著他手的少年卻沒有給他開口的機會。

「阿湘，你是從哪顆星球來的？你的人皮拉鍊在哪裡？我可以看嗎？可惡，我真的超想看的啊！」

方奎難以控制激動的情緒，素來的理智、冷靜全都被他拋在腦後，鏡片後的黑眸閃動著熱烈的光彩。那眼神，假使局外人看見了，還以爲方奎是瞧見愛慕許久的心上人。

「等等，不對，現在最重要的應該是這個……」

也不知道方奎是突然想起什麼，他總算放開韓湘的手，急忙在書包裡掏摸，下一刻，他抽出一本書和一枝筆，塞到韓湘面前。

「先幫我簽個名吧，阿湘！」

韓湘呆若木雞，他發現自己與方奎明明認識了一段時間，卻還是不夠了解他對超自然事物的熱愛。照理說，一般人的反應……不應該是這樣吧？

相較於韓湘的無法反應，已不是第一次被人類撞破祕密的藍采和倒是很快冷靜下來。他好奇地瞄了下方奎抽出的書，那是由「驚奇！你所不知道的超自然世界」所出版的《外星人其實就和便利商店一樣，隨處可見》。

這是新出的嗎？藍采和眨眨眼，他想起薔蜜最喜歡看這節目及它們出版的相關書籍。要是借回去給薔蜜姊看的話，她一定會很高興。她一高興，也許就不會每次見著哥哥都要冷酷地催稿。不被催稿，哥哥的心情就會變好，就不會總是掛記著他曾毀壞過的物品。迅速在心裡列好一串等式，藍采和立刻在韓湘掌心寫下字。

「超、超自然世界……什麼？」

掌心無預警傳來的觸感嚇了韓湘一跳。他連忙轉頭，見白皙指尖在他的掌心飛快遊走。

「班長，你也喜歡『驚奇！你所不知道的超自然世界』嗎？那本是它們最新出的書嗎？能不能借我……這這這這不是我說的，方奎，這是小藍要我、要我問你的！」

「那還用說嗎？我可是它們的超忠實觀眾！」

方奎挺起胸，想也不想地回答。接著，他似乎發現哪裡違和，瞇起眼，伸指推了下鏡架，眼底光彩依舊，但敏銳也重新歸返了。

「阿湘，你剛剛說什麼？是藍采和要你問的？他爲什麼不自己問？而且從剛才到現在，他都沒有開口說話……難道說，他說不出話來了？就和那七個學生一樣？」

「你怎麼會知道？」韓湘一愣，殊不知他的反應就是最好的證明。

「居然出現第八個受害者了……」方奎收起筆和書，直視面前的兩名同學，他眼神堅定，充滿毫不退讓的強烈意志，「阿湘，我猜你們現在是要去找那個讓人失去聲音的罪魁禍首吧？能不能帶我一起去？身爲超自然同好會的會長，我想要親眼看見眞相。」

「咦？但是、但是……」沒想到方奎會提出這樣的請求，韓湘一時有些手足無措。他心裡清楚，不該讓身爲尋常人的方奎蹚這渾水，可是方奎的眼神卻又讓他不知該如何拒絕。

韓湘下意識望向身畔的藍采和，希望能尋求幫助。

藍采和現在沒辦法說話，於是又在韓湘手裡寫下字——

「弄昏、茉薇、朋友。」

韓湘從這些關鍵詞解讀出藍采和的做法大概是先弄昏方奎、再讓茉薇抹去他的記憶，但方奎是自己的朋友，所以……

韓湘解讀完藍采和寫下的字，握住掌心，感覺到「朋友」兩字似乎還殘留著。他轉頭看向方奎，後者在他還沒回應時，又先一步開口。

「你聽我說，阿湘。」方奎認真地說道：「你之前會瞞著我也是正常的，畢竟不會有誰想讓人知道，自己的原形其實是滑溜溜又充滿彈性的果凍。但現在我知道了，你還是想要瞞著我嗎？你什麼都不願意告訴我嗎？」

……就說我的原形不是果凍了。韓湘有些哭笑不得，可看著方奎認真的表情，他深吸一口氣，決定回以同等的認真，他問出了一直想要知道的問題。

「你不覺得奇怪嗎，方奎？一般人看見我這樣，不是都會覺得奇怪嗎？」

方奎似乎沒想到韓湘會這麼問，他愣了一下，隨即綻開一抹豪氣萬千的笑。

「為什麼要覺得奇怪？嘿，你知道嗎？在《編輯親身體驗一百則撞鬼實錄2》裡面，我最喜歡的作者莎莎曾經說過這樣一句話——」

這名戴著眼鏡的少年笑著說。

「這個世界很大，我們所知道的，跟這個世界所擁有的，其實充滿著差距。」

缺乏了人聲的喧譁，夜晚的學校向來安靜得不可思議。這點，明陽高中也一樣。

靜默充斥明陽高中的裡與外，然而很快就被一道自側門邊傳出的不悅叫喊硬生生打破。

「這傢伙是怎麼回事？爲什麼這個戴眼鏡的人類小鬼會跟你們一塊出現在這裡？」沒有警衛駐守的明陽高中側門前，一名有著紅銅色髮絲和紅銅色眼眸的少年雙手抱胸，凌厲的眉眼滿是不悅。

椒炎很不高興。得知藍采和竟然被奪走聲音後，他的心裡塡滿了憤怒和焦灼。氣憤藍采和的大意，更憂心他此刻的狀況。

然而等椒炎急匆匆地趕來明陽高中，卻看見了根本不該出現的第三人，方奎！

「藍采和，你的腦子是眞的浸水了嗎？啊？」椒炎的眼神如刀一般，毫不客氣地砍在自己主人身上。

像是沒感受到椒炎的怒意，方奎呆望著前來與藍采和他們會合的何瓊與椒炎。前者是一襲奇特的墨綠西裝，手裡提著一個覆著布的竹籃子；後者依舊是一頭張揚的紅髮，但曾見過的黑眸，如今卻是和髮色相同的紅。

「咿！跟小藍沒有關係！方、方奎是我的朋友，是我帶他來的！」韓湘抓緊橫笛，擋在藍采和與方奎面前。雖說仍是一臉畏縮，但看得出他已極力鼓起勇氣。

面對紫髮紫眸的少年，椒炎只能惱怒地閉上嘴。畢竟身爲八仙之一的韓湘都出聲攬下責任了，就算他有滿腔怒火，也不好砸在比自己高階的仙人身上。最後他惡狠狠地又瞪了自己主人一眼，後者正刮著臉，露出無辜的笑容。

其實何瓊同樣對方奎在場感到吃驚，但她的吃驚只是閃現一瞬。在發現韓湘是以眞身姿態和方奎待在一起，而藍采和亦沒有使任何眼色，她立即明白過來，她的同伴們是願意讓方奎知道眞相的。

「所以，班長知道我們是誰囉？」不像椒炎一樣心懷防備，何瓊露齒一笑，貓兒似的大眼流轉明媚光彩。她這一笑，無燈的校外角落彷彿亮起了光輝。

方奎被笑容迷得一愣一愣的，直到好幾秒後，才驚覺面前的嬌美少女是在問自己。

「咦？啊，那當然！」方奎趕忙挺起胸膛，自信十足地一推眼鏡，眸子裡閃動輝芒，「這麼明顯的答案，我怎會回答不出來呢。何同學、工友先生，你們都跟阿湘一樣，是來自宇宙的外星人對吧？書上可是有說過，外星人就和便利商店差不多，隨時隨地都可見到！」

面對方奎自信滿滿的回答，愣怔住的人，反倒換成何瓊和椒炎了。

「外……」何瓊眨眨眼，接著噗嗤一笑，這還是第一次有人將八仙認作外星人。

「啊啊？你說誰是……」椒炎眉一挑、眼一睨，對方奎看走眼的答案大為不滿。他伸手就要捉住對方的領子，但比他動作還快的，是一道倏然冒出的男性聲音。

「俺知道這個論點！難道你也有看《外星人其實就和便利商店一樣，隨處可見》嗎？噢，俺超想買這本書的呢！」

隨著那聲音又驚又喜地冒出，原本被布覆蓋住的竹籃子裡，有一抹白影冒了出來。那是一根蘿蔔，一根頭頂翠綠葉片的人面蘿蔔。

「那晚的蘿蔔星人？」方奎眼睛一亮，他越過身前的韓湘，一個箭步衝上，熱切地握住阿蘿的小短手，「你也知道這本書嗎？那你一定是『驚奇！你所不知道的超自然世界』的觀眾！你想看這本書的話，我可以借你啊，蘿蔔！」

「喔喔喔喔！你是說眞的嗎？你眞是一個好人……嗚喔喔喔！」阿蘿再次發出一連串叫喊，只不過和前半段的興奮不同，後半段明顯是悲鳴。

「這種時候，我們就先別討論這個了，班長。啊，這位是阿蘿。小藍是這樣說的。」何瓊看著藍采和笑容可掬地一手掐著阿蘿，一手則將方奎拎到一旁，分開相談甚歡的一人一蘿蔔，「現在最重要的……」

「當然是直接闖進去！」椒炎抬頭望著高聳的學校圍牆，他露出冷笑，「還設下了結界啊，那些傢伙。」

結界？在哪裡？方奎張大眼睛，模仿椒炎的動作，想要看清楚東西。可不論他再怎麼看，映入眼中的除了圍牆外，就是黑藍的夜色。最末，他歸因於普通人大概看不見吧。

不過既然有結界，要怎麼闖進去？學校的側門估計是不能列入選擇了……心裡剛這麼想，方奎倏然發現手臂遭人拉住。

拉住方奎的人是韓湘，他說：「方奎，你就忍耐一下吧。」

什麼東西要忍耐？方奎一頭霧水，不僅自己被拉住手臂，他瞥見藍采和也被椒炎扣住腰間。納悶只不過是瞬間的事，下一剎那，方奎就明白韓湘要做什麼了。

「等等，阿湘！起碼你也讓我做下心理準備……其實我怕高啊！」平常總是自信滿滿的方奎，很沒形象地哀叫出聲，只可惜他的叫喊並不能阻止韓湘的行動。

對方奎的哀叫置若罔聞，紫髮少年抓著朋友的臂膀，腳下就像是裝了彈簧般跳起。那抹纖細身影頓時如離弦之箭，飛過足有一層樓高的圍牆。

見韓湘先行，椒炎與何瓊也各自採取行動。

紅髮少年加大扣在藍采和腰間的力量，右腳一蹬，抓著人飛身躍起。

雙馬尾少女則是迅速解開乙殼限制。

當粉色光華褪去，第三道人影加入了飛入上空的行列。

月夜下，三抹躍空人影宛如飛鳥，輕巧得不可思議。

拾 鈴蘭花綻

距離側門最近的，是校內的室外游泳池。

幾乎就在韓湘等人落地的瞬間，一種異樣氛圍便迅疾地包圍住他們。

方奎甚至還來不及對何瓊的改變感到吃驚——粉紅的髮色、眼色，眉心烙著五瓣菱紋，一襲充滿古風的衣著——他的眼角就先瞥見側邊襲來霧氣，明眼人一看就知道是衝著他們逼近。

「阿湘！」方奎想通知韓湘有異狀發生，只是剛喊了一聲，又驚覺到不僅是側邊而已，包括正前方，包括被鐵絲網圍在後方的泳池，竟都出現怪異的變化。

是泡沫！白色的泡沫以可怕的速度從泳池內咕嚕咕嚕湧出。它們湧出的速度太快，幾乎在韓湘等人落地的下一刻，就已攀爬上岸，飛也似地直逼而來。

不待他們做出反擊，大量的泡沫就像是潰堤的河水，兜頭淹下。

剎那間，視野內全成了一片白，冰涼滑膩的感覺拂過皮膚。

看不見其餘的人事物，韓湘心下著急，懊惱自己方才落地時不該放開方奎，他大聲呼喊同伴的名字。

「方奎！小藍！小瓊！椒炎！」韓湘一邊大叫，一邊伸手往四周抓探。沒想到這一抓，還眞的讓他抓到一隻手臂，分不清是誰的，唯一可以確定的是絕非阿蘿。

不敢放鬆手上力道，韓湘向看不見景物的前方輕吹一口氣，「散」字伴著氣流滑出，一股清風衝向形成牢籠的泡沫。

眨眼間，熟悉的校園景象再度進入韓湘眼中。

韓湘趕忙望向自己抓住的那人，他一驚，「小藍？」

原來韓湘抓住的不是別人，正是他的八仙同伴。藍采和同樣一臉詫異，似乎沒想到抓住自己的，會是先前並非站在自己旁邊的韓湘。

「爲、爲什麼不是方奎？」韓湘忍不住結巴嚷道，照理說，先抓到的會是距離最近的方奎才對。

藍采和顯然也有共同疑問，失去聲音的他抽筆在白板寫下「我也以爲是椒炎」，墨黑的眸子裡除了困惑還是困惑。

可接下來，兩人察覺到一個更不妙的情況。他們仍舊待在游泳池前沒錯，但此處只有他們兩人。

沒有方奎，沒有椒炎，沒有何瓊，更別說是阿蘿了。

韓湘與藍采和面面相覷，在彼此眼裡看到錯愕。

這是怎麼回事？是那陣泡沫造成的嗎？

疑問在兩人心裡流竄，然而他們面前的游泳池卻不會給予任何答案。

湛藍的池水反射著月光，偶有夜風拂過時，波光粼粼地晃漾。

「小藍，現在、現在怎麼辦？」韓湘求助地望向身邊少年。

藍采和也沒想到他們居然會被拆散，他試著在心裡呼叫椒炎，但就像被一層厚牆圍堵，接收不到絲毫回應。加上此刻阿蘿不在身邊，更無法判斷風伶位在何方。

「得先找到班長才行。」

藍采和在何瓊帶來的白板上快速又寫下一行字。椒炎與何瓊都有自保能力，但方奎不一樣。方奎只是個普通人類，萬一落單，再遇上什麼危險的話……

韓湘自然清楚藍采和的擔心，馬上一點頭，抽出插在腰間的橫笛，嘴唇貼上笛孔，三道高低不同的短音前後融入空氣裡。第三道短音消散的瞬間，以韓湘所站位置為圓心，他的頭頂上閃過數條紫色光絲。

淡紫色的光絲在夜空下一閃而逝，細得讓人無法用肉眼觀看。就連此刻仍是乙殼姿態的藍采和也難以窺出究竟。

然而藍采和心下明白，現在的明陽高中已全籠罩在光絲之下，也就是韓湘所創造的結界之內了。

韓湘閉下眼，隨即又睜開，「在操場，小藍，其他人的氣全都在操場。」

既然得知了其餘人的下落，他們一秒也不願意浪費，拔起腳步，只想在最短時間內趕至操場……若不是一道甜美女聲乍然響起的話。

「我們明明說好是兩個人的，藍采和大人，您怎麼可以帶這麼多人來呢？」

才邁出一步的兩抹身影立即回過身。藍采和與韓湘還記得這聲音，在小巷內、在路燈上，要他們倆前來明陽高中的，便是這道聲音的主人。

高高的鐵絲網上，不知何時竟坐著一抹海藍身影，大大小小的泡泡環繞在她身畔，遮掩住她的面貌。泡泡表面泛著或深或淺的藍色，在月光折射下，透出一種獨特的如夢似幻感。若尋常人望見了，想必會被不可思議的氛圍迷昏了眼。

「妳到底有何意圖？」韓湘護在藍采和身前，手裡抓著橫笛，淡紫的眼眸瞇起，彷彿想窺破什麼。

「意圖？我不是說過了嗎？」甜美女聲故作訝異地說道：「我需要藍采和大人，所以想請藍大人跟我走一趟。啊，對了，我的主人不接受答應以外的答覆呢。」

就是最後一句話，讓韓湘嗅到危險的氣味。

幾乎是反射性動作，韓湘拉著藍采和側身閃退。下一秒，他們原先站立的位置出現凹陷，失去攻擊目標的泡泡砸上地面後破裂。

高坐在鐵絲網上的女孩卻沒有失望，她拍著雙手，歡快地咯咯笑起。

「韓湘大人躲得不錯呢。不過，還有喔，不是那麼簡單就算了喔。」女孩甜美的嗓音驟然低了一階，「我不會手下留情的，就算對手是你。主人有令，帶到他面前的藍大人，只要還有一口氣就夠了！」

隨著聲調拉高的最後一字落下，更多泡泡浮現在女孩身周，它們流轉著深淺不一的藍光，一口氣全衝下來。

泡泡宛若傾盆大雨，自四面八方砸落。

韓湘的動作卻也不慢，橫笛貼近唇畔，綿長的笛音瞬間穿過泡泡，迴盪在泳池周邊。

令女孩吃驚的事發生了。應當向下降落的藍色泡泡簡直像被誰按下定格鍵，它們全數靜止在半空中，彷彿時間凍結，停止流動。

金燦的眸子不敢置信地睜大，女孩不死心地再彈手指，然而該受到自己控制的泡泡依舊文風不動。

「居然有這種事……！」女孩的喃喃倏然中斷，她輕抽一口氣，更令她震驚的光景出現在眼前。

一身紫衣的少年再次吹響笛聲，原先靜止的泡泡同時浮升。它們改變方向，前仆後繼地襲向坐在鐵絲網上的海藍色身影。

女孩怎樣也料不到對方的笛聲竟能驅使自己的武器。她眼中閃過多種情緒，不到一秒，鐵絲網上的海藍色身影消失無蹤，隨即改佇立在泳池上。但也不過是閃現一瞬，緊接著，水面上的身影又一次消失了。

往泳池方向撲去的藍色泡泡只能徒勞無功地穿過鐵絲網、拂過泳池水面，最後在韓湘一聲短促的笛音中，全數破裂，化成點點液體落下。游泳池頓時如同下了一場雨，湛藍的水面被擊出一圈圈的漣漪。

夜間的泳池周邊，這時僅剩兩抹少年身影。

「小藍，接下來的事都交給我吧。」韓湘伸出手，張開的手指停在藍采和面前。向來帶著畏縮之色的眉宇間浮上一絲堅定，「封、界、結。」

韓湘的掌心前浮現紫光，淡紫色光輝轉瞬拉爲薄長的形狀，在藍采和身旁形成一層四方形的保護罩，將人密實地保護在裡面。

這是爲了避免暫時無法回復眞身的同伴，在待會兒的戰鬥中遭到波及。

「別受傷了。」

藍采和舉著寫著字的白板。

「不、不會的，我不會受傷的。」韓湘細聲地說，他轉過身，面向不見波瀾的游泳池，「因、因爲，剛剛的攻擊，沒有很明顯的殺意……我說的，對吧？」

很明顯，韓湘並不是在跟藍采和說話，但他正前方的泳池邊，卻是一個人也沒有。

突然間，平滑的游泳池水面起了波紋。

「我不懂您爲何會這麼說。您會不會太自以爲是了呢，韓湘大人？」無人泳池邊，平空出現女孩甜美的嗓音，只是依然不見人影。

不對，不是不見人影。待在防護結界裡的藍采和看得清楚，波紋擴散的泳池水面，出現了起伏。

起先是小幅度的躍動，下一剎那，池水飛濺起來，彷彿緞帶般環圍在泳池正中央。

而在流動的池水間，一抹纖細的海藍色身影佇立其中，潔白雙足踩踏在水面上。同樣潔白的手臂一抬起，數顆碩大泡泡立時圍繞在水流之外。

藍采和發現自己仍看不見女孩的面貌。那種感覺，簡直像對方不願讓人窺見臉孔一樣。

他心中不禁閃過不解。

不知藍采和心中所想，韓湘只是一步步地走上前，直至鐵絲網前才停下步伐。

「我想再問、問一次。」韓湘直視著看不清容貌的女孩，「妳的意圖……妳到底有何意圖？」

細弱卻清晰的嗓音穿過了鐵絲網，筆直傳遞至女孩耳畔。

「您問我？」女孩就像是覺得好笑，甜美的聲音滲入一絲誇張的情緒，「我不是說過了嗎？我是爲了藍采和大人，才……」

「不、不是！」那是韓湘極少展露的強硬態度，他打斷女孩的話，嚴厲說道：「我是問妳，『妳』爲什麼要這麼做？」

女孩的沉默宛如表達她的錯愕。

「我想知道的是，妳是爲了什麼，才會想攻擊小藍？」紫髮紫眸的少年再次放輕聲音，他的音量如此輕、如此細，卻又如此清晰，「我想知道的，是妳自己的意圖呀，曉愁。」

時間像是在這瞬間凝固，水流停止流動，碩大的泡泡同時「啪」地破裂。

月光之下，那抹佇足在水面上的海藍色身影初次露出了面貌。

海藍色的短鬈髮，金黃色眼珠，指甲上綴著繽紛的顏色。受到水流環繞的女孩甜美俏麗，卻又透出一絲異樣的妖嬈。

然而就算眼色、髮色皆與記憶中的不一樣，月光下的那張臉——

藍采和愕然地張開嘴。他不會看錯的，女孩竟是與他有一面之緣的余曉愁！

◉

就在藍采和二人遭到余曉愁攻擊時，和他們失散的方奎等人也面臨了相似境況。

他們碰上風伶了。

大約在數分鐘前，泳池內湧出的泡沫就像一道大浪，朝方奎等人撲襲過來，瞬間吞噬了他們的視野及周遭一切，所有感官都被白色和冰涼滑膩的感覺佔據。

當發現自己無論再怎麼睜大眼，都只能望見一片雪白時，方奎的心裡不禁有些慌了。他下意識想抓住身旁的韓湘，手指胡亂地往旁揮動，隨即還眞的抓住了一隻手臂。

*只是……這手臂怎麼摸起來這麼小、這麼細？*方奎心裡納悶，手指反射性又再次抓摸。

突然間，他的耳邊聽見一道銀鈴般的清脆嗓音，輕聲吐出一個「散」字。

如同呼應那道嗓音，原先環繞在四周的白色泡沫竟刹那全數散去。方奎的視野再次恢復清明，然而眼前景象卻不是一開始所見的游泳池及鐵絲網。

「啊咧？」方奎眨眨眼，再眨眨眼，他是明陽的學生，當然明白自己現在身處何處。操場。

沒錯，不管怎麼看，眼前確實是明陽高中的操場。

看著面前的寬廣空地，方奎除了茫然還是茫然。他怎樣也想不透，剛剛明明還在游泳池，怎麼泡沫一散，就出現在操場上了？

正自困惑之際，一道羞答答的聲音在身旁響起。

「那個，俺知道自己魅力驚人……不過你也別一直摸俺的奶油桂花手啊，真是死相。」

這聲音讓方奎一怔，才想起自己的確還抓著一隻手。他低下頭，映入眼中的根本不是韓湘的手，它太小又太白了。方奎順著那隻手一路望去，接著見到一根頭頂翠綠葉片的人面蘿蔔，正紅著臉向自己拋媚眼。

「我靠！」方奎手一抖，身子一哆嗦，立刻扔開被自己抓著的人面蘿蔔。

「班長，你這樣對阿蘿，它會很傷心的唷。」纖白的手臂及時接住阿蘿，一名有著粉紅髮色、粉紅眼眸的嬌美少女，對方奎露出了笑。

眼中的錯愕只有一瞬，方奎即刻想起來了，少女正是何瓊。接著他更注意到，操場上不僅他一人，尚有阿蘿、何瓊，以及皺著眉頭、表情凌厲的椒炎，獨獨不見韓湘與藍采和。

「阿湘呢？還有藍采和呢？」方奎大驚，趕忙東張西望地尋人。可是不管怎麼看，偌大操場裡都只有他們三人加上一根蘿蔔。

「小藍應該是跟阿湘在一塊，沒想到居然被分散了哪。」放開阿蘿，讓它自行站好，何瓊細白的手指一揮甩，瞬時握住一柄柳葉刀。

刀身修長，微彎的弧度優雅，明明給人優雅纖細感覺的一把刀，此刻在月夜下，卻反射著冷冷寒光。

「管他分不分散，反正結論只有一個。」椒炎慢慢地把自己的手指折得咔咔作響，嘴角扯出一道粗暴囂狂的弧度，「揍扁風伶那傢伙。」

方奎很有自知之明地退後幾步，他當然看得出來，面前的少年和少女進入了備戰模式。

「同好、同好，俺會保護你的！」阿蘿蹦跳起來，以不可思議的靈活動作攀掛在方奎肩上，小短手還握成拳，慷慨激昂地揮舞一、兩下，「在俺借到書之前，俺都會保護你不受半點傷的啦！」

沒吐槽「保護者怎麼會躲在人身後」，也沒質疑「居然是爲了一本書才保護人」，方奎提高警戒，不敢分心地盯著前方。

有霧出現。

宛若呼應何瓊與椒炎的備戰狀態，他們的正前方，逐漸湧現白霧。

不過下一秒，方奎就發現到異狀。不對，不僅前方，整座操場都湧上霧氣，接著出現了似曾相識的聲音。

叮鈴——叮鈴——叮鈴——

那是鈴鐺晃動發出的清脆聲響。

方奎發誓自己眞的聽過這聲音。鈴鐺聲，還有白霧……難道說？方奎瞬間想起初遇藍采和的那一夜，目睹藍采和自屋頂躍下的前一刻，自己確實聽見了鈴鐺聲，還有突如其來的白霧。莫非那就是……

「來了。」椒炎忽然說，他的聲音就像磨得光亮的刀片，尖銳地刺穿霧氣。

來了？什麼來了？誰來了？沒有任何人問出這些問題。

叮鈴——叮鈴——叮鈴——

鈴鐺聲還在繼續。

而在最前端的霧氣裡，隱隱約約浮現一道人影。人影高挑修長，手裡提著什麼，走路的姿態優雅無比。

方奎睜大眼，瞳孔中映出一名五官秀雅的銀髮男子。男子眼眸閉合，手上提著一柄造型奇特的燈，六個垂吊在燈柄上的小燈散發出不同光芒。

那燈的外形令方奎覺得眼熟，簡直就像是……

「鈴蘭？」方奎忍不住喃喃說道。

「同好，你怎麼知道？」阿蘿吃驚地嚷，「風伶那傢伙就是鈴蘭沒錯！你可得小心一點，萬一讓風伶看上你的聲音，可就不得了啦！」

幾乎是反射性動作，方奎閉上嘴巴，但他的腦子裡卻不斷有東西閃過。

面前的銀髮男人是鈴蘭？植物、椒炎、韓湘、何瓊、藍采和……方奎覺得自己好像快統整出什麼了，只差臨門一腳。

「那名少年的聲音嗎？很可惜，我並沒有興趣。」風伶的眼雖然閉著，但面孔卻準確地面向何瓊等人，他嗓音悅耳，「我最想要的現在已經得到。不過，有一個聲音也很不錯。」

風伶微微偏過臉，那雙閉著的眼彷彿可以視物，不偏不倚鎖定一道人影。

那是瞬間發生的事，快得出乎所有人的意料。

風伶消失了，接著他的身影出現在何瓊數步之前。他的嗓音依舊悅耳，動作依舊優雅卻毫不留情。

他說：「妳可以把妳的聲音給我嗎？」

在那修長五指碰觸上何瓊的頸項之前，一道張狂的聲音搶先一步介入。

「回答是想都別想，還有必須讓老子痛揍一頓！」

紅髮紅眸的少年擋在少女之前，對他咧出一抹凶暴的笑，熾烈的火焰剎那間從那隻褐色的手臂上迸發，接著猛地朝他揮劃而下。

熱力和高溫凶猛襲來，阻斷了風伶前方的去路。他眉頭一蹙，身影頓時又消失，下一秒出現在椒炎前頭一段距離之外。

方奎張大嘴巴，這簡直像是在看電影，可又比電影眞實好幾百倍。他伸出手，捏一把肩頭上的阿蘿，換來對方的哀叫。

「好痛！」

沒錯，這是真的。現在在他眼前上演的，全是真實的景象！

「你的一再阻擾讓人很不愉快，少年。」風伶淡淡地說。然而仔細觀察，就會發現那優美卻鮮少顯露特別起伏的聲音，此刻終於滲出一絲不悅。

握在風伶手中的燈同時產生變化，原本的形體崩解，重新快速組合，眨眼間成了一柄細薄長刀。刀身近乎透明，泛著淺淺銀光。

「你的愉不愉快干老子屁事。」椒炎眉一挑，眼角是不屑也是挑釁，右臂上的烈焰燃灼得越發熾烈，「把藍采和的聲音交出來！」

「我的回答是——」風伶啓唇，身周鈴聲一聲比一聲還要響亮。

震動著人的耳膜，宛如要響徹雲霄。

即使如此，那道悅耳優雅的男中音，依舊萬分清晰地穿透鈴鐺聲。

「辦不到。」

這句話堪比引戰訊號，一沉靜、一張狂的兩抹身影同時掠出，攻擊彼此。

乍看下，似乎是如此。

然而風伶卻在即將欺近椒炎的瞬間，手中長刀虛晃一招，腳下速度加快，一個閃身竟越過了對手，直逼後方的嬌美少女。

「風伶！」椒炎憤怒暴喝，但迴轉時卻已慢了一步。他不假思索地彈指，立即召來數顆紅珠，圓亮的紅珠子全速朝著奔向何瓊的身影射去。

「何同學！」教人心驚膽戰的一幕，令方奎不由得駭叫出聲。

面對往自己探來的五指，何瓊卻是露齒一笑，明媚的貓兒眼內光彩流轉。

「風伶，你的速度很快呢。可是，你真的忘記我是誰了嗎？」一身粉色的少女說。

風伶還來不及反應這話是何意，原先佇立在正前方的纖細人影赫然不見了。

風伶心下一愣，秀麗的面孔浮露明顯情緒，心裡隨即竄出警告，促使他反射性扭身閃避。

就在風伶扭身的瞬間，明媚如春花的少女出現在他後上方，對著他又是嫣然一笑，同時不見猶豫地揮落銀亮逼人的柳葉刀。

那眞是既美麗又可怕的一幕。

刀尖朝風伶逼近，擦過了飛揚的髮絲，凜冽刀氣逼得人寒毛直豎。即使風伶狼狽躲過，寒意仍留在他的後背，久久無法散去。

風伶踉蹌了一、兩步，迅速挺立背脊，手中的長刀又筆直地橫劃出一道直線。

隨即，地面震動。

「什……這又是怎麼回事！」方奎不住驚叫，身體隨著地面起伏搖晃，肩上的阿蘿死命扒住他，兩隻腳控制不住地懸空。

方奎想要穩住身形，連忙伸手抓住一旁的單槓。卻沒想到單槓底下竟猛然高高隆起，有什麼東西要從地底鑽出來了。

方奎大驚，下意識收回手，但腳下不穩，就在他將要跌跪在地的剎那，一股力量抓住他的手臂，輕而易舉地將方奎一把提起。

「謝啦，椒炎，俺願意以身相許唷！」相較於方奎的呆愣，阿蘿則是開心大叫，只不過卻換來一記嫌惡的白眼。

「噁！那種東西倒貼給老子老子都不想要！」毫不在意自己的話刺傷了同伴的脆弱蘿蔔心，椒炎單手抓著方奎，直接降落在沒受影響的平坦區域上。雙腳踩地後，他立刻鬆開手，也不管對方有沒有站穩。

回過神的方奎不忘向椒炎表達感謝，就算換來一聲冷哼也不在意。他站穩腳步，扶正眼鏡，鏡片後的眼睛越張越大，就連嘴巴也難以控制地張成O字形。

呈現在震驚的方奎面前的，已經不是他看習慣的操場。

足有一層樓高的無數植物，縱橫交錯地立在操場上。帶點弧度的莖幹，細長的綠色葉子，還有那一朵朵如同鈴鐺垂吊在枝頭的鐘形花朵，每朵花裡都散發出不同的光芒。

原本用來進行體育活動的空間，此刻成了一座巨大的鈴蘭花園。

「學學學學校……」方奎好不容易才結結巴巴地擠出聲音。這要是讓校長看見，他絕對會當場暈死過去的。

「放心好了，阿湘剛剛施展結界了，不會破壞到真正的學校。」

嬌美的聲音自上方落下。方奎仰起頭，望見何瓊穩穩地佇立在一株鈴蘭頂端，手中提著柳葉刀，粉色髮絲被夜風吹出弧度。

「意思就是，咱們現在等於是在另一個空間裡。」阿蘿從方奎肩上跳下，「韓大人不愧是韓大人，力量就是比鬼針那傢伙還強。」

「唔，不過鬼針的攻擊力倒是大大勝過阿湘呢。哎，話題扯遠了。」何瓊同樣輕靈地一躍而下，「接下來可有點麻煩了，沒想到風伶會來這招。」

「咦？啊？」方奎不明白這是什麼意思。

「班長，你看見那些發光的花了嗎？」

何瓊伸手指著上方，方奎順勢抬頭一望。

「那些花裡面，有八朵放著小藍和其他七名學生的聲音唷。」

方奎下意識點頭，接著猛然會意過來，瞪大雙眼。八朵？問題是面前的花多到他都看不出有幾朵了，這是要人怎麼找出來？

但問題顯然不只於此，接下來何瓊說出的話，更令方奎的大腦一片空白。

「而且啊，那八朵是傷不得的。萬一隨意破壞，小藍他們的聲音很可能就永遠回不來了。要是回不來……唔哇，鬼針他們一定會抓狂的。」

「用不著等到他們，老子現在就超級火大了。」椒炎啐了一聲，紅銅色的眼眸像是鍍上火焰，惡狠狠地瞪向不知何時立於植物間的身影，「何大人，這傢伙就直接由我……」

「那可不行。」何瓊伸手攔在椒炎面前，不讓他衝上前攻擊。她的聲音彷彿銀鈴，一字一句都十分清脆，同時也帶著無比的力量，「椒炎你的能力很容易傷害到這些花，所以我可以拜託你一件事嗎？還有班長、阿蘿。」

「只要是何大人的吩咐，俺馬上照做！」阿蘿挺胸、縮小腹，擺出敬禮的姿勢。

椒炎雖然沒有應答，可他的態度無異於默認。

「幫我找到小藍的聲音，想辦法摘下。有了它，一切就可以結束了。」何瓊一邊說，一邊向前踏出步伐，「那麼……就麻煩你們了！」

當最後一字拔高揚起，那道粉色的纖細身影已然如雷電般射出。

見少女率先出擊，風伶自是不敢大意。他凝聚全部精神，刀柄上的手指一根根收緊，只是那名嬌美的少女再次帶給他意外。

「萬花歸六！」何瓊手中的柳葉刀不知何時消失，取而代之的，是指間夾有六柄細小而薄的匕首。

六柄匕首脫出指間，以凌厲速度鎖定前方的風伶。

風伶卻是更快地避開那些朝自己射來的銳器，他瞥見撲空的匕首不但沒有割傷植物，反而在碰觸上的前一秒化作柔軟的荷花花瓣，緩緩飄落在地。

花瓣？只是現在也容不得他吃驚了，因為刀風已然逼近。

有著粉紅髮色、粉紅眼眸的嬌俏少女，握刀一斬而下。

金屬撞擊的聲音當下響起，柳葉刀與長刀咬在一塊，彼此不甘示弱，誰也不退讓。

「看什麼看？還不快點幫忙找！」椒炎一掌搧在看呆的方奎後腦，打得他倏然回神。

方奎跳了起來，總算想起正事要緊。

不敢再拖延時間，兩人加一蘿蔔馬上分頭奔入巨大的鈴蘭之林裡。

拾壹 少年組聯合戰線

從眾多花朵中，找出放有藍采和聲音的唯一一朵花，實際上不是一件簡單的事。

答應下來時，方奎就有心理準備了。只是當他真正跑進那座巨大的鈴蘭之森，才知道自己終究還是太小看這個任務。

他仰著頭，吞下唾液，垂吊在上頭的一盞盞鐘形花朵給人滿滿壓迫感。

「何同學，沒有任何提示就要人找，實在是……」方奎喃喃說道。

「誰說沒有提示的？嘿，同好、同好，看這裡啦！」

伴隨著忽然響起的叫喊，一抹白影自葉片後冒出，原來是以爲已經分散的阿蘿。

「蘿蔔先生！」方奎連忙迎上前去。剛一靠近，抓在葉子上的阿蘿頓時一鬆手，落在方奎肩上。它拍拍方奎的肩頭，似乎很滿意這個特等席位。

「俺方才想起來了。」阿蘿揮舞著小拳頭，「身爲一根優良、英俊、品種好，而且經過天界認證的好蘿蔔，俺居然到現在才想起來！」

「想起什麼？」方奎直接跳過那些無意義的形容詞，切入重點。

「沒錯，你這根蘿蔔是想起什麼了？還不快點說！」第三道聲音落下，椒炎從天而降，語氣急迫，眉眼凌厲，甚至帶著威嚇之勢，像是巴不得抓住阿蘿，狠狠搖晃它一番，好立刻搖出答案。

「俺想起風伶以前曾說過的話。」阿蘿摸著可能是下巴的位置，「那時候俺正在跟他喝茶，鬼針和茉薇在旁邊打架，相菰則是被踩暈了。噢，還有蕉……」

「說重點，否則老子燒了你的腿毛！」椒炎哪有耐心聽阿蘿囉嗦一大串，他的手臂迅速覆上焰火，襯著一雙紅眼看起來格外嚇人。

阿蘿一個哆嗦，反射性縮起雙腳，「俺說！俺說！重點就是大夥都知道風伶肖想小藍夥伴的聲音很久。他說，要是眞將夥伴的聲音收進花裡，那花一定是最最最漂亮的藍色啊！」

藍色？這關鍵的兩字，重重烙在方奎與椒炎的心上。

「藍色？藍色？哪裡有藍色的花……」方奎連忙抬起頭，想要從上方眾多花朵中，尋找可能的目標。沒想到他這一抬頭，還眞的發現了一朵發出藍光的鐘形花朵。

方奎心下大喜，正要跑上前，可剛跨出一步，卻又硬生生地收回。

不對，不是那個，雖然是藍色的沒錯。方奎搖搖頭，心中浮上失望。因爲映入眼中的藍光，看來只是尋常的藍色，一點也不使人驚艷。

偏偏阿蘿說的，是「最最最漂亮的藍色」。

「蘿蔔先生，你確定是最漂亮的藍色嗎？到底怎樣才算是最漂亮的？」方奎乾脆改了個方向，他撈起阿蘿，邊跑邊仰頭東張西望，只希望能再發現藍色的花。

「就是會讓看到的人說『哇賽！這朵藍色的花眞是美到炸呆了，就跟那根冰清玉潔的蘿蔔阿蘿一樣呢』！」阿蘿扒在方奎肩膀上，扯開嗓子大聲叫喊。

方奎決定還是不參考阿蘿的意見了。

至於椒炎，則是直接對阿蘿的話充耳不聞。他一個騰身，迅速飛上空，瞇起紅銅色的眼眸，飛快掃向四面八方。

驀地，椒炎神色一變，他瞄見花叢中的其中一點，透出一絲奇特的藍光。椒炎沒有遲疑，立刻飛身前進，疾速朝那處而去。

很快地，那朵發出藍光的花就映入椒炎眼裡。那抹藍色不似一般常見的淺藍或深藍，它令人想到流水，虛幻得不可思議。在一片各色光彩中，雖說不是最突出的，可一眼望去便再也移不開視線。

「找到了！找到了！就是這朵！這朵就是會讓人覺得『哇賽！這朵藍色的花眞是美到炸呆了，就跟那根冰清玉潔的蘿蔔阿蘿一樣呢』的花！」

興奮的尖叫聲直衝半空中，散發著無法掩飾的激動。

椒炎低下頭一看，在那株鈴蘭底下，能見到一人一蘿蔔跑近的身影。

「椒炎，你也找到了啊？快點！快點把它弄下來！」阿蘿注意到上空的人影，趕緊揮動它的小短手。

「用不著你說，老子也知道。」椒炎凝聚心神，右手五指即刻竄上火焰，包圍住整個手掌。凌厲的眼眸瞇細，對準花朵與花莖接連之處，就要斬下手刀。

但是，卻有什麼突然襲來。

「我不准你亂碰，少年。」

那是一道悅耳沉靜的聲音，同時伴隨而來的還有——

椒炎神色一凜，原本欲揮下的手生生收住，後背豎起的寒毛令他立刻側過身。幾乎在椒炎移動的下一剎那，冷冽刀氣擦過他本來站的位置。

驚險萬分的景象，看得下方的方奎與阿蘿一顆心都懸到了嗓子眼。

饒是椒炎自己也忍不住在心裡暗叫「好險」。

當椒炎把目光移回那朵藍花，花前赫然佇立著一位雙眼閉起的銀髮男子。

「風伶！」椒炎的語氣壓抑不住怒意，雙眸像要噴出火。

「我說過了，少年。」即使衣物上有多處刀刃造成的裂口，模樣看起來略顯狼狽，但風伶的聲音依舊沉靜、冷漠，「我不准你亂碰，否則伸出來的手，就別想再收回去。」

「可是，」有誰如銀鈴般地輕笑起，「我就是要碰呀。」

風伶一震，他循聲回頭。

就在這瞬間，狀況猛然生變！

柳葉刀迅速揮下，何瓊立即抱住墜下的藍色鈴蘭。

椒炎趁機衝上，他屈指成爪，一把抓住風伶頸項。

而方奎和阿蘿卻是——

「不是吧！怎麼會有水淹過來？」

「唔啊啊！不要啊！俺不要籃中界淹一次，這裡還要再被淹一次啊！」

驚恐的驚叫劃破空氣，方奎和阿蘿驚慌失措地瞪大眼、刷白了臉。

誰也沒想到鈴蘭之森外頭突然湧進大水，高高的浪頭眼看就要吞沒相較之下過於渺小的兩抹身影。

方奎大腦一片空白，他仰著脖子，身體僵直，瞪著越來越近的巨浪。最後他閉上眼，在心底放聲尖叫。

早知道就乖乖學游泳了！自己不該辜負曉愁的苦心啊——

但溺水的痛苦卻遲遲沒有降臨，甚至就連水打下來的疼痛，或是全身被水淋得濕透的感覺也沒有。

方奎戰戰兢兢地睜開一隻眼，再睜開一隻眼，然後發現自己早已不是站在操場地面上。

整座操場繼巨大花園之後，現在則是成了一座泡水花園。

方奎閉不上嘴巴，他仰頭望著已經化作水鄉澤國的場地。那些巨大的鈴蘭浸泡在水裡，

大半的莖葉都淹在水面下，只有一盞盞花朵還露在外面。

至於他自己，也漂在水面上，不過是被一朵碩大的荷花包在中心地漂著。

現在的情況……又是怎麼回事？方奎傻愣愣地往四周觀望，他看見不遠處也漂浮一朵粉色荷花，上頭待著一名膚色蒼白的黑髮少年。少年一身濕漉，狼狽地猛打噴嚏，大腿上還趴

著一根人面蘿蔔。

「藍采和？」方奎驚嚷，隨即又瞧見浮立在藍采和身旁的另一抹淡紫身影，同樣也渾身濕透，猶滴著水，「阿湘！」

方奎不知道，原來大水是從泳池方向淹過來的，同時也將防避不及的韓湘與藍采和一起沖過來。他更不知道，盛著他與藍采和的荷花，是何瓊召喚出來的。方奎在喊出兩人名字後，依然睜大著眼，視線卻已死死定在一個方向。

在那裡，有隻由水凝聚出的龐然生物。它的大半身子外露於水面，有著背鰭、尾鰭、胸鰭，水波巧妙地在它的身上做出條紋。

憑藉鈴蘭花朵散發的光輝，方奎看得很清楚，他認出那是一隻小丑魚。

爲什麼會有水流塑成的巨大小丑魚在這？這不是方奎想問的問題。

他艱困地張合下嘴，他想，應該不是剛才受到的驚嚇造成的幻覺。所以，所以……

哪，誰來告訴我，爲什麼會看見曉愁？

即使是一頭海藍色的短鬈髮，即使是一雙金燦的眼眸，可是方奎就是知道，此刻站在小丑魚頭上、難掩錯愕表情的女孩，就是他所認識的余曉愁。

「曉愁？」方奎喃喃吐出聲音，下一秒他爬起來，不敢置信地大聲叫道：「曉愁！」

「不、不是！我才不是什麼余曉愁！」方奎的叫喚驚回女孩的神智，只見她臉上閃過一抹狼狽，隨即又迅速地冷下臉，「你這人類在胡說什麼，少在那邊亂喊人的名字了！」

「但是……」方奎沒有指出對方自曝姓氏一事，他扶正眼鏡，用再認真不過的語氣說，「但是妳掛在脖子的項鍊，是上個禮拜曉愁強迫我送的禮物沒錯啊。」

「誰強迫你了？那明明就是你自己願意送我……！」余曉愁自知失言，卻已來不及了。

她閉上嘴巴，心裡又惱又怒。

可惡，可惡！爲什麼方奎偏偏會混在這群仙人之中？余曉愁咬住嘴唇，各色神情在臉上掠過，最後她惱羞成怒地高喝一聲。

「囉嗦！我說不是就不是！我才不是余曉愁！」

下一秒，她猝然出手，兩道水流從她腳下的小丑魚竄射出來，分成兩路。一路沖向箝制住風伶的椒炎，另一路赫然沖向了維持乙殼姿態的藍采和。

眼見其中一道水流襲向自己，椒炎反射性便要阻擋。沒想到一個大意，竟不小心鬆了右手的手勁，讓風伶尋得掙脫的機會。

重獲自由後，風伶沒有絲毫遲疑，立刻持刀衝向抱著藍色花朵的何瓊。後者動作也不慢，迅疾將花丟給下方的藍采和。

短短瞬間可以發生很多事，也可以決定很多事。

爲藍采和擋下另一路水流的韓湘、想變換前進方向卻被椒炎攔下的風伶，以及見情況不對、再次召出更多水流攻擊的余曉愁。

然後，一雙細瘦的手臂抱住了散發藍光的鐘形花朵。

藍采和屏住呼吸，將手伸進花朵中心，用力捏碎。

「吾之名爲藍采和，現在要求解除乙殼封印！應許．承認！」

方奎聽見一道宛若流水般的澄亮聲音，他看見面前的秀淨少年周身迸射出光芒，水藍色的光華大熾，逼得他不得不閉上眼。

可當方奎再次睜眼，他的眼中除了納入閃避水流的水藍身影，還有失去目標、反而向自己筆直沖來的無數水流。

……不會吧，眞的那麼倒楣？這是方奎僅存的念頭。

下一剎那，水流收勢不住地沖過來，撞得方奎跌下荷花，墜入幾乎深不見底的水中。

「方奎！」

「班長！」

一時間，水面上驚叫四起。

原本還有惱意的余曉愁刷白了臉，她忘記自己的能力，忘記自己可能遭受攻擊，她的腦海裡全被一個名字佔滿。

方奎方奎方奎方奎方奎方奎！絕對不會讓你死的！

沒有一絲一毫的猶豫，她當下縱身一跳，飛快潛入水裡。

「小瓊、阿湘，拜託你們了！」藍采和心中同樣滿滿焦灼，但他清楚目前情況同伴們的能力比自己更能派上用場。只見韓湘立即吹響笛音、何瓊快速掐了個手訣，藍采和抬起頭，視線筆直射向空中的風伶。

藍髮藍眸的少年綻放出一抹笑靨，眼底卻是笑意全無。

他說：「好了，現在懲罰的時間到了哪，風伶。」

水面下，方奎只覺得意識正越飄越遠。身體不斷下沉，水淹入了口鼻，肺部像快要爆炸一樣，如此痛苦。

方奎還記得這種感受，就和兩年前一樣。他沉入深不見底的海裡，看著從海面透進的光亮離自己越來越遠，他拚命伸出手，卻什麼也抓不到，只能意識模糊地漸合上眼。

沒人發現他溺水，海水又是那麼冰涼沉重。就在當時方奎以爲自己會這麼死去時，有一絲亮光透過他的眼皮。即使雙眼被海水刺激得疼痛，鬼使神差下，他還是奮力睜開一條細縫。

最後的記憶是一隻白皙纖細的手臂，緊緊地握住自己的手。

可是，那是誰？

方奎一直以爲是救生員救了自己，當他恢復意識時，已被焦灼的家人團團圍住。但現在想想，那片沙灘上只有男性救生員，那些壯碩的男人怎麼會有白皙纖細的手臂？

……好吧，方奎覺得自己一定是快要死了，否則怎會在這時想起前年溺水的事。

方奎知道自己還在往下沉，四周被一片黑暗包圍。雖然清楚這回不可能如上次一樣幸運，可他還是忍不住懷抱一絲希望，使上全部力氣，奮力舉起一隻手。

——有誰用力地握住自己。

方奎不敢相信，但手掌上傳來的力道一點也不像是幻覺。他抓緊僅存的意識，拚命睜開眼，冰冷的液體刺得眼珠又澀又痛。

「方奎！方奎！」

明明是在水中，然而那道心焦的甜美嗓音依舊清晰無比地傳進耳內。海藍色的髮絲漂晃，金燦的眼眸熠熠發亮，那隻白皙手臂的主人竟是……

方奎腦子快速運轉，忽然間，他全部想起來了。以爲遺落的海中記憶，霎時盡數尋回，兩年前和兩年後終於交疊在一塊。

「我怕你再溺水。」

「學不會游泳，你不覺得對不起救你的人嗎？」

「方奎，其實我……」

方奎吃力地張開嘴，不在乎會嗆入更多的水，他無聲地用嘴形吐出兩個字。

曉愁。

兩年前、兩年後，救了自己的人原來都是余曉愁。

方奎笑了，他的雙眼就像是猝然失去力氣般合上。

「方奎！」余曉愁驚恐尖叫，她抓緊方奎的手臂，將對方使勁拉近，一把抱住他。

同一時間，淡紫色薄光出現在兩人身邊，眨眼形成一個圓，將他們包圍在裡頭。余曉愁抱著方奎，她發現光球裡的水退得一乾二淨，而在光球底下，則無聲無息地綻出一朵荷花。

荷花托住光球，迅雷不及掩耳地將光球連同他們一路往上帶。

就在逼近水面的瞬間，光球「啪」的一聲破裂。余曉愁抱著方奎探出水面，他們全身都濕漉漉的，水珠不停滴下。身下的荷花直到將兩人完全托離水面，才停止不動。

余曉愁沒有餘力觀察四周動靜，一離開水中，她急忙放下方奎，伸手推晃他的肩膀。

「方奎？方奎？你醒醒啊，方奎！」金黃色的眼眸幾乎要滴出淚水。

方奎閉著眼，一動也不動。

余曉愁急了，她想也不想，立刻雙掌交疊，重重地在方奎胸口壓按幾下，接著低下頭。眼看雙方的嘴唇即將碰到，一隻手臂撐住余曉愁欲俯下的身子。余曉愁一愣，她移動視線，對上了一雙含帶笑意的黑眼睛。

余曉愁呆住。

「在這麼多人面前做這種事，我會害羞呢，曉愁。」方奎說。

「你……誰、誰跟你做那種事啊！我只是……」思及自己方才的行爲，余曉愁紅了一張臉，但隨即又冷著眉眼，「你在胡說什麼？就說我不是余曉愁了！」

「啊，我知道妳不是，我根本沒有一個叫作『余曉愁』的青梅竹馬。」方奎扶正眼鏡，彷彿沒發覺身旁女孩驀然變得僵直。他抬頭，望向或是停立半空、或是佇足荷花的身影。

韓湘、藍采和、何瓊、阿蘿、椒炎，還有手腳被縛、關在淡紫色光罩裡的風伶。後者仍然閉著眼，沒有動靜，似乎被限制住行動。

「方奎，你還好吧？我剛剛有順便把你體內多餘、多餘的水分一塊抽走。」韓湘降下來，足尖輕巧地踩立在荷花的一瓣花瓣上，纖細的身子四平八穩，彷彿站立在平地上。

「謝啦，阿湘。」方奎露出笑，目光在韓湘手中的橫笛停留一會兒，接著移向掛在藍采和臂彎中的竹籃，以及救了自己兩次的碩大荷花。

方奎想，要是自己還看不出什麼，那就太有愧於他超自然同好會的會長之名了。

腦海正閃過這樣的念頭，方奎眼尖地瞥見椒炎自另一端落下。不同的是，那雙紅銅色的眼眸滿是淩厲，如針似地刺向他身邊的女孩。

「別傷害曉愁！」方奎沒有多想，馬上伸出手臂擋在余曉愁身前。

「啊啊？你以爲你說的話有用嗎？」椒炎一個挑眉，散發強烈的不善之意。下一刻卻又因爲搭在肩上的手而稍稍收斂姿態。

「先等等，椒炎。」藍采和溫聲地說。

同時，一縷細微的聲音喃喃響起。

「你……知道了？你掙脫了我的暗示？」余曉愁神情有絲恍惚，像是沒看見其餘人的存在，她盯著轉過身、面對自己的方奎。

「我還想起兩年前溺水時，是妳救了我。曉愁，妳其實是……」方奎的話猛然被打斷。

「住嘴！我到明陽來才不是爲了見你！」余曉愁和方奎拉開距離，她往後退，素來給人甜美印象的眼眸中，竟透著一絲淒厲，「我只是爲了任務。聽好了，方奎，我只是爲了我自己的任務。」

話語一頓，余曉愁改看向在場的三名仙人。她比誰都清楚，自己不可能有任何勝算。感覺到掌心貼上荷花花瓣的末端，余曉愁停下後退的動作，她的雙眸金亮得不可思議，彷彿還帶著對仙人們的挑釁。

「我不會說的，藍采和大人。就算您問我任何事，我不會說也不能說。」她好勝一笑，「至於風伶，就還給您吧！」

語畢，海藍色的纖細身影竟翻身墜入水中，頓時激起「嘩啦」一聲。緊接著，流水開始湧動，它們飛快向後退，立即收束成一道粗壯水柱，如同飛虹般成爲弧線，俯衝向游泳池。

「那女人！」椒炎大怒，說什麼也不願讓對方逃跑。他立刻想騰身飛起，卻被藍采和牢牢抓住手，自那蒼白手指傳來的巨大力氣，令椒炎掙脫不得，「藍采和！」

「別追，追了也沒辦法做什麼事。」藍采和平靜說道。暗地裡，他不著痕跡地使了個眼色給同伴。韓湘與何瓊當下會意。

無人察覺到的空隙間，三名仙人微動手指，三條光絲各自從他們指尖竄出，不過眨眼間便混在一塊，沒入了水裡。

隨著大水消退，本來高浮的三朵荷花也穩穩地沉至地面，隨後消失無蹤。

方奎吃驚地注意到，操場上竟然連點潮濕的痕跡也沒有。不過方奎對這事沒有太多糾結，他轉而看向落地的藍髮少年，真摯地說了聲「謝謝」。

「不用謝我，班長。」藍采和露齒一笑，接著視線落至風伶身上。藍采和舉步向前，走的速度不快也不慢，左手在袍袖內收緊，接著他舉起右手，咬破食指，鮮紅色的血珠沁出。

沒有任何人開口說話，韓湘靜靜地揮下手，解除結界。

藍采和對著食指輕吹一口氣，血珠頓時像獲得了生命，它飛至半空，以快得不可思議的速度改變形態——「小藍專屬」四個鮮紅大字，就像網子般對著風伶當頭罩下，瞬間，光華籠罩住風伶。

就在光華消逝的同時，一道奇異青影迅速自風伶身上脫出。青影動作雖快，但早有準備的藍采和比它還要快。

只見銀絲自他左袖內疾射而出，牢牢綑縛住那道青影，讓它脫逃不得。藍采和的左手再一使勁，收回銀色光絲，一把掐住猶在拚命掙動的青影。

「那是……」方奎推了下眼鏡，撲騰著翅膀、不斷在藍采和掌心掙扎的，不就是一隻青色的蝴蝶嗎？

然而與一般蝴蝶不同，那隻青蝶宛如從紙上剪下，顏色濃豔到令人覺得不舒服的地步。

「回去告訴你的主人。」藍采和仍一臉笑盈盈的，他的眉在笑、眼在笑，但那雙瞇成弦月狀的水藍眸子裡，只有教人寒毛直豎的冷酷，「管他是誰，老子他媽的和他對上了。」

撂下了等同宣戰的話語，藍采和鬆開手，任憑青蝶逃竄後消失在眼前。

另一邊，風伶再次有了動靜。

他伸手捂著額角，低低地呻吟了一聲。

「喂，還行嗎？」基於同伴情誼，椒炎靠了過來，不過還保持著一小段距離。

「椒炎……？」雖說是閉著眼，風伶還是精準地將臉孔轉向聲音來源處，他放下捂額的手，「你有攻擊的味道，爲何要將武器對著我？」

「啐，還眞的好了啊。」椒炎咂舌，他彈了下手指，浮在背後的紅珠子盡數消失。

沒在意椒炎話中的可惜之意，風伶又轉過頭，那張秀雅嫻靜的面孔上，逐漸浮出困惑，「何大人？韓大人？還有主子……現在究竟是？」

「風伶，你還記得多少？剛剛的事？」藍采和走至風伶面前。

「剛剛，我……」風伶似乎想要回想，可額際傳來的刺痛令他忍不住蹙起了眉。

「沒關係，你不用急著想，你需要好好休養一番。」藍采和柔聲說，他的嗓音如流水，蜿蜒地拂過風伶心頭，「不過在休息之前，可以請你將力量收回去，讓一切回復原狀嗎？」

——那是風伶最喜歡的聲音。

「謹遵命令，主子。」風伶一腳屈膝，一腳跪地，低下了頭。

夜色正濃。

平靜無波的水面上，驀地傳出嘩啦聲響。一抹海藍色的纖細身影脫出水中，她渾身滴著水，腳一踩上堅硬的地面，立刻像站不住般踉蹌一、兩下，勉強才穩住身子。

那是個擁有海藍色髮絲和金黃雙眼的女孩，看起來十分虛弱。她又勉力地往前走了好幾步，直到碰觸牆面，這才背靠著牆，慢慢地滑坐下來。

余曉愁大口喘著氣，她不知道自己來到了哪裡。看附近的環境，唯一能確定的是，這似乎是某間學校的游泳池。

銀月高掛在夜空中，夜間的泳池如此靜謐，僅聞細而急促的呼吸聲。

余曉愁閉上眼，眼前又浮現一張面孔。自信、得意、震驚，不同的表情，但全是方奎。

「我想知道的是，妳是爲了什麼，才會想攻擊小藍？我想知道的，是妳自己的意圖呀，曉愁。」

誰會想做這種事？憑她這樣低階的身分，攻擊八仙之一的藍采和只是自找罪受，她早就明白這點。

但她還是自願接下這份苦差事。余曉愁唇邊浮出淡淡的笑，因爲她想再見到方奎，她想再見到兩年前偶然救下、同時令自己一見鍾情的那名少年。

「方奎，你是王八蛋。」余曉愁閉眼喃喃地說，「可我就是喜歡你，我只是想見你……」

泳池邊，再次安靜下來。

夜空下，靠牆而坐的女孩不再發出聲音，她一動也不動，海藍色髮絲和睫毛覆上淺褐，身上的衣物也變成了明陽高中的夏季制服。

可就在這趨近死寂的靜默中，一抹修長高大的身影無聲無息地自水面踏上泳池岸邊。蒼冰色的長髮在月光照耀下，泛著冰冷至極的美麗光澤。

男人居高臨下地俯望女孩，蒼冰色的眼瞳不見任何溫度。

然後，男人伸出手，覆著尖利指甲的五指眼看就要探向女孩的胸口，那是心臟所在的位置。沒想到下一秒，手指驀地停住了。

男人瞇細眼，在余曉愁的胸前，居然浮出一道薄薄光膜。仔細觀察，便會發現光膜是由三種不同色彩的光絲密密交織而成，看似脆弱，實際上卻是堅不可摧。

「眞教人意外，八仙中的三仙居然想保護這種東西？」男人低低地笑了，他的嗓音就像水晶般剔透，完美而凍人心扉，「既然如此，就給他們一次面子吧。」

男人的手沒有再向前伸，只是舉高，在余曉愁額前輕輕一抹。

「從現在開始，妳不會再記得任何與任務相關的事。」

◎

熱鬧的人聲即使隔著半掩的鐵門，依舊清楚地傳到了頂樓。

明陽高中二年級大樓的天台上，兩名少年正或坐或躺著。

坐著的那人在大太陽底下撐著一把紫色雨傘，手裡捧著書，顯然看得津津有味；躺著的那一人則雙臂交疊在腦後，臉上蓋著一本敞開的書，日光將書背上的字勾勒出來——《外星人與我，跨種族的悱惻愛情》。

「我說阿湘。」

忽然間，一道聲音自攤開的書下傳出。

韓湘停下閱讀，視線從書中抬起，望向被書遮著臉的朋友。

方奎從腦後抽出一隻手，抓起蓋在臉上的書，盯著蔚藍得不可思議的天空，他說：「你們是八仙，對吧？」

方奎語氣相當平淡，彷彿只是在說今天天氣很好。但是韓湘卻掉了手上的書，他瞠大眼，跳了起來。

「爲、爲什麼方奎你會知道啊？」韓湘結巴地嚷道，秀氣的眉毛愁苦地糾結著，「你不是、你不是一直認爲我們是……」

「都這麼明顯了，傻子才看不出來。」方奎抓著書站起，他揚起眉梢，回給韓湘一抹自信又帶著揶揄的笑，「唉唉，雖然我還是覺得阿湘你們是外星人比較有趣。我一直很期待能拉開人皮拉鍊，看見滑溜溜的果凍呢。」

……方奎，你到底有多在意果凍啊。韓湘哭笑不得，見方奎朝鐵門走去，他連忙跟上。

兩名少年一前一後自頂樓走下來。

驀地，韓湘發現方奎忽然停下腳步。他有絲疑惑，正想推推方奎，然而當他的目光碰巧越過對方的肩膀、落至四樓走廊時，韓湘吞下了聲音。

有兩個穿著制服的女孩正從樓梯前經過，她們嬉笑著，不時發出咯咯的清脆笑聲。

其中一個女孩注意到樓梯上的方奎二人，她轉過頭，順勢將微鬈的褐色髮絲撥至耳後，那雙眸子只是純粹好奇地逗留一、兩秒。很快地，嬌俏甜美的臉蛋又轉了回去。

兩個女孩越走越遠。

「是、是曉愁……」韓湘輕聲地說，「她已經不記得我們，也不記得之前、之前發生的事了。對不起，方奎，我會努力想辦法、想辦法讓曉愁她……」

「停停停，阿湘你先給我停下。」方奎舉起手，阻止了韓湘的道歉，「你不須要做任何事，我是說眞的。應該說，我要拜託你，不要用你的能力做出任何事。」

「咦？」

「之前的那些事情，曉愁忘記就忘記了，我也不想我們相處時，彼此之間還有疙瘩。」

「可是，曉愁連你、連我都……」

「再重新認識不就得了嗎？」

「咦咦咦？對喔！」

「聽好了，阿湘。從現在開始，你有一件事要做，我有兩件事要做。首先，我們倆都得做的事，就是讓曉愁重新成為超自然同好會的成員！」

「等一下，方奎。爲什麼我是一件，而你是兩件啊？」

「那還用說嗎?因爲第二件只能由我來做，我也不打算讓給其他人做。」

方奎轉過頭，他推高眼鏡，露出自信十足的笑容。

「嘿，阿湘，你覺得人類與小丑魚相戀的可行性如何?我啊，可是準備卯足全力了喔!」

拾貳 金色與銀色

臨近傍晚的社區公園內，不時傳來孩童的嬉笑和叫嚷，稚氣的聲音交織成一首歡快樂曲。即使公園內僅有簡單的溜滑梯、單槓及沙坑，但對小孩子來說卻已等同於遊樂園。溜滑梯上不時傳來開心的叫喊，單槓區被男孩子們佔領。至於沙坑裡，有好幾人認真地堆捏著屬於他們的城堡。

陪同孩子前來公園的父母親則坐在一旁長椅上，不時呼喊幾聲。

「小健，不可以用摸過沙子的手揉眼睛！」

「緋緋，不能搶別人的玩具！」

又或是和其他家長聊天交談，分享日常生活。

橙黃帶紅的陽光照耀著整座小公園，公園內氣氛祥和、歡欣。

驀地，圍聚在沙坑的孩子們有誰發出了低叫，那是個綁著長辮子、眼睛大大的可愛小女孩。

「沒水了，這樣城堡會堆不起來啦！」長辮子小女孩鼓起臉，指著見底的橘色小水桶。要堆起高高的美麗城堡，只用乾乾的沙子是行不通的，必須得和點水進去。

聽見長辮子小女孩的叫嚷，其他孩子也停下手，你看著我、我看著你，然後七嘴八舌地爭論起來。

「我剛剛已經提過了。」

「我也是、我也是。」

「再來要換誰啊?」

「欸?可是水在廁所那邊耶……」

「我知道了,換小曜去!他都沒有提到水,而且也沒帶蓋城堡的工具,所以換他!」

這話一出,數雙眼睛頓時全往名叫「小曜」的小男孩看去。

他戴著厚重的眼鏡,剪得齊平的劉海讓稚氣小臉看起來多了點呆傻。

遭眾人注視,小曜露出驚慌的表情。

「咦?是換、換我嗎?」小曜結結巴巴地說,心底有些不願意。比他大好幾歲的哥哥曾經告訴他,公園廁所那邊看似沒什麼人,其實躲著會抓走小孩子的妖怪,尤其最喜歡戴眼鏡的男生——他不知道,這其實只是哥哥故意嚇唬弟弟的小玩笑。

「當然是換你呀!」似乎嗅到玩伴話裡的不情願,另個小女孩扠著腰,義正詞嚴地說道:「你不去就不要跟我們玩了!城堡我們自己蓋!」

對這年紀的小孩而言,「不跟你玩」比被媽媽責罵還要可怕。只見小曜眼裡染上慌張,看起來手足無措。

「小曜、小曜,拜託你去嘛!」最開始說沒有水的長辮子小女孩睜著大眼睛,祈求地望向小曜。

小曜面上一熱，他一直覺得她是自己見過最可愛的女生了。

「好，我去！不過你們不可以偷偷蓋喔！」

爲了在喜歡的女生面前有所表現，小曜抓起橘色小水桶，壓抑住自己對妖怪的害怕。他跑出沙坑幾步後，又忍不住回頭。

「絕對不可以偷蓋喔！」

見朋友們給予保證後，小曜才邁開步子，朝廁所的方向跑去。

廁所離沙坑不遠，見自家孩子往廁所走，小曜的媽媽沒特別出聲問他要做什麼，只多注意了幾眼，又轉頭和其他小朋友的媽媽聊天。

公園廁所四周不少樹木，向來陰涼。

小曜跑到廁所外的洗手台——爲了讓來公園的小朋友也搆得到水龍頭，這裡的洗手台建得比較低矮——將橘色小水桶擺上，他踮起腳尖，扭開水龍頭，水嘩啦嘩啦地流下。

黃昏時分的公園廁所沒什麼人，現在更是只有小曜。雖然隱約能聽見其他小朋友的聲音，可他還是覺得這邊靜得可怕。

小曜嚥嚥口水，喉頭發出咕嘟一聲，又想起哥哥告訴他的事。

「你知道嗎？公園廁所附近躲著可怕的妖怪，專門抓戴眼鏡的小孩子然後吃掉！」

「哇！」耳邊突然響起沙沙聲，小曜發出一聲哀叫，忍不住跳起來。他看向左右，這才發現身旁什麼也沒有，只不過是風吹動樹葉發出的聲音。

小曜拍拍胸口，心臟還在急促地撲通撲通跳。接著他似乎想到什麼，趕緊摘下眼鏡想放進褲子側邊口袋，但裡面都裝了東西，他乾脆把眼鏡塞進褲子後口袋。

雖說拿掉眼鏡四周景物變得有點模糊，但這麼一來，自己就不是戴眼鏡的小孩，廁所妖怪也不會抓走自己了！

小曜安心地鬆口氣，注意到流水聲變得不太一樣，他瞇起眼睛，看見水桶裡的水已經滿出來了。

他連忙再踮起腳尖，關緊水龍頭。正當他打算將水桶中的水倒出一些，免得太重提不回去時，眼角忽然瞄見一抹金色從腳下滾過。

金色的，圓圓的，很像是球。

小曜愣了一下，暫時忘記水桶的事。他好奇地蹲下身，伸手撿起圓形物體，再瞇眼湊近一看，真的是一顆金色小球。

是誰把球扔到這裡來的？小曜抓著球站起，納悶地東張西望，想看看有沒有人跑來找球。

隨即，他耳中傳進一個聲音，聽起來只比自己的哥哥再大上一些些。

「喂，你是不是撿到我的球了？金色的那個。」

聲音是從洗手台左邊樹木後傳出的，還能看到一抹模糊人影。

「大哥哥，這球是你掉的嗎？」小曜努力地想看清人影面貌，但沒有戴眼鏡，映入視野的景象朦朦朧朧的。

就在小曜打算拿出眼鏡戴上時，居然又出現了另一道聲音。

「還有我的球，你的腳下是不是也有我的球啊？」

這次響起的聲音聽起來和剛剛的一樣年少，只不過是女生的。

小曜反射性低下頭，他吃驚地發現鞋子旁竟然還有一顆球，是銀色的。

小曜彎身將那顆銀色小球也撿起，他沒有想太多，向著前方的兩抹人影走去。隨著距離越來越近，小曜可以看得出來，對方是比自己年紀大的大哥哥和大姊姊。

兩人一樣高，身上穿的衣服和自己不同。最奇怪的是他們頭髮的顏色，分別是一金一銀。

「大哥哥和大姊姊是外國人？」小曜感到驚奇地問。他把眼睛瞇得更細，想要看清兩人的相貌。

只是小曜還來不及看清，金髮少年和銀髮少女再度開口了。

「你喜歡金色嗎？」

「還是喜歡銀色？」

小曜一呆，停在原地，傻愣愣地望著兩人。

彷彿沒看見小男孩的錯愕，少年和少女聲音飛快地又響了起來，他們的聲音異常相似。

「是金色吧？」少年說。

「是銀色才對。」少女說。

「才不是，妳那種顏色誰會喜歡。」少年再說。

「才不是，是你那種顏色誰會喜歡。」少女也說。

少年和少女就像快要爭吵起來。

即使是稚幼的小曜這時也覺得事情好像不太對勁。他後退一步，忽然用力地把兩顆小球朝人影的方向拋出。

「那、那個，球還你們！」小曜大聲地喊道，接著慌慌張張地想跑回洗手台邊提起水桶，趕快回到同伴們的身旁。

少年和少女的爭執瞬間停下。

「那怎麼行呢？」

兩道相似的聲音分毫不差地疊合在一起。

同一時間，小曜發現自己的手腕被什麼纏綁上了。他心裡一駭，立刻看向雙手，一金一銀的毛線赫然綁在他的左腕與右腕，而毛線則是從金銀小球射出。

「噫！」小曜恐懼地發出悲鳴，面前的場景已經超乎一名孩童所能承受的。

金色和銀色的小球浮在空中，而且還射出了兩條毛線綁在自己的手腕上！小曜的臉色刷成蒼白，他想起哥哥告訴他的廁所妖怪，想起哥哥還說過廁所妖怪會把抓到的小孩吃掉。

不要！不要！他不要被吃掉！他還沒跟小羽牽過手……他還想看今天最新一集的「魔法

少女☆莉莉安」！

「我才不要被妖怪吃掉！」或許是過度恐懼產生的爆發力，也不知道從哪生出了力氣，小曜用盡全力地扯掉腕上的毛線，不管身後少年、少女會有什麼反應，他拔腿就往前衝。

「啊，一定是金月你長得像妖怪！」

「胡說，明明就是銀夕妳長得像妖怪！」

少年和少女的爭執被小曜拋在後頭。

哥哥沒有騙人，廁所外面眞的有妖怪！淚水在小曜眼眶打轉，顧不得水桶還沒拿，他一心一意只想跑回去找媽媽。卻在下一剎那，迎面與另一人撞上了。

「好痛！」

小女孩的驚叫聲響起。

小曜也被撞得跌坐在地，他的臉因爲疼痛而皺成一團，同時還聽見屁股下傳來什麼斷裂的聲音。

「我的眼鏡！」小曜大叫，急忙爬起，從褲子後的口袋掏出眼鏡。因爲剛才的撞擊壓到，鏡腳斷了一邊，整副眼鏡變得歪斜。

「好痛痛啊……」

屬於小女孩的聲音泫然欲泣地再次響起，小曜這才反應過來，自己是撞到人了。

「對、對不起！」也不管鏡腳斷了一邊，小曜直接把眼鏡抓到眼前。透過鏡片，他瞧見一名有著粉紫色頭髮的小女孩淚眼汪汪地望著自己，那雙掛著淚珠的圓亮眼睛是奇異的紫藍色。而且小女孩的身上還穿著像是洋娃娃才會穿的美麗衣服。

小曜一時呆住了。他覺得面前的小女孩比他喜歡的小羽還要可愛好幾百倍，就像是「魔法少女☆莉莉安」裡面的妖精國公主。

「你幹嘛跑那麼快啊？」小女孩吸吸鼻子，軟嫩的嗓音帶了絲埋怨意味。

小女孩這話一問，小曜登時想起剛才遇見的事。

「快跑！有妖怪……後面有廁所妖怪！」小曜害怕地大喊，伸手就想拉著小女孩一起逃，「他們要追過來吃人了！」

「哎？」小女孩卻沒握住他的手，只眨著猶帶淚水的紫藍色眼睛，「你說……妖怪？」

「是啊，真的有妖怪！」見小女孩不相信，小曜有些焦急地叫道：「會吃人的！」

「真沒禮貌，我才不吃人呢，最起碼一般的普通人不吃。」

「真沒禮貌，人我才不吃的呢，最起碼不吃一般的普通人。」

驀然間，又是兩道年輕嗓音落下，分別屬於少年和少女。可乍聽之下，兩者卻又相似得不可思議。

小曜背脊僵了，一動也不敢動。他聽得很清楚，聲音幾乎是貼著他身後落下的。

追……追上來了嗎？那兩個妖怪已經追上來了嗎？小曜掌心發冷，他緊緊地捏住手，微微地、僵硬地偏過臉。從眼角餘光偷看，他可以瞥見一個服裝怪異的銀髮少女，雙腳懸浮在地面上。

身後的日光讓少女的臉模模糊糊的，況且小曜也不是透過鏡片看，所以他依然瞧不清少女的面孔。而就算沒有轉往另一邊，小曜心中也清楚，另個金髮少年想必站在那。

「好了，你還沒回答我。」少女說，「你喜歡銀色嗎？」

「不對，你喜歡的是金色吧？」少年的聲音緊接著說。

小曜根本沒辦法思考他們在說什麼，什麼金色、銀色的……他現在唯一能做的事就是張大嘴，拚命地對還坐在地上的小女孩吐出三個字——

妳快逃……

可是，他終究沒有成功說出口，並不是他沒時間，而是他發覺到另一件更不對勁的事。夕陽光輝照著那名穿得像洋娃娃般典雅又美麗的小女孩，她的影子自身後延伸。

小曜面對著小女孩，所以看得很清楚，或者說，太清楚了。

抓著眼鏡的手指不由自主地細微顫抖，他睜著眼，嘴巴維持著張開的狀態。

擁有粉紫色頭髮和紫藍色眼眸的小女孩，就像沒看見他的異樣，對小曜身後的少年、少女也視若無睹。她拍拍跌得有點疼的屁股站起來，撫撫滾著美麗花邊的裙襬，眨眨大眼睛。

她說：「還是你喜歡藍色？像我就很喜歡喔。不過不管你喜歡什麼顏色，哪哪，你可以陪我玩嗎？我老是覺得很寂寞。」

小女孩露出天真動人的微笑。

「天堂說我沒有玩伴才會寂寞，所以你陪我吧。」

小女孩的笑容非常可愛，換作平時，小曜說不定會被迷得暈頭轉向，紅著臉答應了。可是，卻不是在他瞧見小女孩身後影子的這個時候。

小女孩只比小曜略矮，然而從她腳下延展出去的影子卻龐大得不可思議。

黑影向後延展，爬過地面，投映在廁所外牆上。乾淨的白色牆壁幾乎全讓黑影佔領。而且，大得驚人的影子一點也看不出是人的形狀。

小曜再次咕嘟地吞下口水，他覺得映在牆壁上的影子形狀簡直就像某種巨大的植物。

「不說話就是答應了喔！」小女孩發出咯咯的清脆笑聲。

下一秒，金色和銀色的毛線迅速纏綁上小曜的雙手。

這次毛線速度很快，不到眨眼間，就將小男孩包得像個繭，只露出鼻子和一雙驚恐至極的眼睛。

「接下來你的任務就是陪這位小小姐玩啦。」金髮少年抓著金色的小球，不對，那其實是一團毛線球。

「陪小小姐玩可是你接下來的任務了。」銀髮少女的手中抓著銀色毛線球。

被綑綁得緊緊的小曜連動彈也做不到。

金髮少年和銀髮少女各伸出一隻手，兩人手掌貼在一塊，臂彎下出現一個古怪的黑洞。

小曜被拋進黑洞裡，瞬間消失得無影無蹤。

「小小姐，我們也該回去了吧？」金髮少年望向小女孩，問道：「這回抓的是眼鏡系，說不定跟妳合得來。」

「合不來就是金月的錯，是他決定人選的。」

「少來，明明就是妳決定的，合不來是銀夕的錯。」

少年和少女立時又陷入爭執。

對那一來一往的爭論彷若未聞，擁有粉紫色頭髮的小女孩往外走出幾步，她可以看見公園中央熱鬧的光景，誰也不知道這一角發生的事。

她掃過幾個顯然是父親的男性。

「那個……一定要找小孩嗎？其實我比較想抓『爸爸』耶。」小女孩眼中閃過一絲奇異的熱烈光彩。

「不行！」

「絕對不可以！」

少年和少女異口同聲地反駁。

「天堂那傢伙說過，小小姐是缺乏同年的玩伴，所以一定要找小孩子來陪妳。」

「可是我總覺得有哪邊……」

「小小姐，我們快走吧，不然說不定會被人發現。」銀髮少女急忙打斷，她朝少年使個眼色。

隨即不給小女孩再發言的機會，兩人拉住她的手，動作迅速地鑽進那個黑洞裡。

不消幾秒，黑洞縮小，最後消失不見。

公園的廁所外，一個人也沒留下，僅有一個盛滿水的橘色水桶，孤伶伶地擺在洗手台上。

不遠處，似乎傳來誰的呼喊聲。

「小曜，你水裝好了沒？」

「小曜，你是跑到哪去裝水？」

「小曜……」

拾參 莉莉安的星座占卜時間

「前日下午，神雅市發生一起兒童失蹤案，失蹤的是今年八歲的方姓男童……根據當時公園內其他小朋友的說法，方姓男童是在前往廁所提水後便遲遲沒回來……這已是中部地區發生的第五起兒童失蹤案，警方懷疑內情並不單純，推測案件之間互有關聯，犯人是同一人的可能性極高。目前警方已成立專案小組，加緊調查……」

一大早，女主播字正腔圓的嗓音從電視裡傳出，充斥在林家客廳中。

穿著一身輕便服裝的林家長男眉頭緊皺，手中抓著遙控器，英俊的臉孔繃著，表情陰沉凶狠，像是誰欠了他大筆債務一樣。

藍采和一手提著空竹籃，一手拎著袋子，從二樓樓梯下來時，望見的就是這幅景象。

怎麼了？是發生什麼事了嗎？眞實身分爲八仙之一，爲了尋找花籃內失蹤的植物，而在林家暫時充當幫傭的藍采和，迅速回想起床後發生的事。

他很確定自己今天並沒有破壞門啊或是家具之類的，他的植物們也都被關在籃中界，不得隨意出來搗亂。其他的，應該也沒做什麼事吧……

確認自己不是讓林川芎心情不好的凶手後，膚色總是蒼白的少年重新端起純良無害的招牌笑顏，拾階而下。

「早安啊，哥哥。」藍采和笑咪咪地說，他的聲音讓站在電視前的川芎轉過頭。

「早。」不過川芎也只是望了眼下樓的少年，隨即又將視線移回螢幕。

這讓藍采和不免產生好奇，他三步併作兩步跑下，待在川芎身邊，跟著看向電視螢幕。

這一看，他頓時明白川芎的陰沉臉色是怎麼來的了。

現正播出的新聞是兒童連續失蹤案，失蹤孩童的年齡都介於六歲到八歲之間。

而在林家最受眾寵的么女，今年剛好六歲。

很顯然地，川芎在擔心自己的妹妹。

「哥哥，要不要我派個人負責保護莓花？」藍采和自然也擔心莓花的人身安全。雖說失蹤案目前都發生在外縣市，但不怕一萬，只怕萬一，還是有點防備比較保險。

這麼提議的藍采和，同時在腦內飛快過濾人選。如今回歸的植物有鬼針、茉薇、相菰、椒炎，以及剛尋回不久的風伶。

幾秒間，藍采和就將鬼針、茉薇剔除於名單外。不是他不相信他們的能力……事實上，藍采和是不相信那兩人的個性。尤其是鬼針，那名眼神陰戾的男人總是在跟人結梁子。

藍采和想到了脾氣雖然有些暴躁，但做事負責的椒炎，可很快地，他又在心底推翻這個人選。不行，椒炎還得再休養一段時間才行。

正當藍采和思索著剩餘的兩株植物，他突然注意到一件事，今天的林家大宅似乎有點安靜，少了某道稚嫩嬌軟的聲音。

「哎？莓花呢？」藍采和詫異地東張西望，確實沒見到那抹可愛身影，「難道莓花還在睡嗎？」

「誰還在睡啊？我家莓花可是一早就起床了。」川芎白了藍采和一眼，他被新聞弄得心煩意亂，乾脆切換頻道，「在你還沒起床的時候，薔蜜就先來過一趟了。」

「薔蜜姊？」

「薔蜜大人？」

乍聞這人名，客廳立刻出現兩道吃驚的聲音。一道屬於藍采和，另一道則是——

「薔蜜大人這麼早就過來，難道是有什麼要緊事嗎？」

藍采和的提袋被由內向外打開，一根頂著翠綠葉片的人面蘿蔔探出頭來。

「噢，俺忘記跟你說早安了，川芎大人。對了對了，你看俺今天的打扮怎樣？今天也是特別配合小藍夥伴的『阿蘿時間☆大放送』唷！」

「阿蘿時間是啥鬼啊？」川芎不客氣地吐槽。不過當他看見阿蘿撐起身體、用堪稱高難度的動作從袋內抬起一隻腳後，他瞬間沉默了。

阿蘿這次在疑似脖子的部位繫了個領結——說實話，川芎很難判斷那具白胖身軀究竟哪裡是下巴，哪裡是脖子——而那條奮力抬起的小短腿上，則套了一小截黑色襪子。

紅色領結加黑色短襪……靠，這是在玩裸體西裝嗎？川芎臉色發青地揮開想像，最後決定直接無視那根蘿蔔，將它當作打上馬賽克的妨害風化物。

「薔蜜今天請特休帶莓花去逛動物園了，大概傍晚才會送莓花回來。」川芎雙手抱胸，挑起濃黑的眉毛，「至於保護什麼的，明天再說吧。有薔蜜陪著，用不著太擔心。」

身為流浪者基地小說部之首的張薔蜜，拿手絕活是關節技，另外還擅長踩著高跟鞋踢擊試圖搶奪她皮包的強盜——後面那件事蹟是藍采和最近才知道的。據說當時那名強盜瞬間從加害人變為被害人，並且從此之後，薔蜜在豐陽市再也沒遇過任何搶劫。

想起那名戴細框眼鏡、留著長髮的美麗女性，藍采和不禁咕嚕一聲嚥下唾液。

「有薔蜜姊在，確實是……等等，不對啊！」藍采和突然低叫一聲，「哥哥你怎麼沒跟去？」

藍采和會有這疑問也是理所當然。認識川芎的人都知道，他向來以「妹控」聞名。換句話說，林家長男患有重度戀妹情結。唯一能令他臉色大變的，就只有妹妹，以及——

「川芎大人，你該不會又拖稿被薔蜜大人發現了？」

阿蘿的問句立刻換來川芎的兩個字。

「閉嘴。」川芎凶惡地瞪了阿蘿一眼。

他絕不會承認自己是因為今天無法依約交出稿子，才想趁機帶寶貝妹妹去動物園躲避責任編輯的催稿。

沒想到道高一尺、魔高一丈，薔蜜算準時間，提前一步到來。於是，動物園頓時變成由薔蜜帶莓花去，川芎則被勒令在家趕稿，否則這幾天就別想看到他的寶貝莓花了。

媽啦，張薔蜜是在我們家裝竊聽器不成？時間也算得太準了吧！川芎惱怒地想道。

倘若這時薔蜜在場，想必會俐落地一推鏡架，說——

「你以爲我們都認識幾年了，川芎同學。還有，別妄想逃避你的責任編輯。敢讓稿子開天窗，我就宰了你，嗯，我說眞的。」

即使林家長男沒有給予正面答覆，但從他的態度來看，藍采和與阿蘿也猜到了事實。

「哥哥，你加油。」藍采和語帶同情地拍拍對方肩膀，「這個我眞的幫不了你。」

「誰要你幫忙，你不要再破壞我家東西我就謝天謝地了。」川芎拍開那隻蒼白的手，正打算關掉電視，突然間，一道嬌俏悅耳的少女嗓音從電視裡傳出來。

「各位好，歡迎收看莉莉安的兩分鐘星座占卜時間唷！」

螢幕上，一名穿著華麗的動漫人物手握魔法杖，露出甜美燦爛的笑容。

川芎愣了愣，原先要按下遙控器電源的手也忘記動作。他當然知道出現在電視上的少女是誰，那是他家莓花最喜歡的動畫「魔法少女☆莉莉安」的主角。

「太幸運了！是莉莉安的星座占卜時間耶！」抓著袋口邊緣的阿蘿興奮地搖晃頭上的葉片，「川芎大人，小藍夥伴，這可是『魔法少女☆莉莉安』最新推出的迷你節目！而且聽說是隨機出現，號稱隱藏版中的隱藏版啊！」

什麼隱藏版中的隱藏版，這根本是不給人看吧？川芎眼神複雜地盯著正逐一解說星座運勢的美少女。

「嗨嗨，給魔羯座的你，今天會遇見有點吃驚的意外呢！」

少女豎起食指，擺出義正詞嚴的表情。大大的眼睛和微噘的嘴唇，教人感到萬分可愛。

「不幸的搭配是深色上衣加牛仔褲，外出時千萬不要這麼穿，否則容易踩到葉子滑倒。另外，今天的你可能會遭逢水難，請務必注意人身安全。魔法之神會在遠處默默守護……」

最後一個音節還沒來得及說完，彩色的電視畫面瞬間收成白色光束，隨後轉爲黑暗。

「那個，哥哥……」藍采和轉頭望著關掉電視、今天正好穿深色短袖加牛仔褲的男人，「你好像就是魔羯座耶。」

「那又怎樣？」川芎瞪視過來，「你以爲我會相信那種東西嗎？」

「可是川芎大人，據說莉莉安的星座占卜超準的啊！」阿蘿激動地揮著小短手，「俺覺得你還是換件衣服，要不你可以學學俺……」

「你這根妨礙風化的蘿蔔給我閉嘴！」川芎的眼神就像刀子，嚇得阿蘿迅速噤聲，兩隻手捂住嘴巴。

不管閉上嘴的阿蘿，川芎的目光再次移向藍采和。

「還有你，你不是和人約好了要見面？還在這裡拖拖拉拉的做什麼？現在，該幹什麼就給我幹什麼去！」

在林家長男嚴厲的喝令下，藍采和頓時想起自己確實與曹景休約好在外碰頭，他趕忙瞄了眼客廳的時鐘。

隨後，他跳了起來，發出驚慌失措的慘叫。

「不會吧？已經遲到十分鐘了！完蛋了，景休絕對會唸死我的……他最討厭有人遲到啊……」想起不苟言笑的監護人，少年本就蒼白的面龐變得比雪還白。

不敢再浪費時間，藍采和匆忙跑向玄關，胡亂套上鞋子、拉開大門，卻在一腳跨出時，又硬生生地扭過頭來。

「差點忘了，小瓊交代過我，她這一、兩天又有事回天界，很快就會回來。」話語一頓，藍采和眼神真摯地望著川芎，「哎，哥哥，你真不考慮換件衣服？」

對於這個問題，林川芎眉一挑、眼一厲、手一比，簡單俐落地給了自家幫傭五個字。

「去赴你的約！」

◉

隨著人影接近，自動門感應器亮起紅燈，隨後透明的玻璃門扇快速向兩側滑開。

週六的蛋糕店內，迎來了兩名客人。

聽見伴隨自動門開啓的「叮咚」聲響起，知道又有客人到來的服務生連忙抬起頭，露出甜美的笑臉招呼。

「你好，歡迎光……」最後一個「臨」字在望見客人的相貌時，不小心卡在舌尖，忘記吐出。留著清爽短髮的女服務生睜大眼，吃驚地看著踏進店內的兩抹身影。

一高一矮，而且都是男性。

雖說這裡是女性顧客居多的蛋糕店，不過偶爾也有男性顧客光臨。真正令服務生感到吃驚的是其中一位男性的身高，一些嬌小的女客人自他身旁經過時，看來更加迷你了。

除此之外，那名高大的男人一臉嚴肅，五官輪廓深邃英挺，眼角和唇角透出一絲凌厲，教人光是看著便覺得難以親近。

站在高個子男人身旁的少年則與他截然不同。少年體型瘦弱，皮膚格外蒼白，彷彿風一吹就會倒，臂彎不知怎地還拎了個空竹籃。他的眉眼異常黑亮，此刻那雙如墨的眼睛正瞇成弦月狀，唇畔的微笑更使見者舒服。

男人和少年的組合看在服務生眼中，宛如南極與北極，無法想像會湊在一起。

幸好女服務生平時訓練有素，一瞬呆愣過後，迅速揮開腦中那些亂七八糟的念頭，重新端起專業的態度。

「歡迎光臨，客人是兩位嗎？裡面還有座位喔。如果須要外帶，也可以直接到櫃台前挑選。」女服務生笑容滿面地說道。

「我們和朋友約好，他應該已經先到了。」高個子的男人開口，他嗓音低沉，有種不怒自威的味道。

「我們的朋友是個戴眼鏡、綁辮子的男人……請問他到了嗎？」少年緊接著補充說明。

少年眉眼、脣角彎彎，即使看過各式客人，女服務生也不由自主地因那抹笑而恍惚，她連忙穩定心緒。

「您說的是三號桌的客人吧？我帶兩位過去。」女服務生馬上在記憶中搜尋到符合特徵的客人。

她對那名大約半小時前到來的年輕男子也印象深刻，畢竟那人的文雅氣質及俊秀面龐，著實讓人難以忘懷。

從一旁的櫃台上抽出菜單，女服務生親切有禮地領著男人與少年往內走。不時還可以聽見周遭女性發出竊竊私語，多半是混著惋惜的讚歎，對象正是那名高大、不苟言笑的男人。

「欸，妳看妳看……」

「那男的眞不錯……」

「可是……看起來有些可怕耶。」

細碎的交談不時響起，伴隨著打探的視線落至男人身上。

成爲注目焦點的高大男人似乎渾然不覺，他走在充滿粉紅色調與可愛擺飾的空間中，臉上沒有太多表情。

蛋糕店內的空間不算特別寬敞，但明顯經過巧妙安排。每一桌都被獨立開來，自成一個小空間，不用怕會干擾到他人，也不必擔心沒有隱私。

女服務生很快地帶著男人和少年來到三號桌，那裡坐著一名喝著紅茶的年輕男子。男子戴著單眼鏡片，長髮編成一條蓬鬆髮辮，隨意地垂落肩頭。

注意到有人接近，男子放下手中茶杯，綻露出春風般的微笑，舉手向兩人打了個招呼。

「你們來了啊，阿景、小藍。」

八仙之一的鍾離權笑著說。

拾肆 傳說中的砂糖與蜂蜜獵人

原來與曹景休、藍采和約在蛋糕店見面的人，是同爲八仙的鍾離權。

目前正在人界補習班教書的他，前天傳訊息給兩名同伴，表示想找個地方聊一點兒事，因此促成了這次會面。

向女服務生點完飲料，等那抹嬌小身影走遠，藍采和迫不及待地率先發問。

「阿權，你今天特地找我和景休出來，究竟是有什麼事要談？而且還約在這麼遠的店……我記得你家附近或是哥哥家附近，就有店可以坐了呀。」

雖說彼此同爲仙人，但他們在人間並不會頻繁地見面，而是過著各自的生活。

至於三不五時就到林家拜訪的曹景休，算是例外。

無論是在天界或人間，這名外表嚴謹沉穩的男人，永遠改不了他對藍采和管東管西的老媽子性格。

「這個嘛，確實有點事。另一個原因是我家附近和川芎家附近的蛋糕店都有點……嗯，不太方便。」鍾離權沒有正面回答，他拿起旁邊的糖罐，開始一匙匙地往自己的飲料加糖。

即使早知這位嗜甜如命的同伴一定會這樣做，但瞧見紅茶色的液體逐漸充滿來不及溶化的白色，從三分之一到二分之一……藍采和別過臉，曹景休則緊皺著眉。

「鍾離，我得說你是在破壞紅茶的美味。」曹景休不甚贊同地說道。

藍采和連忙點頭，表達附和之意。

「哎？可是我覺得……不好意思。」

見女服務生正好送上飲料，鍾離權巧妙地擋住自己的杯子，不讓人瞧見那杯紅茶有大半都是砂糖。他微瞇眼角，露出溫雅的笑容。

「我們這桌的砂糖沒了，可以再幫我們補上嗎？」

「啊，當然沒問題。」被那抹笑迷得雙頰泛紅、拿著空罐子離去的女服務生忘了深思，上一桌客人離開後才補滿的糖罐，怎會這麼快就見底了？

「抱歉，我們剛說到哪裡了？」鍾離權一邊攪拌滿是砂糖的紅茶，一邊語帶歉意地拉回話題。

「說到你確實是有事才約我們見面。」藍采和垂眼回答，盡量不讓視線離開桌面。

「是了，是一件有點重要的事，關於你，小藍。」鍾離權溫聲道。

乍聞名字被提起，藍采和反射性抬頭，只是在眼底的詫異成形前，就先因眼前景象僵住。

戴著單眼鏡片的男人，正將桌上的蜂蜜毫無節制地往甜度爆錶的紅茶（或說泥漿）倒。

玉帝在上，阿權到底是想吃多甜！

「采和怎麼了嗎？」曹景休壓下少年的腦袋，不讓他再直視那過度衝擊的畫面，「他最近挺乖的，沒破壞物品，也沒將林先生他們家的門或窗拆下來。」

「景休你太過分了啦，幹嘛把我說得像是破壞狂一樣？」聽到這裡，藍采和頓時覺得要替自己辯駁一下。不過眸子才稍稍抬起，馬上就接收到監護人淡淡掃來的視線。

——你敢說你沒有嗎？

啊，好像、確實是有那麼一點點。憶起來到人間後不知不覺間變長的毀損清單，藍采和乖乖閉上嘴，在心中反省自己的天生怪力。

「如果是這類事，我就不須特地找你們出來了。」鍾離權失笑，他舀起一匙紅茶裡無法溶解的白糖，神色自若地呑下，接著彷彿不覺得有多甜似地，又笑著開口，「我要說的，是余曉愁的事。」

「余曉愁」三字一逸入空氣，藍采和怔住了。

余曉愁，是藍采和前陣子在明陽高中認識的女孩，說認識或許也不算全然正確。

當時，藍采和與何瓊受東海主任之託，裝成轉學生進入明陽高中，調查學生失語事件。不知何故，明陽有好幾名學生突然失去說話能力。雖然對外宣稱是因爲課業壓力太大導致，但校方也知理由太過薄弱，所以和東海主任是老友的明陽高中校長才會間接找上藍采和等人幫忙。

卻沒想到在明陽高中裡，不但遇見了八仙之一的韓湘，還發現與韓湘交情極好的余曉愁居然是整起事件的主使者。她的眞實身分也不是人類，而是一隻小丑魚。

與被施下術法而失憶的植物風伶做出這些事，她的目的只有一個，那就是藍采和。

即使余曉愁的行動以失敗告終，她自身也不知爲何地被剝奪記憶，如今成爲普通人在明陽唸書，可她那時說過的話，卻在藍采和心裡隱隱埋下不安的種子。

「我需要藍采和大人，所以想請藍大人跟我走一趟。啊，對了，我的主人不接受答應以外的答覆呢。」

「那孩子，明顯是針對你來的，小藍。」鍾離權唇畔仍有淡淡的笑，但一雙眼睛不容對方閃躲地直視。

鍾離權很明白這位晚輩仙人的性子。就算外表看似秀淨纖弱，可固執起來，不想說的事便會用盡各種理由極力閃避，就好比他的植物集體失蹤一事。

要不是藍采和無意間洩露實情，這麼重要的事還不知道會被他隱瞞多久。

「不僅余曉愁，還有曾被施下術法，對你展開攻擊的茉薇、椒炎、風伶……」鍾離權嘆息一聲，「小藍，我希望你能告訴我，你在下凡前是不是得罪過什麼人？」

如果不是結下梁子，鍾離權還眞想不出什麼原因能讓人如此針對。

「哎？」面對鍾離權突來的詢問，藍采和訝然地睜大眸子，隨即像是感到爲難地垂下眼睫，「這……這還眞難說耶。」

「是想不到特定的人嗎？」鍾離權又問。

藍采和先是點點頭，再搖搖頭。

察覺到兩名仙人微含不解的目光，他靦腆地綻出無辜的微笑。

「因爲人選太多了……所以一時很難整理哪。」

乍聞這出人意表的答案，鍾離權怔住了，而曹景休的眉頭則是越皺越緊。

「我想看看……在玉帝的御花園偷種食人花，然後不小心砸壞了太白星君的花瓶。噢，我明明只是輕輕碰一下……」

彷彿沒注意到男人們表情各異，藍采和繼續扳手指，認眞地數著。

「還有上次陪哪吒、李靖、楊戩玩麻將，我胡牌時有點興奮，那張麻將桌就……再更之前還有其他的，不過我有點記不太起來了。」

「先不管其他的，采和。」

低沉平靜的男聲緊接其後響起，明明沒有特別起伏，還是一貫嚴謹，可藍采和卻像是感應到危險的貓，瞬間豎起寒毛。

藍采和咕嚕一聲吞下唾液，他慢慢地轉過頭，在心底發出悲鳴。

靠杯、靠杯！我怎麼把自己的底都兜出來了？這些事他原本打算全瞞著對方，無論如何也不能說出來。

曹景休依舊維持著與平日無異的表情，除了眉頭皺得特別緊，除了眼神透出銳利。

「我沒想到原來你還瞞了我這些事。」曹景休的語氣越是平靜，藍采和就越坐立不安，「還偷偷跑去和人玩麻將？」

「我我我……我只是不小心跑去玩的。」藍采和最怕監護人這樣的態度，因爲這往往代表著風雨欲來。

又要被痛揍一頓屁股了嗎？還是要端水盆罰跪？拜託千萬不要是訓話一整天……就在藍采和腦袋裡轉過各種猜想時，淡淡的兩個字扔了過來。

「算了。」

咦？藍采和飛快望向說話的男人，後者正端起自己點的熱飲，表情嚴肅。

「那個，景休……你方才是不是說……」藍采和小心翼翼地求證，就怕自己幻聽。

「俺有聽到！夥伴，俺可以拿俺自傲的腿毛發誓，俺確實也聽到曹大人說……嗚喔！」

下一刻，剛從提袋冒出半截的人面蘿蔔被藍采和笑吟吟地塞回去。

與秀淨笑臉不搭的粗暴手勁，瞬間消去了蘿蔔的聲音。

彷彿無事發生，藍采和重新將冀望的視線投向曹景休。

「你沒聽錯，我是說算了，現在暫時算了。」曹景休偏過臉，向來嚴峻的面孔罕見地流露一絲笑意，「我想你可以先利用這段時間，做點心理準備，采和。」

好……好可怕！藍采和背後竄過寒意，本就蒼白的臉，此刻更是白得不見一點血色。

「好了，你放輕鬆一點，小藍。」鍾離權笑著安慰道：「阿景最多也就打你一頓屁股，或是訓上你整天的話……唔，也可能會是兩、三天？」

藍采和完全沒被安慰到。他偷覷著曹景休不苟言笑的側臉，萎靡地垮下肩膀。

景休叨唸起來，是囉嗦到令人髮指的地步啊……

「現在我們言歸正傳。」鍾離權放下已辨認不太出內容物的杯子，雙眸若有所思，「雖然小藍你沒有頭緒，可是有人在針對你，我想這點是無庸置疑。」

「能夠對茉薇等人施加術法，這證明對方的力量絕對不弱。」曹景休沉聲接話，「你還有植物尚未尋找回來對吧？我們無法確定剩餘的植物中還有幾人被操控。我希望你可以多提防一點，采和。」

「或許，也要請川芎他們多留心一下了。」鍾離權輕撫垂至肩前的髮辮，聲音溫和而堅定，「即使對方至今都是單獨針對小藍你，但難保哪一天波及到……」

藍采和猛然站起，他的動作太過劇烈，差點弄翻椅子。

就連其他桌的客人也忍不住好奇地轉過頭，搜尋動靜來源。

「景休、阿權。」藍采和用嚴肅的口吻說，「我去上個廁所。」

不等兩名同伴回應，藍采和抓著提袋、勾著籃子，匆匆忙忙地跑向洗手間。

藍采和哪能不匆忙，鍾離權的話讓他記起了今早看的電視節目，莉莉安的兩分鐘星座占卜時間！

莉莉安說，魔羯座又穿深色上衣加牛仔褲的人，今天會遇到不幸的意外……哥哥會遇到意外嗎？所謂意外，該不會就像阿權講的，是因自己而遭受波及……

不會吧、不會吧，萬一眞的發生這種事……藍采和的心臟像是被一隻手抓住，他的臉色蒼白如雪，奔進男廁時還嚇到了正要出來的人。

以爲這位看起來即將昏倒的少年急著上廁所，男客人趕忙側過身體，讓對方進去。

藍采和把自己關進隔間裡，他深呼吸幾次，試圖讓自己冷靜下來。

「阿蘿！嘿，阿蘿，醒醒，我有話要問你！」藍采和從袋裡抽出昏迷的人面蘿蔔，抓著它猛搖晃。

眼見阿蘿還是緊閉著眼，藍采和立刻改變呼喊方式，畢竟緊要時刻就得採取極端手段。

也幸虧男廁此時再無他人，否則只怕會對驀然響起的連環巴掌聲感到驚疑不已。

就在藍采和要再揮下巴掌時，兩隻小短手終於顫顫地舉起來。

藍采和眼尖，馬上停下動作。

「小藍夥伴……俺……俺……」阿蘿氣若游絲地說，「俺剛剛就醒過來了啊……你不能因爲俺的眼睛太小，有睜和沒睜差不多，就對俺……就對俺下這種毒手啊……」

「哎？咳咳，抱歉……」藍采和愣了下，隨即尷尬地咳幾聲。他在揮掌時還眞的沒注意到自家蘿蔔到底是睜眼還是閉眼。

「沒關係，俺原諒你。」阿蘿就著被人抓住葉子的姿勢抖抖身子，彷彿要把環繞在眼周的星星和小鳥甩掉。

等到眼不花、頭不暈了，阿蘿摸摸自己的臉，比平常腫三分之一，看樣子他的夥伴只出了幾分力而已。

再接著，阿蘿才有餘力觀察身邊環境。馬賽克彩磚地板、牆壁、抽水馬桶，不管怎麼看，這分明就是……

「夥伴！這不是廁所嗎？」阿蘿花容失色地驚呼，「你把俺帶到廁所，難道、難道，你是要……」

頂著翠綠葉片的人面蘿蔔忽然神色一改，它雙手交叉地捂在胸前，面泛嬌羞。

「討厭啦，死相。俺都不知道原來夥伴你對俺……！」

阿蘿的話還沒說完，整根蘿蔔就被人一掌壓在牆上。

膚色白皙、眉眼漆黑如畫的少年，正對著阿蘿露出溫和秀淨的微笑，只是那雙黑玉般的眸子裡卻沒有丁點笑意。

「我對你怎樣啊？討厭啦，阿蘿。」藍采和嗓音柔軟，「你他媽的是那麼想被我沖進馬桶裡嗎？」

吐出來的話倒是跟「柔軟」差了不只十萬八千里。

阿蘿瞬間噤聲，只敢用搖頭表明自己絕不想和馬桶有太過親密的接觸。

「很好，我有問題要問你。」藍采和鬆了手勁，「『莉莉安的兩分鐘星座占卜時間』眞的很準嗎？」

阿蘿連忙大力點頭。怕藍采和不信，還努力地撐大眼，好讓對方能看清它這雙誠實無比的美麗眼睛。

「如果眞的那麼準，那哥哥……」藍采和完全沒接收到對方的意思，只單純以爲阿蘿眼抽筋。他喃喃低語，心中依舊籠罩著不安。

早上的莉莉安兩分鐘星座占卜時間，加上鍾離權先前說過的話，兩者組合起來，令藍采和不由得擔心起林家長男的安危。

下個瞬間，藍采和神情一凜。

「阿蘿。」

「是！」阿蘿行了個敬手禮。

「幫我把風一下。」藍采和立刻下達指示。

「就交給俺吧，夥伴！俺知道你是在擔心川芎大人的安全，噢，俺也很擔心。俺在出門前應該要強硬勸說川芎大人學學俺，換穿跟俺相同的款式，敞開身心可是一件美好的事呢！」阿蘿一邊說，一邊靈活地爬上門框，擺出眺望姿勢。

倘若川芎這時在場，一定會鄙夷地說：你根本就是敞過頭了，你這根裸體蘿蔔。

確認男廁沒人後，阿蘿回過頭，比出ＯＫ的手勢，「沒問題，夥伴，都沒人呢！」

收到自家蘿蔔的回報，藍采和閉了下眼再睜開。他的言語即是破解籃中界結界的鑰匙，唯有經他呼喚，他的植物方能現身。

澄澈如水的嗓音自嘴唇中逸出。

「風伶、相菰聽令。」

瞬時，只見竹籃裡突然飛竄出兩抹黑影。

黑影很快地落至地面，轉眼化爲人形。分別是一名銀長髮、雙眸閉合、氣質嫻靜的男子，以及一名個頭矮小、長劉海幾乎遮眼的清秀男孩。

「主子。」原形是鈴蘭的風伶率先開口，他的雙眼雖然無法視物，卻依然能精準地面向藍采和，「爲什麼這地方好像特別擠？」

「因爲這裡是廁所。」回答的是阿蘿，「喂，把你的腳移開！風伶，你踩到俺了啦！」

「小藍主人、小藍主人，你叫我們出來有什麼事啊？難道是……薔蜜大人願意跟我約會了嗎？」相菰捧著臉，滿懷期待地望著自己主人，紫色杏仁狀的瞳孔裡閃動著光彩。

原形爲三色菇的相菰，目前正熱烈地暗戀薔蜜中——對此，川芎不只一次疑惑過，怎麼會有人看上那麼恐怖的女性？

「很可惜，薔蜜姊今天跟小莓花一起約會去了。」

由於空間不足，藍采和乾脆蹲在馬桶蓋上，對自己召出的兩名植物下達指令。

「我有事要麻煩你們了。哥哥現在單獨在家，我擔心他會出什麼意外，你們立刻趕回去守在他身邊。唔，盡量別讓他發現。」

藍采和顯然忘了，林家大宅還有幽靈．約翰的存在。

「這事很重要，就拜託你們倆了，風伶、相菰。」藍采和說道。

「是。」風伶和相菰低下頭，同時恭謹地單膝跪地。

只不過這平常做慣的動作，現在卻造成一聲悲鳴。

「就說這裡是廁所，很擠的！你們到底要踩俺幾次啊！」阿蘿（被迫）趴在地上，悲慟地指控道。

「對、對不起啦，阿蘿。那個，我晚點買蘿蔔湯跟你賠罪！」相菰慌慌張張地道歉。

「噓，好像有人來了，你們快走吧。」藍采和捕捉到有人推門進入的聲音，神色微凜，馬上向相菰、風伶揮手示意。

兩人領命，瞬息消失了身影。

待隔間僅剩自己一人，藍采和迅速撿起身上還留著鞋印的阿蘿，一把塞進提袋裡，再按下沖水的按鈕。等到嘩啦水聲響起，他若無其事地打開門，走了出去。

誰也沒有留意這名外表病弱的少年，最多只對他手中的空籃子投去狐疑的視線。

走出男廁，藍采和快速洗完手，正準備走回座位時，剛好聽見一陣談話聲傳來，是兩個女服務生正在交談。

「欸欸，妳聽說過嗎？豐陽市的蛋糕店之間有一個傳聞耶。」

「啊！妳說的該不會是那個吧？砂糖與蜂蜜獵人！」

什麼啊？這詭異的稱號令藍采和忍不住豎起耳朵，刻意放慢走路速度，想聽清楚接下來的內容，說不定能誤打誤撞地獲得失蹤植物的線索。

沒發現有個少年正留心她們的對話，兩名女服務生繼續談論。

「妳果然也知道啊。」

「因爲我朋友也告訴我了。他們一個在豐陽大道那邊的蛋糕店上班，另一位的上班地點則在朝陽路附近。那個傳聞眞的很有名呢！」

啊咧？豐陽大道不就是阿權住的地方嗎？還有朝陽路……

「沒錯沒錯，好像有超過十家以上的蛋糕店受害了。聽說啊，那個砂糖與蜂蜜獵人會在喝紅茶或其他飲料時，將桌上提供的砂糖跟蜂蜜一口氣用光，然後再請人不斷地補。如果來一天還好，連續來好幾天的話，那些店家花在砂糖與蜂蜜的成本，根本就會暴增啊！」

「天呀！那個人是把糖跟蜂蜜全吃掉了嗎？」

「如果是就太恐怖了啦！簡直是味覺壞死了嘛！也有人猜是不是趁機把糖跟蜂蜜帶回家了……所以啊，聽說過不久，豐陽市所有蛋糕店就要串聯起來，發起自立自強活動，提防那個砂糖與蜂蜜獵人！」

聽到這裡，藍采和總算明白，爲什麼那名戴著單眼鏡片的仙人同伴，會說在自家或是哥哥家附近不方便見面了。

那什麼砂糖與蜂蜜獵人……說的根本就是阿權吧！

拾伍 寧可信其有，不可信其無

藍采和外出赴約時，一早就被預言會遭逢意外的川芎則窩在電腦桌前，埋頭修稿。等修改完最後一個不滿意的字詞，川芎按下存檔，這才鬆懈下來地伸個懶腰。總算是完成今日的工作了，這下就不用怕薔蜜會把莓花扣押下來。

川芎拿過桌上的馬克杯，飲盡最後一口咖啡，這才關機，離開不知坐了多久的椅子。

今日的林家大宅格外安靜，不管是小女孩的咯咯甜笑，少年、少女的歡快笑語，或是某蘿蔔的驚聲尖叫，全都沒有出現。

此刻屋子裡，只有川芎一人。

「慢著，林川芎！還有我啊！你是沒看到我嗎？」

一截半透明身影從地下室門後鑽出來，今日依舊穿著花襯衫、海灘褲、腳踩藍白拖鞋的約翰，正努力對走下樓的川芎揮手。

「喂，不要無視一位楚楚可憐的大叔啊！你想讓應該受人愛護的大叔寂寞到死掉嗎？」

「你早就已經死了吧。」雖然約翰平時存在感薄弱，不過當他穿著黑底金紋的花襯衫，還在面前揮手，川芎覺得要無視也有點難。他不客氣地吐槽約翰一句，接著直接繞過對方，逕自地往木櫃走去。

「林川芎，你是要出門嗎？」發現川芎抓起了櫃子上的鑰匙串，中年幽靈飄浮起身體，好奇地跟在他後方。

「啊。」川芎不冷不熱地應了一句，不想承認自己覺得現在的家太過安靜，令他十分不習慣，才想乾脆出門逛逛。

「你要出去？你要穿這樣子出去？」約翰就像是聽見什麼不可思議的話，震驚地捧著臉，他不知道自己的姿勢有點像是孟克的〈吶喊〉。

「你有什麼意見嗎？」川芎聞言不爽地回過頭，他雙手抱胸，眉毛挑高，一雙眼睛看起來又黑又凶。

不得不說，川芎一板起臉，眞的相當有魄力。他不笑時就已經給人凶惡的感覺，更別說眼神銳利的時候。

約翰哆嗦一下，縮了縮肩膀，視線游移地往旁飄晃，猶豫著是不是該飛到窗簾後躲起，但隨即想到自己可是幽靈，要拿出幽靈的氣魄才行。

「我……」

但面對林家長男越來越陰沉的臉色，約翰剛說出一個字，聲音就弱了下去。

「我只是想說，你穿深色上衣加牛仔褲……那個啊，不是魔羯座今天的不幸服裝嗎？」

川芎眉宇浮出深刻的三條摺紋，「那個莉莉安的星座占卜，你也有看？」

「噢，那是當然的！身為一個走在流行尖端的大叔，怎麼可以不關注星座運勢呢？」約翰驕傲無比地挺起胸膛。

川芎直接無視那隨著胸膛一起挺出來的小肚腩，他抱胸皺眉思索，繼續努力地再思索。有看到今天的「莉莉安的兩分鐘星座占卜時間」，那就表示約翰當時也在客廳。問題是……

「你什麼時候到客廳來的？我怎麼完全沒發現你。」

乍聞川芎的這番話，約翰大受打擊，半透明的臉泫然欲泣，豆大的淚珠在眼眶打轉。

「太過分了……爲什麼你們這些沒良心的活人都要如此過分！」約翰放聲大哭，「我早上五點就坐在客廳裡了，我比你還早起床啊！」

川芎用手指堵住耳朵，他回憶了下，然後放棄地聳聳肩膀，的確完全不記得當時客廳裡有中年幽靈。

任憑約翰傷心欲絕地擤著鼻涕，川芎抓起鑰匙，視若無睹地走向玄關。

發現對方居然要外出，約翰趕忙止住眼淚，慌張地追上去。

「等等啊，林川芎！」約翰憂心忡忡地大叫，「你眞的要穿這樣出去嗎？會發生不幸的，一定會發生什麼不幸的啊！」

被人這樣觸霉頭才叫作不幸吧？川芎惡狠狠地扔一記眼刀回去，不管約翰的叫喊，他打開門，踏了出去——

川芎腳下突然一滑，若非他眼明手快地抓住門板，估計就要當場摔個四腳朝天。

「天啊！莉莉安說的果然沒錯！」約翰大驚失色地喊道。

川芎穩住呼吸，心有餘悸地站直身體，低下頭，想看清究竟是踩到什麼才會忽然打滑。

這一看，林家長男額角瞬間迸出數條青筋。

那是一片綠油油的葉子，一片綠油油、怎麼看怎麼眼熟的葉子，一片……

「幹，那死蘿蔔當自己是在掉頭髮嗎？連葉子都有辦法掉下來。」川芎目光狠戾地瞪著差點造成意外的原凶，那是阿蘿頭頂上的一片蘿蔔葉。

瞪了半晌，川芎最後還是彎腰撿起葉子，卻不是當垃圾丟掉。他還記得藍采和若要找回自己的植物，得靠阿蘿的葉子雷達。

將葉子摺一摺塞進口袋，川芎打算關上大門，但手指還沒碰到門板，一雙半透明的手臂已由內飛快地、大力地抓住門，不讓大門關上。

「莉莉安的預言實現了！林川芎，你還是快點去換衣服，否則一定會遭受更多不幸的！」約翰半透明的臉從門後探出，「不聽莉莉安言，吃虧在眼前。所以快換吧！快換成跟我一樣的衣服，花襯衫和海灘褲可是今年最流行的……」

川芎直接「砰」的一聲關上門。

「去你媽的流行。」川芎咒罵了一聲，「我就是高興穿這樣。」

「喂，林川芎，你幹嘛那麼凶？你……更年期到了？」約翰似乎不懂死心，再接再厲地冒出頭來。

大太陽下，一扇青銅色大門上有顆半透明的男性頭顱，這場景怎麼看怎麼驚悚，幸好也只有川芎能看見。

而川芎，早就對類似景象感到麻痺。

「王八蛋，你剛剛說了什麼啊？」川芎的聲音低了一階，語氣也變得陰惻惻的，「你才更年期，你全家都更年期！」

「啊？但是我根本不記得我全家是……林川芎，等一下啦！你難道捨得把珍貴的中年大叔留在家裡嗎？」原來糾纏了老半天，約翰只是不想要再被拋下。

川芎覺得自己的耐性已經用盡，他一腳踢上門，鞋子不偏不倚地停在約翰臉邊。

明知道人類無法輕易觸碰到自己，但約翰還是被對方嚇人的氣勢駭得噤了聲。

表情凶惡的林家長男低下頭，「要去哪你自己去，不准跟著我，也不准再提什麼星座占卜，我才不信那種鬼東西！」

扔下威脅話語，今年二十歲，正職是放暑假的大學生，兼職則是小說家的林川芎，雙手斜插口袋，自顧自地轉頭離去。

約翰卻沒有再追上。

穿著花襯衫的中年幽靈以頭還卡在門前的姿勢，若有所想地陷入了沉思，這是他第一次思索這個問題。

想去哪就自己去……是啊，爲什麼他會只想留在這個家？

爲什麼……他覺得自己不應該離開這個家？

川芎是個意志堅定的人，他總是知道自己該做什麼事。就算身邊突然冒出眾多非人存在，震驚過後，他仍舊以鋼鐵般的意志認真地過自己的生活——包括認真地拖稿，認真地逃避責任編輯的追殺。

也因此，像他這樣的人，向來不相信什麼星座、算命，或者預言之類的，更別提什麼動漫人物的兩分鐘星座占卜時間。

原本，他是真的不相信。

川芎閉了下眼再睜開，無言地看著自己濕淋淋的褲管，再慢慢地轉過頭，看著手拿橘色水桶、一臉呆滯的嬌小女性。

看起來才十幾歲的年輕女孩子，穿著印有花店名稱的圍裙，站在花店門口，似乎一時半會間還反應不過來。

直到川芎的雙眸直視她，這名似乎是花店工讀生的女孩才一個激靈，瞬間回過神。

「對、對不起，真的很對不起！」驚覺自己居然不小心將水潑在行人身上，女孩俏臉刷白，慌張地彎下腰，連聲賠不是，「我不是故意的，我真的沒注意到……」

「……我自己也沒注意到。」川芎皺著眉，在心底嘆口氣。他確實沒想到，只是走在路上，竟忽然有桶水潑過來。

「不幸的搭配是深色上衣加牛仔褲，外出時千萬不要這麼穿，否則容易踩到葉子滑倒。

另外，今天的你可能會遭逢水難。」

莉莉安甜美的嗓音倏然躍出，川芎眉頭皺得更緊，臉色陰沉。

踩到葉子、遭逢水難……媽的，難道莉莉安説的是真的？

殊不知，川芎變差的臉色嚇到了還抱著水桶的年輕女孩。

女孩畏怕地一嚥口水，顫顫地說：「那個，洗衣服的費用……不，洗褲子的費用我會賠的！所以請告訴我需要多少錢？」

「啊？」壓根沒想到事情會演變成這樣，川芎愕然地低下頭望著微微發抖的女孩。

花店裡也有幾顆腦袋探出來，那些女性臉上明顯都帶有一絲緊張。

川芎沉默，敢情她們是把自己當成什麼凶神惡煞嗎？

川芎不知道，雖然他的五官英俊，但天生凶惡且不好親近的氣質，往往會先嚇到人。

「用不著賠什麼，我剛也說了，是我自己沒注意到。」川芎不想沐浴在那些提心吊膽的目光中，他淡淡地說了一句，便留下呆愣的年輕女孩直接離開。

雖說吸了水的牛仔褲變得沉重，但在熾烈的陽光底下不久就會乾了。既然不怎麼影響走動，川芎也懶得回家更換衣物。

即使已連續印證了莉莉安的兩項預言，但川芎心底深處還是抱持著懷疑。

只不過是巧合罷了。這麼想著的川芎，繼續前往自己的目的地，書局。

但是在接下來不到半小時的路程裡，川芎又經歷了數次突發意外。包括被橫衝直撞的小孩撞倒，差點被從天而降的盆栽砸到，險些一腳踩進未加蓋的水溝。

眼見書局就在前方不到數公尺，川芎卻已疲憊不堪。

今天發生的意外加起來，估計要比兩個月內發生的還要多了。

抹抹額際的汗水，川芎摸了下口袋，有些後悔自己沒帶包面紙在身上。正想拿出手帕，這時他突然注意到前方的人潮，好似在圍觀什麼。

街道上有什麼值得圍觀的？

川芎揚了下眉，既然都要往前走，就順道看看好了。

其實川芎心裡，還是和大多數人一樣喜歡看熱鬧的。

一走近，川芎才發現原來是有人在發送面紙。

發送面紙這種事當然不稀奇，凡是碰上選舉、新店開幕，常常都能遇到。

但如果發送面紙的是兩個長得一模一樣的少年和少女，身上還分別穿著執事服和女僕裝，那可就有點稀奇了。

而且少年居然是金髮銀眸，少女則是銀髮金瞳，這教人怎麼能不側目？

現在的小鬼，都喜歡把頭髮和眼睛弄成這種古怪的顏色嗎？川芎微蹙眉，不過那也是對方的自由。他走了過去，也想索取一包面紙，好擦拭被烈日曬出的汗水。

「你好，本店新開幕，飲料一律九折優惠喔。」銀髮少女注意到川芎，笑容可掬地遞給他一包面紙。

川芎伸手接過，說了聲謝謝，下意識低頭，沒想到眼中剛映入「執事女僕咖啡廳」等字，一個強勁力道猛然抓上他的手臂。

川芎一驚，迅速抬頭，卻看見抓住自己的竟是發送面紙的銀髮少女。

少女臉上的甜美笑容消逝無蹤，取而代之的是震驚神色。隨即震驚褪去，金燦的瞳孔中居然散發出狂熱的色彩，那感覺就像是鎖定了獵物一樣。

「請妳放手。」川芎沉下臉色，不管對方是男是女，他都不喜歡貿然被人抓住。

若是平時，一般年輕女孩看見川芎這種凶惡的眼神，早就立刻拉開距離。可銀髮少女不但沒有面露畏怕，反而加大手上力量，彷彿深怕抓住的人會隨時跑開。

「銀夕，妳在做什麼？不把面紙發完就領不到今天的打工薪水了。」一旁的金髮少年發覺不對勁，連忙跑過來。

「我才沒做什麼。金月，你快過來摸摸看。」銀髮少女無視周遭訝異或納悶的眼神，她催促著自己的孿生兄弟。

川芎臉更黑了。什麼摸摸看？當我是市場裡的豬肉還是水果，說摸就摸的嗎？

不悅感更重，川芎加大手勁，想直接甩開少女的手，他可沒興趣跟這莫名其妙的女孩子攪和。

但誰想得到，剛甩開少女的手，立即換少年的手指抓了上來。

金髮少年的神情變化與少女如出一轍，先是震驚，緊接著銀眸中散發狂熱。

「銀夕，好香的味道。」金髮少年陶醉地喊。

「味道很香吧，金月。」銀髮少女得意地說。

被陌生男孩抓住手，還被說有好香的味道，川芎全身的雞皮疙瘩瞬間冒起來了。

靠，去個書局還得遇上神經病嗎？川芎粗暴地揮開少年的手，只想趕緊大步離去，不願再理會這對怪裡怪氣的雙生子。

然而才剛邁步，就見金髮少年和銀髮少女竟雙雙追上。

「喂，你慢著！」

「你慢著，喂！」

開什麼玩笑，笨蛋才會站住！川芎沒有多想，立刻拔腿就跑。

少年和少女對望一眼，他們迅速將未發完的面紙塞到鄰近行人手中，無視對方錯愕的表情，兩人拔腿直追。

川芎一回頭，望見的就是穿著執事服與女僕裝的身影。他雙眼睜大，不敢相信那對陌生的少年、少女居然真的追過來了。

「搞什麼鬼啊？」川芎咂了下舌，就算不明白對方意圖，但他一點也不想被人莫名其妙地纏上。

川芎步伐毫不猶豫地加快、加大，利用在地人的優勢，拐進了一旁的巷弄裡。

看似錯綜複雜的巷弄，川芎卻是熟門熟路地鑽跑。他好歹在豐陽市居住了二十年，怎麼可能摸不清附近的街道？

又挑了幾條隱密小巷跑，川芎很快就把追逐者甩得不見蹤影。

確定身後不再有金髮銀眸的少年或是銀髮金瞳的少女，川芎吐出一口氣，放緩腳步。他慢悠悠地拐了個彎，走到另一條同樣可以通往書局的大路。

但才剛走沒幾步，一道平淡的童稚嗓音無預警響起。

「你踩死我的驢子了。」

拾陸 當街綁架

什麼？川芎愣了下，瞬間停步，他反射性低頭，看見自己的鞋尖下赫然踩著一隻驢子。

一隻從紙上剪下來、色彩樸素的驢子。

川芎連忙移開腳，他轉頭向聲音來源看去。

說話的是個稚幼的小男孩，看起來與莓花差不多年紀。

小男孩就坐在大樹下的白色長椅上，腳邊還有一隻拖動時會咔啦咔啦響的小木馬。他眉眼清秀，長大後肯定會吸引不少女性的目光。

但表情卻是與外表年齡不符的冷淡，一雙黝黑細長的鳳眼極具東方味道，卻宛如一個黑洞，連點亮光也沒有。

這是一名氣質奇異的孩子。

看了神色漠然的小男孩一眼，川芎蹲下身，將紙驢子撿起來用面紙擦了擦，這才慎重地交還給坐在樹下的孩子。

「抱歉，是我沒好好注意。」川芎認真地道歉，緊皺的眉宇間有絲苦惱，「你的驢子它……呃，希望它沒事。」

就是這句話令小男孩抬起眼，筆直地望向面前蹲下身、視線與自己平行的男人。

小男孩臉上沒有顯露任何情緒，他不發一語地伸出手，拿過了那隻被擦乾淨的紙驢子，沒有道謝，什麼也沒說。

看在他人眼中，或許會認爲這孩子既古怪又毫無禮貌。

但川芎倒是沒有太多的想法，也不在意對方的態度，畢竟是自己有錯在先。

雖然因爲有嚴重的戀妹情結，川芎幾乎將全世界的男性都當作敵人，不過那也是要莓花在場。一般情況下，他還不至於將五、六歲的孩子視作未來可能會追求妹妹的可恨對象。

見小男孩收回紙驢子，川芎撐著膝蓋準備站起。就在他挺直背脊的剎那間，兩隻細白的手臂猝不及防地自後竄出，猛然抓住他的雙腕。

「抓到了！」

少年和少女的嗓音異口同聲響起。

川芎一震，急忙抽回自己的手臂，迅速轉身。映入眼中的，赫然是那對以爲早已甩脫的雙生子。

「你們到底想做什麼？」莫名其妙地被人死纏不放，川芎沉下臉，眼神陰冷，從齒間迸出的字句更是有著強烈不悅。

誰知道這個問題卻被直接無視。

「都是你沒抓好他，他才會跑的。」銀髮少女板起俏臉，指責容貌與她相似的少年。

「胡說，沒抓好他的人明明是妳。」金髮少年不甘示弱地反駁。

金眸和銀瞳互不退讓地瞪視。

下一秒，兩張如出一轍的面龐同時轉向川芎。

「你說，是誰的錯？」少年和少女同時開口。

川芎這下臉更黑了，他眞的覺得自己是大白天遇到了神經病。

在他還未開口，金髮少年忽然轉過頭，目光鎖定川芎身後的小男孩。

彷彿找到什麼意料之外的好東西，少年瞬間亮起一雙眼。

「銀夕，喂，銀夕！這孩子不錯耶！」少年的語氣混雜著顯而易見的興奮，「小小姐說不定會喜歡這一型的！」

「哪一個啊，金月？」

被稱爲「銀夕」的少女狐疑地移開視線，可川芎發現，對方仍死死堵住可以脫逃的方向。

銀夕也看見了坐在椅上的小男孩，後者對外界視若無睹，只垂著眼，注意力似乎全放在自己手裡的紙驢子。

「喔喔！喔喔喔！」銀夕雙眸同樣發亮，「這一型的，小小姐說不定眞的會喜歡呢！」

這一型的？喜歡？川芎被這番話弄得一頭霧水，卻能隱約感覺到這對古怪的雙生子將他身後的孩子視作目標。

彷彿印證川芎的猜測，少年和少女又說話了，輕快的語調像歌般飛掠而過。

一首宣告不祥到來的歌。

「銀夕，抓住那孩子！」

「金月，抓住那男人！」

什……！川芎愣然。

眼見少年細白的手臂飛快逼近，眼角餘光還可以瞥見少女即將撲向小男孩，川芎沒有多想，他罵了聲髒話，大手一撈，搶先少年、少女一步拎住小男孩，另一手則是抓起地上的小木馬，逮住空隙，一個箭步突破兩人的包圍。

碰巧撞見這幕的行人先是一怔，隨後反應過來地驚喊出聲。

「綁架啊！有人當街綁架小孩子啊！」

媽啦！誰綁架小孩子啊！外表凶惡、不笑時更凶惡的川芎在內心大罵，但這種時候根本有理說不清，更別說身後還有少年、少女在追逐。

於是，川芎只能裝作什麼也沒聽見，健步如飛地展開第二輪甩人行動。

被夾在臂彎下的小男孩不哭也不鬧，只是目光淡然地仰望天空，小臉依舊面無表情，一雙腳隨著川芎的奔跑不時地甩呀晃的。

爲了避免再被那對雙生子輕易找到，川芎決定直接挑小巷跑。

也不知跑了多久，川芎注意到自己離書局已經有好一段距離。他乾脆放棄今天的計畫，謹慎留意四周，確定沒有任何金或銀的色彩出現在視野內，才放緩步伐，吐出一口氣，接著想起自己臂彎下的迷你生物。

川芎低頭，剛好與仰著臉的小男孩對上視線。

再接著，川芎後知後覺地發現一件事——他居然直接把別人家的小孩子抓著就跑！

雖然是爲了躲避那對奇怪的雙胞胎，可是這樣……不就眞的變成綁架犯了嗎？

自我厭惡瞬間襲上川芎心頭，他放小男孩和小木馬落地，抱頭蹲下。

「嗨嗨，給魔羯座的你，今天會遇見有點吃驚的意外呢！」

莉莉安甜美嬌俏的嗓音再次躍出。

難不成……自己眞的不該穿深色上衣和牛仔褲出門嗎？林家長男的信心受到了動搖。

似乎不知道川芎正陷入掙扎，小男孩拖著小木馬，伸手戳了戳川芎的手臂。

川芎抬起頭，看見小男孩面無表情地注視自己，然後說：

「我可以走了嗎？」

不管是態度還是口氣，全都淡定得不像是五、六歲的孩子。

「還不可以。」川芎「唬」地起身，旋即發現說出口的話有失妥當，他耙了下頭髮，「不是，我是說你不能自己一個人走。小朋友，我送你回去吧。」

除非川芎良心被狗啃了，否則他無論如何也不會讓那麼小的孩子獨自從陌生地區走回家。

小男孩的回答是拖著小木馬，完全不搭理川芎，自顧自地掉頭離去。

川芎額角不明顯地冒出青筋，這小鬼眞的有夠不可愛。他深吸一口氣，大步邁向前方，趁小男孩還來不及有所反應，仗著體型優勢，輕而易舉地連人帶木馬一塊撈起。

「不准抗議，我說要送就是要送。」川芎不容反駁地強硬說道：「小孩子只要坦率地接受他人的好意就行。」

小男孩眨也不眨地望著那張看起來有點凶的臉，黑黑的雙眸中看不出什麼情緒。

過了一會兒，小男孩收回目光，改盯著與自己拉開距離的路面。但是他的手指卻舉了起來，比著前方。

川芎唇線放鬆，開始覺得這小鬼還是有那麼一絲討人喜歡的地方。

按照小男孩指示的方向，川芎邁出步伐。

一路上，小男孩不住伸手告訴川芎方向。先是直走，再來左轉、左轉，接著是往右。除此之外，也不曾再聽見有人大喊「慢著」或「抓住他」之類的，顯然那對雙生子已經沒有追趕在後。

依小男孩沉默的指示，川芎繼續走著。但是隨即他發現周遭的環境已逐漸脫離市區，最後他們到達了一座小公園。

川芎一手抱著小男孩，一手抓著小木馬，他默默看著自己依照指示來到的地方。

確實是一座小公園，怎麼看都不像是住宅。

「我說……」川芎低下頭，冷靜開口，「你家眞的在這裡嗎？還是其實我們迷路了？」

天很藍，陽光熾烈。

黑髮黑瞳的小男孩盯著地面不語，彷彿紅磚鋪成的人行道藏著什麼深奧的人生哲理。

要不是他之前曾經開口，川芎都要忍不住懷疑對方該不會無法說話了。

面對一言不發的小男孩，川芎乾脆將他抱高，讓彼此視線平行。

「你不說，我只能把你送到警察局，請警察幫忙了。」川芎嘆口氣。

「……忘記了。」小男孩的眉毛終於不明顯地皺了一下。

「什麼？」聲音太小，川芎聽不太清楚。

「方向，忘記了。」小男孩說，「我不會認路。」

乍聞這回答，川芎不禁也傻了。不會認路？那剛剛指的方向是怎樣？

不過即使如此川芎也沒有出聲責備，他只是將小男孩放回地面，伸手拍拍他的頭，說：

「算了，我們先休息一下吧，待會再看看要怎麼送你回去。」

拋下這話，川芎轉頭走進小公園。

但是小男孩卻一動也不動。

注意到小男孩沒跟上來，川芎回過身，狐疑地揚高眉。

「你不笑？」小男孩忽然這麼問道。

「啊？」有人說差距三歲會有代溝，川芎覺得自己和小男孩之間的代溝，大概深得跟馬里亞納海溝差不多了，否則他怎麼完全聽不懂對方的意思。

「我不會認路，你不覺得好笑？」小男孩這次的問句比較長。

川芎總算聽懂了，但他反而更覺得莫名其妙。

「我幹嘛要笑？又不是吃飽撐著沒事幹。」川芎沒好氣地答道：「不會認路就不會認路。我都二十歲了，還不是一樣會燒掉廚房……喂！」

小男孩突然拖著小木馬越過川芎，率先走進公園中。隨著地面起伏，小木馬不斷發出咔啦咔啦的聲音。

川芎彈了下舌，隨後追上。他再次肯定兩人之間的代溝，果然深得跟馬里亞納海溝一樣，或許還有過之而無不及。

午後時分，滿是樹蔭的小公園裡卻沒什麼人，也不見父母帶孩子來玩。

稍嫌冷清的景象令川芎有絲訝異，可他很快憶起今早新聞報導的孩童失蹤案件。

至目前爲止，中部地區已經發生五起小孩失蹤案，失蹤孩童的家屬沒接到任何勒索贖金的電話，讓人無從判斷綁架犯的眞正意圖。

看樣子，這或許就是小公園人煙稀少的原因——誰也不希望自家孩子成爲下一位受害者。

「小小姐說不定會喜歡這一型的。」

「抓住那孩子。」

倏然間，川芎腦海浮現金髮少年和銀髮少女喊的句子，他心裡一突。該不會那對奇怪的雙胞胎……跟失蹤案有關？

可很快地，川芎又忍不住推翻這想法。憑雙生子莽撞冒失的行爲，不被警方抓到怎麼想都不太可能，除非他們不是普通人。

察覺到衣物突然被人拉扯，川芎中斷思緒，低下頭，瞧見小男孩正伸手抓著他的衣角。

小男孩又扯了下，接著伸指比向斜前方。

川芎順勢望去，頓時默然。小公園靠近人行道處，有個賣冰淇淋的攤販。

川芎重新回過頭，黑髮黑眸的小男孩仍面無表情，食指持續地直指冰淇淋小販。

就算這回小男孩沒有開口說話，川芎也能明白他的意思了——他想吃冰淇淋。

「真是的，你這小鬼還真難伺候……」雖然嘴上抱怨著，不過川芎的語氣透出了認命的意味，誰教他要把這孩子帶著跑？

聽見隱含肯定的答覆，小男孩才總算放下手指，自動自發地找了張樹下的椅子坐著，擺明就是要坐在這裡等川芎。

等川芎買好冰淇淋回來，他愕然發現小男孩居然拿著手機，似乎正在和誰通話。

喂喂喂，有帶手機幹嘛不早點拿出來？這樣他就能聯絡這孩子的家長了。

川芎眉毛緊皺起來，而發覺他回來的小男孩則是抬起頭，一手自然地取過冰淇淋，一手將手機塞給對方。

「有人，跟你說話。」小男孩平靜無波地說道。

跟我說話？難道是這小鬼的父母嗎？已習慣小男孩的異常寡言，川芎納悶地接過手機。

「你好。不好意思，請問你是這孩子的……」川芎的話才問了一半，手機那頭便傳出詫異的男中音。

「這個聲音是……川芎？莫非是川芎嗎？」

「鍾離？」川芎立時就認出這溫和的男聲屬於何人，他大吃一驚，不敢置信地拿開手機瞪著螢幕，上頭顯示的名字正是「鍾離權」三個字。

「川芎，你有聽見嗎？」

鍾離權的聲音再次響起。

「啊，有。」川芎連忙再將手機貼回耳邊。

「不好意思哪，川芎。小果那孩子……呃，他是主任親戚家的小孩，原本是託我照顧，不知道怎麼自己跑到街上了。」鍾離權的聲音滲入歉意，「川芎，我可以拜託你幫我先照顧他嗎？我現在正好有事，走不太開……」

「是沒問題，那你到時候直接到我家來吧。」川芎相當乾脆地答應了鍾離權的請託。

川芎並不是沒有照顧小孩子的經驗，他最寶貝的妹妹幾乎是他照顧大的。更何況，這個小男孩還是東海主任的親戚，曾受過主任多次幫助的川芎，說什麼也不會拒絕。

與鍾離權又閒談幾句，再問候一下東海主任和他那幽靈情人的近況，川芎才結束通話，將手機還給小男孩。只不過川芎剛低頭，一雙濃眉頓時狠狠擰起。

小男孩手中的冰淇淋已經吃得差不多，然而他的嘴邊和下巴也沾上不少冰淇淋，整張臉活像隻小花貓一樣。

川芎最見不得小孩子把自己弄得髒兮兮的，等對方吃完，便強勢地命令小男孩別動。

被冰淇淋糊花的小臉仰起，漆黑的眼眸眨也不眨地望著川芎。即使這樣，小男孩仍是面無表情。

這小鬼的臉部神經其實是被凍住了不成？川芎狐疑地猜測，一手則往口袋摸索，不過卻沒找到之前拿到的面紙，或許是奔跑途中掉出來了，最後他乾脆拿出隨身攜帶的手帕。

「別亂動。」發現小男孩又打算低頭盯視地面，川芎沉聲說道。

趁小男孩反射性依言不動，川芎固定住對方的腦袋，迅速將那張小花臉擦乾淨。

「很好，這才像話嘛。」看著恢復乾淨面貌的小男孩，川芎心中充斥一股成就感，他忍不住鬆緩臉部線條，笑了出來。

小男孩似乎覺得罕見，即使已經可以隨意動作，還是眨也不眨地直視川芎。

沒注意到對方研究般的目光，川芎拍拍小男孩的頭，說道：「乖乖在這邊坐著別亂動，我去那邊的廁所洗手帕。如果遇到奇怪的傢伙，就大聲尖叫。」

沒有回應也沒有點頭，小男孩只是沉默地目送川芎的背影。他的目光依舊淡然無波，與那稚氣的外表一點都不相符。

接著，小男孩再次低下頭，安靜地望著腳下的石板路，直到視野突然闖入兩顆毛線球，黑澈又淡漠的眼珠才終於動了一下。

金色和銀色的毛線球滾至小男孩鞋尖前停下。

小男孩慢慢地抬起頭，正前方不知何時站著兩抹相仿的纖細身影。

金髮銀眸的少年與銀髮金瞳的少女露出了別無二致的微笑。

「你喜歡金色的球嗎？」

「還是銀色的？」

日光下，少年和少女的嗓音輕快得就像一首歌，宣告著不祥即將到來。

拾柒 雙生子的企圖

扭緊水龍頭，擰乾濕漉漉的手帕，再將之隨意塞回口袋，川芎這才走向白色長椅。

原本他的步伐還有些漫不經心，但當視線範圍出現了一金一銀兩抹身影，他瞳孔瞬間收縮，不敢遲疑地邁開腳步急奔。

媽的，又是那對神經病雙胞胎！

「你們想做什麼？給我滾開！」林家長男厲聲大喝：「否則就對你們不客氣了！」

「不客氣？是對你吧，金月？人家要對你不客氣了。」銀夕馬上指著孿生兄弟說道。

「他要不客氣的對象明明是妳，銀夕。」金月則飛快反駁。

無視那對雙生子又陷入無意義的爭執，川芎加快腳下速度，三步併作兩步，最後大步一跨，擋在小男孩面前，眉眼間寫滿凌厲，有種逼人的魄力。

倘若換作一般人瞧見川芎這凶惡的模樣，絕大多數都會退避三舍。但金髮少年和銀髮少女卻不同。

「出現了，味道很好聞的男人又出現了！」銀夕放棄與金月爭吵，她雙眼放光，素白的雙手交握在胸前。明明一副少女嬌態，可是燦金的眼瞳卻讓她宛如盯上獵物的肉食生物。

川芎莫名覺得有股惡寒爬上背脊，他不著痕跡地移開腳步，眼角餘光瞥著身後情況，暗自盤算接下來的計畫。

「這就叫什麼？一箭雙鵰？踏破鐵鞋無覓處？」金月眼中同樣閃動著興奮的光芒，「喂，銀夕，一定要兩個都抓！小的給小小姐當玩伴，大的那個——」

「瞞過天堂，我們自己吃！」銀夕開心地捧住雙頰。

吃？所以這兩隻根本就不是人？

川芎大駭，他馬上抓起男孩及他腳邊的小木馬，大腳踩上椅子，再越過跳下，拔腿狂奔。

川芎很有自知之明，就算身邊圍了一堆非人類，也並不代表自己就能和非人類抗衡，他只是再普通不過的大學生兼小說家而已。

見目標逃走，金月和銀夕也不著急，他們同時咧開了笑，瞳孔豎得細細長長，簡直就像烙印在夜空中的新月，詭異得教人悚然。

川芎緊抓著小男孩，內心飆過無數髒話。見鬼了，他明明只是出來逛個街、散個步，爲什麼還可以遇上一連串莫名其妙的事！

現在的豐陽市是怎麼搞的？連發面紙的工讀生也是非人類嗎？

「後面。」一直異常冷靜的小男孩忽然開口。

川芎分心地低下頭，與此同時，右腳傳來了向後拽拉的力道，他頓時失衡，整個人跟著向前傾。

川芎還來不及反應，草皮已越來越接近，他唯一能想到的就是自己還拎著一個孩子。幾乎是發揮身在火災現場般的爆發力，在即將與草地碰撞前，川芎扔開小木馬，硬生生地扭過身體，他彷彿能聽見腰桿悲鳴抗議這粗暴的動作。

不算輕的撞擊感自背後傳來，川芎整個人摔在草地上，他刷白一張臉，五官扭曲。

「幹，我的腰……」雖然背部的疼痛也不小，但對川芎來說，眞正要命的是不斷抽疼的腰側。

川芎狼狽地喘了幾口粗氣，他鬆開抱著小男孩的手臂，試圖撐起身體，想看清到底是什麼扯住自己的腳。

不過當他正要坐起，卻又因爲胸前的小男孩突然撐起自己的動作，而被迫再次倒回，川芎額前滲出豆大的冷汗。

「算我拜託你，有話先講……」川芎斷氣，咬牙切齒地說道：「不要事到臨頭才……」

「你爲什麼不把我當墊背？」小男孩用黑得不見光亮的眸子俯視川芎，「你覺得我有點不對勁，不像人類孩童。你大可以把一個可疑人物當作墊背，而不是盡心盡力地保護他。」

就算知道此刻場合不太適宜，川芎的理智線還是忍無可忍地斷裂了。

「鬼才做得出來這種事！你的腦袋到底是裝了什麼黑暗的東西啊？你這死小鬼那麼想當墊背，不會自己隨便找一個人去？老子才沒有那種狗屁興趣！」

川芎鐵青著臉，看起來非常想痛揍小男孩屁股一頓。發覺對方似乎又張口欲言，他惡狠狠地一瞪。

「閉嘴，再胡言亂語我真的會揍你，管你是不是鍾離託給我的。」

小男孩確實閉上嘴巴了，那雙黑澈又淡漠的眼睛裡，罕見地帶上一絲遲疑。

注意對方那稀奇的情緒波動，川芎皺起眉，下意識想追問，但他身周同時有陰影蓋下。

川芎瞬間一個激靈，不敢相信自己居然如此大意。

靠杯，他們可是正被人追著的！

川芎抱著小男孩彈起，但是已經來不及了。

金髮少年和銀髮少女一前一後把他們包圍在中間，金髮少年手上還捧著一顆毛線球，金色的線正從球中射出，牢牢地纏住川芎的右腳。

原來這就是川芎先前絆倒的主因。

川芎才為腳上的線感到吃驚，緊接著，他感到自己的右手也被某個力道纏捆。

這次是銀色的毛線。

雖說是毛線，卻堅韌得超乎想像。不管用多大的勁都無法扯斷。

「不能跑唷，跑了我和金月會傷腦筋的。」銀夕笑吟吟地說，她手中同樣捧著一顆毛線球，纏住川芎右手的銀線便源自於那裡。

「跑不了的，你可不能讓我和銀夕傷腦筋。」金月伸出手指，向男人搖了搖。

川芎只想問候對方祖宗十八代，到底是誰讓誰傷腦筋啊混帳！

「我只是想通知你，他們追來了。」川芎抱著的小男孩平靜地說，「但你要我閉嘴。」

川芎只覺得太陽穴狠狠抽痛，他強忍咒罵的衝動——之前怎麼就不見你這麼聽話——深吸了一口氣，放開小男孩，讓對方能滑到地面。

「躲在我旁邊。」川芎低聲道：「真有什麼不對勁，你先跑再說。」

小男孩的黑眸內似乎有什麼閃了閃。

「你們到底是什麼人？想做什麼？」不在意小男孩的反應，川芎穩定心緒，沉著地面對明顯不懷好意的少年、少女。

「我是銀夕，是我們兩人之中的姊姊。」銀髮少女輕盈地移動腳步，她走近金月身畔，視線卻絲毫沒有離開川芎二人。她伸出粉色的舌尖，有點克制不住地舔了舔唇。

川芎背部緊繃。相信任誰被當作美味的食物看待，都無法輕鬆面對。

「我是金月，是我們兩人之中的哥哥。」金髮少年像是感到驕傲地昂起了下巴。

「……不好意思，打岔一下。」川芎皺著眉頭，「究竟誰比較大？」

「當然是我！」少年和少女異口同聲。

下一秒，這對彼此堅持自己才更年長的雙胞胎，又陷入了唇槍舌戰當中。

「是我才對，金月你就老實承認自己小吧！」

「胡說，年紀大的人是我！銀夕，妳才該乖乖當個妹妹，我是哥哥！」

「我才是姊姊！」

「不對，我是哥哥！」

「你說錯了，我才是姊姊！」

兩人間的爭論越來越火熱，彷彿忘記川芎與男孩的存在。可驀然間，爭吵停下，他們彼此對望，隨即有志一同地轉過頭來。

金色和銀色的眼珠透出十足的侵略性。

「反正我最大！所以先抓了那個小的，吃了那個大的！」

金月和銀夕快速地伸出一隻手，兩人手掌相貼一起，異於周遭的黝黑色彩眨眼間出現於兩人臂彎下，造出一個古怪至極的黑洞。

不僅如此，這對雙生子手中的毛線球更是靈活地旋轉起來，剎那間射出大量毛線。金銀雙色的毛線在空中交織成一面大網，朝川芎和小男孩兜頭蓋下。

「還不快跑！」川芎對著小男孩大喊。

有著一雙細長鳳眼的小男孩卻沒有依言而行，他佇立原地，伸手探向口袋。

「笨蛋，快跑啊！」川芎高聲斥喝，臉上是掩不住的焦慮，他不明白爲何小男孩要呆站著不動。

眼見金銀線網就要抓住川芎等人。

「吾……」小男孩嘴唇細不可察地動了動，但他似乎察覺到什麼，又閉起雙唇，黑眸中光點褪去，恢復全然不見底的漆黑。

金月和銀夕臉上的微笑越來越燦爛，就像是天眞孩子般笑得樂不可支。可接下來平空出現的一道嗓音，讓他倆的笑容瞬間凍住。

「很抱歉，主子有令，誰也不得擅動川芎大人。」

那是一道嫻靜優雅的男聲。

川芎一愣，正覺得似乎在哪聽過這道聲音，視野內同時閃過數道銀光。那些銀光轉瞬即逝，讓川芎誤以爲是被烈陽曬到眼花了。

可緊接著發生的事，又證明那並非他的錯覺。

照理說相當堅固的雙色線網碰到川芎頭頂的瞬間竟是支離破碎，大量毛線慢悠悠地飄落，宛如下了場金銀色的毛線雨。

「所以，還請兩位速速退下。」男聲再次響起，伴隨而來的還有叮鈴叮鈴的鈴鐺聲。

清脆的鈴鐺聲勾起川芎的記憶，他記得這個聲音。

就像印證他的猜測，前方倏然颳起一陣小型旋風，數朵形如風鈴的淺色花朵飄落至地。

花朵沾地的瞬間，一抹修長人影佇立在川芎前方。

那是一名氣質沉靜的銀髮男子，他手中握著一柄近乎透明的長刀，淡淡的銀光籠在外圈。刀身散發冷冽之氣，使金月和銀夕倍感警戒。

「你是……風伶？」川芎認出對方的身分。他與這名原形是鈴蘭的男子相處不算太久，但對對方嫻雅的氣質和待人態度卻是印象深刻。

在川芎的認知裡，風伶或許算是藍采和所有植物中，最具常識的一位了。

「川芎大人，請問你是否有受傷？」風伶偏過臉，雙眸閉合著。他天生無法靠雙眼視物，可卻能奇異地捕捉到說話者的視線。

隨即，風伶發現到小男孩的存在，他微低下頭，俊麗的眉宇輕蹙，「這位是……？」若仔細一聽，就會發現風伶的語氣中竟帶著一絲不確定的遲疑。

「我沒事，這孩子是鍾離託我照顧的。」川芎沒發現不對勁，他一連回答風伶的兩個問題，不解地緊皺眉毛，「風伶，為什麼你會……」

「噓，還請川芎大人稍後再問。」風伶語氣平穩，手上動作則是截然不同。他猝然回身揮刀，鋒利的刀鋒斬斷金色與銀色的毛線。

想趁勢偷襲的少年、少女面露懊惱，但他們的懊惱也僅是一瞬。

「銀夕！」金髮少年喊道。

「金月！」銀髮少女叫道。

兩人話音一落，周身又平空冒出多顆毛線球。數量各半的金銀毛線球排成一個大圓，將川芎三人包圍在中央。

這對雙生子沒發覺到，另一端的洗手台水龍頭，在無人扭轉的情形下居然自動打開了。水嘩啦嘩啦地流下，卻在落到洗手台的前一秒，彷彿遭受無形外力抬升，飛了起來，如靈蛇般疾衝至川芎等人面前。

這次又是什麼？川芎心裡暗驚，但緊接著出現的男孩聲音頓時讓他鬆了口氣。

「不許傷害川芎大人！」一抹矮小身影驀然現身，身前環繞著以水塑成的鍵盤。

而飛至川芎等人身前的水流也同時擴成圓形，「刷」的一聲環繞在幾人周圍，保護性地圍繞著。

來人赫然是相菰！

「川芎大人，你有受傷嗎？」

待防禦陣形完成，黑髮紫眸的男孩急忙轉過來，緊張地追問川芎的情況。而他的右手則壓按在水鍵盤上，以便在敵方有動作時，可以在最短時間內進行反擊。

「萬一你受傷了，薔蜜大人一定會很傷腦筋的啊！」

川芎原先還在感動相菰的救援跟關懷，後半段話卻讓他不禁當場黑了臉。

喂喂，你是怕薔蜜收不到稿，所以才擔心我的安危嗎？

還沒等到川芎回話，相菰搶先一步將川芎上上下下打量個遍。確認對方外表無傷後，他馬上轉回頭，嚴陣以待地盯著來歷不明的少年和少女。

壓根沒想到半途會殺出程咬金，而且還實力不弱，不管是金月還是銀夕，表情都變了。

他們咬著嘴唇，眼神透露出一絲怨惱。

「銀夕，現在怎麼辦？」不清楚銀髮男子和黑髮男孩的底細為何，金月不敢貿然攻擊。

「金月，怎麼辦現在？」銀夕也是同樣想法，她警戒地注視著阻撓他們的兩人，和他們一樣的非人存在。最後，目光依依不捨地停留在川芎與小男孩身上，忍不住嘟囔了一句，「太可惜了……」

「是啊，真的太可惜了。」彷彿知道銀夕的意思，金月也感嘆地低喃。

下一剎那，少年和少女轉過臉，對望一眼。

「沒辦法，只好先放棄了。」他們異口同聲地說道，然後一隻手臂各自伸到背後，像是抓住什麼，再飛快地朝外一拉。

川芎睜大眼，看見少年和少女臂彎下的黑洞就像卷軸般被拉了開來，詭譎的黑暗在他們身後延展成一個長方形。

「我會等待下次機會的。」金月說。

「下次的機會我會等著的。」銀夕說。

「不，也許我們可以在這次就解決乾淨。」沉靜說出口的同時，風伶已提刀疾速欺上。

好快，太快了！金月和銀夕駭然，只不過眨個眼，已見到刀尖逼近眼前。

不敢浪費絲毫逃脫機會，這對雙生子飛也似地抓著黑暗各一邊，往自己方向帶。黑暗就像塊軟布，將他們包裹在內。

當風伶的刀尖刺到黑暗時，黑暗如同殘影晃動了幾下，接著消失在風伶眼前。

「啊，他們跑了！」相菰收起水鍵盤，周圍水流也跟著消失不見，他跑到風伶身邊，「那是什麼？看起來跟鬼針的空間扭曲有點像。」

「不清楚，但應該跟空間有關。」風伶手中長刀崩解形體，還原成最初的模樣。那是一柄造型奇特的提燈，燈柄成弧形，懸掛著六盞如同風鈴的小燈，整體看起來就像是風伶自身的原形——鈴蘭。

風伶思索著少年和少女的言行舉止，他不知道他們的身分，但可以判斷的是，兩人的目標是川芎和那名小男孩。

那孩子……風伶忽又輕蹙眉宇，他感覺得到那名小男孩有種不凡的氣勢。雖然掩飾得極佳，但對於並非用雙眼視物的自己來說，存在依舊強烈。

不是普通人，可又會是誰？風伶想不出來，他的記憶中不曾出現過這樣的孩子。

聽見身後傳來腳步聲，風伶偏過臉。

「川芎大人。」他問道：「你知道他們是何人嗎？又為何要攻擊你們？」

「這也是我想問的。」

川芎在風伶身邊站定，一手牽著小男孩，以防鍾離權託他照顧的人又一聲不吭跑掉。

「我只是在路上拿個面紙，就被那兩個傢伙緊追不放了。他們說要抓我旁邊的孩子去給什麼小小姐當玩伴，然後還想吃了我……好吧，老實說，我本來還以為又是你們的同伴，藍采和那小子失蹤的植物。」

「當然不是，川芎大人！」相菰不敢相信地瞪圓眼睛，「我們才不會吃人！就算是像鬼針那麼可怕的傢伙……」

話說到一半，相菰突然停了下來，他有些緊張地東張西望，確認話題裡的主角沒有平空出現，才鬆口氣地拍拍胸口。

相菰可不想因爲講人壞話被抓到，再次被冷酷地踩踏過去。

「所以說啊，就算是鬼針也不會吃人的。」相菰將未竟的話補完，「而且小藍主人的花籃裡才沒有那種植物，他們絕對絕對不是我們的同伴！」

或許是前陣子經歷過的不可思議事件，全都跟藍采和的植物有關，以至於川芎一遇上常理無法解釋的怪事，第一時間就會先往這方向想。

如果他們不是藍采和的植物，那究竟是誰？而且他們還說到找玩伴……該不會，最近發生的孩童失蹤案，眞的跟那對雙生子有關？

「對了，那對雙胞胎說話時有提到一個名字！」川芎猛然回想起來，「他們提到一個叫『天堂』的人。」

此話一出，立刻見到風伶皺起眉頭，而相菰更是一臉錯愕。

「天堂？眞的嗎？川芎大人，你確定是這個名字嗎？」相菰抓住川芎的手，仰起臉，紫色的杏仁狀瞳孔閃動著緊張。

「相菰，請冷靜，我們不確定是否眞爲同一人。」風伶淡淡開口。

「你們認識這個叫天堂的？」川芎不是笨蛋，他馬上從風伶二人的態度看出端倪。

「如果那人眞的是我們認識的『天堂』。」風伶說，「我們的同伴裡，確實有一人就叫天堂。」

「原形是天堂鳥的天堂。」相菰補充道，接著彷彿憶起什麼，小臉染上憂心，「怎麼辦啊，川芎大人……不管天堂有沒有被人施下術法，他都很麻煩的呀！」

麻煩？什麼意思？川芎低頭瞪著那張想向自己尋求解答的臉蛋，他無法理解相菰的話。

「會比鬼針和茉薇還麻煩嗎？」川芎下意識問道。在他的認知裡，至今所遇見的非人類，絕對沒有誰比鬼針或茉薇更棘手了。特別是當他們吵起來時，根本是披著人皮的凶器。

「麻煩的方面完全不一樣啊！」相菰用力地搖頭，「雖然鬼針他們很麻煩……」

「又很幼稚。」風伶嫻靜地吐出一針見血的評論，「不過只要有主子在，基本上不會捅出什麼大婁子。但是，天堂不一樣。」

川芎屏著氣，聽銀髮男人以悠緩的嗓音，說出令人吃驚的內容。

「天堂他，一點也不喜歡主子。直白點的說法就是——」

他討厭藍采和。

空無一物的天空突然裂出一道漆黑的口子。缺口很快往旁拉大，變成近似通道的圓形。

下一剎那，兩抹體型相近的人影從黑洞裡跌了出來。

「好痛！」

「好痛！」

少年的聲音和少女的聲音同時響起。

金月和銀夕在硬邦邦的地面摔成一團，彼此手腳壓疊著，一時誰也沒辦法站起。

「金月你很重耶，快起來啦！都是你沒弄好，才降落在這裡！」銀夕使勁地推著自己的孿生兄弟，俏臉滿是顯而易見的不悅。

「重的人是妳才對，銀夕！」金月不滿地回話，想努力抽回被壓住的手，「妳才應該快點起來啦！而且沒弄好降落地點的人也是妳！」

「什麼是我？明明是你！」

「是妳！」

即使爲了這種雞毛蒜皮的小事，這對雙生子也有辦法吵得不可開交。

眼看金眸和銀瞳像是要噴出怒火，不屬於這兩人的嗓音倏然響起。

「你們吵夠了沒有？吵完了就快點滾進來。」

聲音相當年輕，是少年所有，聽起來和金月他們差不多年紀。

只不過與情緒鮮明的雙生子不同，這道聲音冷冰冰的，還帶著一種刮人的尖銳。

乍聞此聲，原本誰也不肯退讓的金月和銀夕馬上停止爭吵，以最快速度從地上爬起。

「你看，天堂等得不耐煩了。」銀夕拍拍沾到灰塵的裙子，睨了金月一眼。

「看什麼看？讓天堂等得不耐煩的人是妳。」金月也不甘示弱地回敬一眼。

不過這回兩人沒有擴大爭執，似乎是怕那道冷徹的少年嗓音再次出現。由此看來，他們對那名未露面、名爲「天堂」的少年，顯然抱持著某種忌憚。

金月和銀夕跌下的地點，是一幢佔地廣大的屋子前。

從外觀看，就像是無人使用的廢棄大倉庫。周遭有不少雜草，大門被鐵鍊纏綁住，還上了大鎖，牆壁旁則堆積著一些被撬開的木箱。

「眞討厭，天堂就是愛使喚人……」銀夕咕噥抱怨，和金月一塊走到被上鎖的大門前。她伸出右手，和金月的左手貼合，一個漆黑黑洞頓時在他們臂彎下生成。

黑洞往前飄移，貼上生有鏽斑的大門。

金月和銀夕放開手，他們直接鑽進黑洞裡。直到銀夕後腳跨入，黑洞才迅速閉合。

許久無人使用的倉庫佇立在白日下，看不出任何異樣。

由雙生子之力所創造的黑洞，在倉庫內的某面牆上再次浮現。

這次兩人沒有狼狽地從洞裡滾出來，而是從容落地。

當他們在地面站定後，浮現在牆壁上的黑洞也跟著消失，牆面又恢復原有的平整。

與外表的水泥建築樣式不同，倉庫內赫然呈現一片澄澈的透明藍。

應是水泥建造的牆壁和地板全都泛著淡淡藍光，上方牆角還飄浮著眾多星星外形的光環。銀藍色的星星彼此簇擁，使整個空間看起來如夢似幻，宛如這些星星跌入了水中世界。

「眞想叫天堂偶爾也替這屋子換點顏色。藍色藍色的，換成金色不是很好嗎？」金月揮開一枚不小心飄落的星星光環。

「因爲小小姐就是喜歡藍色嘛，天堂還不是爲了討好小小姐？」銀夕皺皺俏挺的鼻尖，「還有，是換成銀色比較好。」

「是金色。」

「是銀色。」

才安分不到一會兒，這對雙生子又開始拌嘴了。但兩人總算還記得接下來要做什麼，他們一邊鬥嘴，一邊繞過走廊往二樓走去，整路還能不斷聽見「金色」、「銀色」。

最後，這段爭執終於在某個房間前停下。

房間沒有門，一眼就能看見有抹筆直身影佇立其內。

那是一名橘髮少年，雙手揹負在後，似乎正在凝望窗外的景色。俊美的外貌倒映在玻璃窗上，他的瞳孔和頭髮一樣是鮮艷的橘色。然而應該給人溫暖印象的顏色，聚集在這名少年身上卻散發出凍人的冷冽。

就算聽見身後傳來腳步聲，少年也沒有回頭。

「天堂，怎麼沒看見小小姐？」踏進房內，發現僅有少年一人，金月忍不住好奇問道。

「是啊，天堂，小小姐怎麼沒看見？」銀夕也問。

「她去看今天新抓來的小孩和女人了。」被稱爲「天堂」的少年頭也不回，冷冷開口。

「小孩？」

「女人？」

金月和銀夕面露詫異，他們互望一眼，再望向橘髮少年的背影。

「可是我們今天沒抓到人啊！」

「當然不是你們抓的，是我和小星帶回來的。」天堂冰冷的語氣在提及「小星」兩字時，明顯地柔軟下來。

「但是女人呢？怎麼會抓女人回來？」金月不能理解，他們下手的對象向來是六到十歲的小孩子。

「是啊，女人爲什麼會被抓回來？」銀夕也心懷困惑。

「要抓小孩的時候被發現，乾脆連女人一起帶回來。」天堂說，語氣開始隱隱不耐，「不要只會問，你們沒帶回新的小孩嗎？我說過多少次了，要盡快找到適合小星的玩伴。」

「之前明明才帶回一個的……」

「爲什麼就只會命令我們嘛……」

這兩句怨言金月和銀夕是含在嘴裡說的，但沒想到背對他們的橘髮少年竟是一字不漏地聽進去了。

天堂冷笑，「不願意做就大聲說出來。不過別忘記，是誰收留只記得名字的你們。」

聽見天堂的話，金月和銀夕頓時苦了臉。

沒錯，其實他倆根本不記得自己的來歷，也不清楚爲何會出現在人界。唯一知道的，就是彼此的名字和關係。

他是金月、她是銀夕，他們是密不可分的雙生子。

是天堂發現了昏迷在外的他們，並將他們帶回來——更具體一點的說法，是名爲「天堂」的俊美少年發現他們的存在，然後用暴力強迫他們必須跟著回來，並且替他做事。

「早知道……還不如不要被發現比較好……」金月小小聲地說，「濫用暴力。」

「壓榨人、魔鬼、戀童癖。」銀夕細聲補充。

可他們顯然忘了，剛才少年都可以一字不漏地捕捉到含糊的抱怨，更何況是這番話。

「我記得我說過很多次，我的聽力很好。」天堂不快不慢地說，每一字都冷冰冰、硬邦邦的。他放開一直揹在身後的手，左手朝旁平舉，一柄巨大、超過常人身高的橘紅鐮刀即刻出現在掌心裡。

金月和銀夕輕聲嗚噎，他們瑟縮地抱在一起，金眸和銀瞳心驚膽跳地瞪著壓迫感十足的巨大凶器，深怕對方隨時會一鐮刀揮砍過來。

「不、不能使用暴力！」金月結巴地喊。

「使、使用暴力是不好的！」銀夕緊抓著金月的手，「暴力不能解決全部的問題啊！」

「我同意暴力不可以解決全部的問題，但是，卻能解決大部分問題。」天堂的發言幾乎令金月二人的心臟都要漏跳一拍。

就在他們以爲這次可能眞要挨刀時，天堂卻只是將鐮刀長柄拄地，發出清脆的一聲。

「不想我使用暴力，就做好我交代的事。將那些派不上用場的小孩扔掉，多找些小星可能會喜歡的類型回來。記住，只准是六到十歲的小孩子，不小心抓回女人也沒關係，但是絕對不准抓男人回來。」

「這時候應該大聲地回答『是』嗎？」金月和銀夕竊竊私語。

「也許他會比較喜歡『遵命』？」銀夕蹙眉，提出別種看法，隨即她低喊了聲，「喜歡的類型？我們今天看上的那個，小小姐說不定眞的會喜歡！」

金月愣了愣，接著恍然大悟地擊掌。他想起那個拖著小木馬的小男孩，還有那個身上帶著好聞味道的男人。

「今天看上的那個？那爲什麼沒抓回來？」天堂聲音冷了幾度，對此微感不悅。

「本來要抓的，可是突然出現阻撓我們的傢伙，不是普通人。」

銀夕懊惱地咬著下唇。若不是半途殺出程咬金，她和金月早就得手了，連同那個男人。

「一個是眼睛沒有睜開，叫作『風伶』的銀髮男人。還有一個是……」

「妳說風伶？妳說的是手上提著一盞燈或一把長刀的風伶嗎？」還沒等銀夕說完，天堂猛地截斷她的話。倘若方才的聲音是微帶不悅，那麼現在吐出的字句可就凍得讓人發疼。

從未見過橘髮少年露出這般神態，雙生子不由得屏住呼吸，下意識噤聲。

直到過會兒，銀夕才重新找回聲音，小心翼翼地開口，「他的手上……確實拿著刀。然後另一人則是個小孩子，紫色眼睛，可以操縱水的樣子，身前還環有一個水做的鍵盤。」

「居然連相菰也出現了……」天堂忽然發出低笑，但那笑聲聽起來不帶善意。

「天堂，你認識他們？」金月忍不住心中的好奇。

「天堂，他們你認識？」銀夕也想知道答案。

「我認不認識與你們無關。」天堂說，「老實說出來，你們看中的小孩究竟是什麼身分？為何那兩人會出來阻撓？」

「咦？這個……」金月馬上垂下眼，逃避地盯著地板。他哪敢說出來，那兩人會出現，是爲了保護他們本想私下吃掉的男人。

天堂沒有出聲催促，但他的不發一語就是種變相的壓力。

冷汗不僅滑過金月的背部，也自銀夕額角滲出。

「金月，你是哥哥，你說。」銀夕暗暗用手肘輕推自己的孿生兄弟。

「銀夕，妳是姊姊，妳說。」金月立刻推回去，說什麼也不想攬下麻煩的解說任務。

與天堂相處的這段時間以來，金月和銀夕很清楚，天堂不喜歡他們瞞著他，去做一些他根本沒交代的事。

「妳說啦，姊姊。」

「你說才對啦，哥哥。」

雙生子互相推諉責任，而中斷兩人爭執的，是又一聲鐮刀長柄敲地的脆響，以及——

「一人說一半，金月你先開始。」天堂冷冷地說道。

於是，金月只能百般不情願地開始敘述他們發現味道好聞的男人，以及拖著小木馬的小男孩的事。

接著換銀夕繼續說，關於追逐過程，關於即將抓到男人和小男孩時，出現兩名阻礙者。

聽完這一切，天堂沉默。他確實認識那兩名阻礙者，相菰和風伶，他們擁有共同的主人——八仙中的藍采和。

「他們會出現，就代表藍采和那傢伙也在人間，而且還跟那名男人有關係。」

天堂眼中閃動著冷光，下個瞬間他回過身，橘紅的巨大鐮刀直指金月和銀夕。

「去把那個男人帶回來，不管用什麼手段都要將他抓回來，聽見了沒有？」

「聽見是聽見了……可是您抓他回來要做什麼？」金月戰戰兢兢地伸手，推開差點刮到臉的鐮刀尖端，他甚至不自覺用上敬語。

天堂勾出一抹森冷微笑，「我要引某個人過來，我的主人，八仙中的藍采和。」

頓了半晌，他放下鐮刀，白皙俊美的臉龐閃過困惑。

「你們身上的衣服是怎麼回事？」

「咦？」金月和銀夕同時低下頭，映入眼中的是各自穿著的執事服和女僕裝。

他們怔了下，然後異口同聲地大叫出聲：

「啊！打工！」

拾捌 夕陽西下，危機到來

橙紅的夕陽映照在青銅色大門上，使大門泛著沉穩美麗的光輝。

獨自出門、卻多帶三人回來的川芎，將鑰匙插入鑰匙孔裡，順勢一轉，接著打開大門。

「我回來了。」川芎習慣性地向屋內說道，語氣中有著掩不住的疲倦。

那兩個古怪且來歷不明的雙生子逃走後，川芎並沒有在外頭逗留，而是直接打道回府，同時也是爲了避免鍾離權想接小男孩，卻發現家裡沒人的情況發生。

但在僅僅四十分鐘的回程路上，川芎卻又再次遇上多種意外。例如被小狗咬住褲管，冒失的小孩將玩具扔到他頭上，或是踢到石頭差點絆倒等等。

就連相菰也忍不住吃驚地說：「川芎大人，你今天的運氣眞的很不好耶！」

豈止很不好？根本就是背到家了！

剛踏進玄關，川芎就聽見客廳裡居然傳來說話聲。他愣了下，隨即臉色大變，三步併作兩步地脫了鞋子衝進客廳。

莓花不在，何瓊不在，藍采和也不在……幹！該不會是有小偷吧？

只不過事情卻出乎川芎意料，當他跑進客廳時，只看見電視螢幕上，美麗的女主播正播報著新聞——這就是聲音來源。

川芎呆立原地，瞬間提起的狠勁尋找不到發洩口，最後只能頹然地耙耙頭髮，覺得自己更加疲憊了。

「搞什麼啊，該不會是約翰那傢伙電視看一看，也不記得關……」川芎不悅地咂下舌，他很快找到遙控器。正當他打算關掉電視時，下一則新聞卻讓他不禁停下動作。

「緊急插播，本台剛剛接到記者的消息，就在半小時前，也就是下午三點多時，在神雅市的一座公園裡，尋獲了先前失蹤的五名孩童。詳細情形交由此刻正在現場的記者，曉鈴，請說。」

女主播說完這段話，畫面立刻出現戶外的鏡頭。那是座綠意盎然的公園，年輕的女記者正拿著麥克風，站在那等候。

似乎在確認新聞畫面是否已切到棚外，停頓了一、兩秒後，女記者馬上用稍嫌激動的聲音開口。

「各位觀眾！記者現在正位於神雅市的公園裡。根據消息，大約三點多左右，負責公園的清潔人員巡視四周環境時，突然發現草地上躺著五名孩童。警方已核對身分，確認這五名孩子就是先前幾起失蹤案的當事人。」

「目前已經先將孩子送往醫院，以確認他們的身體狀況，警方則持續在公園裡搜索相關線索……究竟這五名小孩在失蹤期間遭遇了什麼？犯人所做一切又是爲何？這些都將等候警方調查……」

川芎沒有將剩下的新聞內容聽進去，他怔然地看著電視。沒想到這陣子鬧得沸沸揚揚的兒童失蹤案，會突然出現峰迴路轉的結果。

「哎？那些失蹤的小孩子都找回來了嗎？」相菰好奇地睜圓眼睛，他也知道這則新聞，「不過還眞是奇怪呢，犯人爲什麼會突然放小孩子回來？」

「誰知道呢？會綁架小孩子的人都是心理有問題。」川芎斬釘截鐵地下了結論。他關掉電視，瞥見帶回來的小男孩還站在沙發旁，遲遲沒有坐下，不禁覺得有點好笑。

「呆站在那邊做什麼？沙發是給你坐的，不是給你看的。」

說完，就像要示範給小男孩看，川芎一屁股坐上身後的沙發。但才剛坐下，他就覺得有哪裡不對勁。川芎下意識低頭，然後呆了五秒鐘，他的胸口赫然穿透出一隻半透明的手臂。

饒是川芎已經見識過諸多不可思議，但忽然見到有隻手從自己的身體穿出，還是對他造成了衝擊。

「哇！幹幹幹！」川芎火速跳起，脫口就是連串髒話，「約翰，爲什麼你會坐在這！」

就在川芎剛剛坐下的沙發上，穿著花襯衫的中年幽靈臉上是深深的委屈。

「我……我……」約翰眼中逐漸滾動淚珠，「我一直坐在這看新聞啊，誰知道你會突然一屁股坐下……你是故意的吧？你是故意的我就原諒你！不要告訴我你什麼都沒看見！」

「……我是眞的沒看見。」否則誰想坐在一個中年人（而且還不是活的）身上。川芎冷酷地說出答案，然後他堵住耳朵，因爲按照慣例，接下來就是——

「沒看見？沒看見？林川芎你怎麼能這樣傷害我的心！」約翰傷心欲絕地大哭出聲。

很乾脆地將那陣哭聲當成背景音，川芎換了張沙發坐下，順便拍拍椅面，要小男孩別再牽著他的小木馬杵著不動。

「川芎大人，我去屋外巡視。」風伶沉靜的面孔上，眉宇正微微地蹙著，「抱歉，我不太習慣這般的噪音。」

總是沉穩嫻雅的風伶喜歡聆聽悅耳的聲音，但相對地，無法忍受他所認爲的噪音。

川芎曾聽藍采和說起風伶這習性，他瞥了眼仍舊嚎啕大哭的約翰，點點頭。

啊，確實是相當煩人的噪音。

「你這個新來的，不要以爲我沒聽見那些話！」

雖然正在大哭，可約翰仍有留意周遭，他氣急敗壞地飛到風伶跟前，擺出扠腰並指人鼻子的姿勢。

「我是這屋子的資深房客，你這後輩應該要尊重我這個前輩才對！」

「什麼資深房客？也沒見你交過房租……」川芎嘀咕道。

約翰還在喋喋不休地抱怨，渾然沒發覺面前閉著雙眼的俊麗男子眉頭越發緊蹙。

下個剎那，一隻白皙修長的手臂無預警地探向約翰，五指箝住對方的頸子。

「再多說一句，我會封了你的聲音，約翰先生。」風伶唇畔微笑隱去，周身氣氛也從沉靜變爲冰冷。

「啊，風伶果然發飆了，他最討厭有噪音一直吵他。」了解同伴個性的相菰小聲地說。

被抓住脖子的約翰則是嚇得閉上嘴，不敢再多說一句。

待耳邊不再有喋喋不休的抱怨，風伶這才鬆開手，唇邊重新掛起淡淡的笑。

向川芎欠了下身，風伶抹去自己的身影，留下叮鈴、叮鈴的鈴鐺聲。

「川芎大人，那我去幫你放洗澡水好了！」見同伴攬下巡邏的任務，相菰也自告奮勇地舉起手，想幫上一點忙。

「啥？喂，不用連這種事都做，我待會兒自己來就可以了。」川芎揮手拒絕。

「沒關係啦，川芎大人，這對我來說也是一種修練。」相菰捧著臉頰，面皮泛紅，「等我和薔蜜大人結婚後，我就可以在她下班時放好洗澡水，然後再問薔蜜大人是要先吃飯、先洗澡，還是先吃我……哇！太不好意思了啦！」

相菰興奮又害羞地跺了跺腳，捂臉往浴室飛奔而去，留下來不及婉拒的川芎。

……原來這小子，根本就是妄想星人來著。川芎放下本想喊住相菰而伸出的手，重新坐回沙發內，才注意到身旁的小男孩似乎太淡定了點。就連有隻貨眞價實的中年幽靈出現在眼前，也不見他的表情有什麼變化。

不過川芎轉念一想。也是，之前看見那對神經病雙胞胎、風伶，還有相菰時，他都不覺得吃驚了。只是穿著花襯衫、海灘褲、腳踩藍白拖鞋的幽靈，想來是沒什麼好稀奇的。

「林川芎，那我先回地下室了。」約翰抹抹眼淚，「我要回去了，我眞的要回去了喔。」

「滾。」川芎濃眉一挑，言簡意賅地送出一個字。隨即似乎是覺得太過簡短，又再補充兩個字，「快滾。」

約翰深深覺得自己的玻璃中年心受到傷害了，他捧著胸口，眼角含淚地飛回地下室。但是沒過多久，那顆半透明的頭顱又從門後冒出來。

「我忘記跟你說了，林川芎。你不在時，張薔蜜有一通電話留言給你。」交代完後，約翰這才又將頭縮了回去。

電話留言？川芎狐疑地走到電話前。他剛誤以為家中有小偷，壓根沒留意電話的語音信箱是否有留言通知。

看了看閃爍紅光的通知燈號，川芎按下播放鍵，一道冷靜女聲隨之響起。

「川芎，我是薔蜜。為了讓你今天能安心趕稿，我很貼心地只打你家電話，沒有用手機跟LINE製造你的心理壓力。我和小莓花大概五點前就會回來了，到時候一起去外面吃個晚餐吧。放心好了，晚餐期間我不會追問你稿子進度，也不會將你拉進廁所，進行一場編輯與作者的熱血溝通。我到豐陽市會再打電話給你。」

「葛格，我們會再打電話給你的。」

女聲之後，是稚氣甜軟的小孩子聲音。

聽見自家可愛的妹妹也有留言，川芎頓時覺得感動異常。

「對了，林川芎。」

就在川芎沉浸在感動的氣氛中，以爲已回到地下室的約翰居然再次自門後伸出頭。

「靠，你是不能一次把事情說完嗎？」要不是手邊沒有適合物品，川芎還眞想拿東西扔向那個一而再、再而三冒出來的中年幽靈。

「不是啦，我只是想問你一個問題。」約翰面露委屈，「你帶回來的那個小孩叫什麼名字？是你在外面偷生的私生子嗎？」

砰！一聲嚇人的聲響瞬間震盪客廳。

約翰僵硬著不敢動，覺得剛剛好像發生什麼可怕的事。

川芎目瞪口呆地望著躺在門前的小木馬，再慢慢地把頭扭向沙發旁的小男孩。

上一秒砸出小木馬的小男孩依然面無表情，只有一雙眼睛黑澈得嚇人。

「怎、怎麼了？川芎大人，是發生什麼事了嗎？」

聽見巨響，相菰慌張地從浴室衝出來。映入眼中的就是呆滯的川芎和約翰，以及佇立不動的小男孩。

「呃……那個，請問究竟是發生了什麼事？」

「不，沒事，眞的沒事……相菰你進去吧。」川芎回過神，抹了把臉。他沒想到自己帶回來的孩子雖然安靜、淡定得不可思議，脾氣卻是嚇死人。

幸好他前陣子就把通往地下室的門換成了更堅固的材質，一來是爲了避免門再次打不開，二來也是預防藍采和的怪力無意間破壞。

被小木馬砸上的門板沒有任何毀損，然而這驚人的舉動嚇得約翰眞躲回地下室，暫時不敢再出來。

「我說你，以後不准這樣亂砸東西。」震驚過後，川芎立刻板起臉孔。他將小木馬抓起來，放回小男孩腳邊，一雙眼睛不容對方閃避地瞪視著，「萬一砸傷人怎麼辦？」

「他又不是人。」小男孩說。

「就算約翰不是人，但這種東西也不能隨便亂扔。」川芎指著小木馬，語氣嚴厲。

或許是藍采和的怪力已讓川芎麻痺了，導致他完全忘記最根本的問題——憑小男孩的體型和細瘦的手臂，照理說不可能有辦法把沉重的小木馬扔得這麼遠，而且還是單手扔出。

「如果再做這種事，當心我直接揍你屁股。」川芎的表情和態度顯示他不是在開玩笑，「聽見的話要說什麼？」

小男孩的回答是牽著他的小木馬，回到沙發上坐著。

川芎額際浮出青筋。這死小孩，眞的有夠不可愛！

不過即使心裡這麼想，川芎也沒忘記自己是受人之託要照顧這個孩子，想了想，他走進廚房裡，再出來時，手上拿了兩個布丁。

「要吃嗎？」嘴上這麼問，但川芎已將其中一個布丁放在小男孩面前桌上。

就在川芎撕開布丁盒的封膜時，他猛然想到一個重要問題，那其實是他最初就該問的。

「你叫什麼名字？」

原本模仿川芎撕開封膜的小男孩停下動作，他抬起頭，漆黑的眸子眨也不眨地直視川芎。

就在川芎以爲對方又要無視問題時，小男孩張口了。

他說：「張果。」

小男孩的名字就叫張果。

總算獲得答案的川芎滿意點頭，繼續低頭吃布丁，他沒仔細去想這名字蘊含了何種意義。

倘若風伶和相菰聽見這名字，他們會立刻神情一變，恭謹地朝小男孩低頭行禮。

因爲這名字代表一個身分——與他們主人同爲八仙之一，在人間則被尊稱爲「張果老」。

◎

時間一分一秒地過去，窗外天色也從橙紅變作霞紫。

夏季天色總是暗得晚，雖然感覺像傍晚，但卻已經快晚間六點了。

坐在客廳沙發上的川芎重重一個點頭，猛然從睡夢中驚醒。

乍然驚醒的心悸感還殘留在心頭，就連心臟也跳得比平時快。川芎抹了把臉，環望一下四周，這才發現自己在客廳裡坐著坐著，居然就不知不覺睡著了。

而在川芎身畔，張果閉著眼，頭歪到沙發的扶手上，顯然也在不知不覺中陷入夢鄉。這種時候，他那張俊秀清冷的小臉，才總算流露出一絲符合外表年齡的稚氣。

至於川芎對面的單人沙發，相菰則蜷縮在上，同樣也在呼呼大睡。

沒有看見風伶的身影，可能還在外邊巡視。

「搞什麼，竟然睡著了……」川芎嘟嚷一句，扭頭想看清牆上時鐘，只不過這一看，他眉毛頓時皺了起來。

已經快要六點半，說五點前會回來的薔蜜和莓花卻依舊還未回家。

路上塞車嗎？川芎瞄了眼熟睡的兩個孩子，輕手輕腳地離開沙發，拿出手機走到牆邊，撥打那串早已背熟的號碼。

鈴聲響了很久，卻始終無人接聽，最後直接轉進語音信箱。

在機器女聲響起的剎那，川芎切斷通訊。

「怎麼回事？」他咂舌，瞪著手機螢幕好一會兒，不死心地再次撥打薔蜜的手機號碼。

川芎與薔蜜是認識十幾年的青梅竹馬，相當清楚對方總是手機不離身，不像自己有時爲了逃避催稿電話，會乾脆假裝手機掉到異世界。

第二通電話如同第一通，無人接聽。

第三、第四通仍是一樣，川芎低咒一聲，心中有種不祥的預感。

就算突然有事耽擱，他認識的薔蜜也絕不可能不事先通知。

高亢的手機鈴聲猛然響起，毫無防備的川芎手一抖，差點掉了手機。

急忙抓住手機，川芎立刻按下接聽，看也不看便直接將手機貼往耳邊。

「喂，張薔蜜，妳在搞什麼鬼？不是說五點前……」川芎的抱怨沒能說完，因為一道少年嗓音傳進他的耳裡。

「那個，哥哥……我不是薔蜜姊……」

不是張薔蜜，是藍采和。

「藍采和？」川芎揚高聲調。

「唔……小藍主人？」縮在沙發上的相菰揉揉眼睛，對熟悉的名字產生了反應。

川芎望了下沙發，發現不只相菰，張果也張開了眼睛，攀著沙發椅背，用那雙漆黑無光的眸子眨不眨地盯著自己。

川芎皺了下眉，控制住音量，「藍采和，你沒事突然打電話做什麼？」

「咦？哥哥你這樣說就太過分了啦。」

手機那端傳來藍采和的抗議，背景則是車輛呼嘯而過的聲音，藍采和似乎在馬路附近。

「什麼我過分？算了，我問你，薔蜜有沒有……」川芎這次還是沒辦法把話說完，藍采和搶先打斷他的話。

「哥哥，你現在是在家還是在外面？」少年急急追問，「你有沒有碰上什麼事？還是說有人找你麻煩什麼的？」

「暫停一下，不要一口氣丟一堆問題過來。」逮到空檔，川芎總算有機會好好說完話。

雖然不知道藍采和為什麼這麼問，但自己確實碰上了一對非人的古怪雙胞胎。不過既然沒發生什麼實質傷害，川芎也不打算多說。

「我現在在家，什麼事也沒碰到，不用窮操心。」

「真的嗎？太好了，莉莉安的星座占卜一點也不準。哥哥，我很快就回去煮晚餐了。」

得知川芎安然無事，藍采和鬆了口氣，他輕快地向川芎道別，完全沒發現對方其實有問題要問他。

「什……等一下！藍采和？喂，藍采和！」

來不及阻止對方結束通話，川芎只能惱怒地瞪著手機，最後他嘖了一聲，直接轉頭吩咐兩名孩子。

「你們顧家，我去外面找薔蜜和莓花，說不定她們已經在附近。」

最後一句，川芎其實說得沒什麼把握，但他也沒辦法乾待在家裡，什麼事都不做。

交代相菰和張果不准亂跑後，川芎抓起鑰匙、套上鞋子，匆忙出了門。

過於突然的舉動讓相菰反應不及，在他呆愣之際，一旁的張果有了動作。

他一聲不響地爬下沙發，同樣穿好鞋子，拖拉著他的小木馬，頭也不回地走出大門。

「咦？等一下，怎麼連你也……哇啊！等一下，不要自顧自地走掉啦！」相菰這回總算回神，發現自己被人拋下，他哭喪著小臉，跟著追了出去。

川芎沒想到兩個孩子會追出來，聽見身後傳來咔啦咔啦的聲音，他吃驚地回過頭，然後睜大眼。

「你們怎麼跑出來了？我不是叫你們乖乖在家裡等嗎？」川芎的口氣透露出些許惱怒，眼神也明白地顯示出對此舉的不贊同。

「因爲……因爲……」相菰對戳著手指，低下頭，隨即又抬起，僞裝成和常人無異的黑色眼睛閃動著如小動物般的委屈光芒。

見到相菰這表情，川芎也氣不起來了。他嘆口氣，沒再追問，只是揮揮手，「算了，你們記得顧好自己就行。」

語畢，川芎環望四周。他沒多想就跑到朝陽路上，曹景休打工的便利商店就在右邊，但他記得對方今天跟藍采和有約了。

「相菰，你去前面看看薔蜜她們回來了沒，我負責另一邊。」川芎吩咐道。

待相菰領命跑走，他低頭看著還跟在自己身邊、像條小尾巴的張果。

「你……你就跟我一起吧。不過記得，絕對不准半途跑掉。」

俊秀的黑髮小男孩小幅度地點點頭。

見張果給予承諾，川芎帶著他走向與相菰相反的方向。

雖說是六點多，但天色尚未轉暗，令人不禁生出時間還早的錯覺。

「川芎大人。」

忽然，一道嫻靜嗓音落下，隨之還夾雜著叮鈴叮鈴的清脆鈴鐺聲。風伶修長的身影平空出現在川芎眼前，他手裡提著燈，眉宇間帶有淡淡的關切之意。

「川芎大人，你怎麼出來了？如果有什麼要辦的事，可以轉告我或是相菰即可。」

「我……」川芎沉吟一會兒，很快擬定了計畫，「風伶，你可以到更外圍，去幫我找找看有沒有莓花和薔蜜的身影嗎？」

風伶沒有詢問原因，他點點頭，表示願意承攬任務。不過在離開前，他忍不住偏過臉，無法視物的雙眼鎖定張果的方向。

他還是覺得這孩子不太對勁。

不知離去的風伶抱持著何種想法，川芎繼續前進，只希望能早點見到那兩抹熟悉身影。

不像下午那般慘烈，一路上沒再出什麼意外。以至於川芎忘了今天的莉莉安兩分鐘星座占卜，他回家後新換的衣服依然完全符合莉莉安口中的不幸穿搭。

魔羯座、深色上衣、牛仔褲。

彷彿要彰顯存在感，惡運不久之後就降臨了。

兩顆毛線球無預警自兩邊滾到了川芎鞋尖前。

川芎停下腳步，映入眼中的金銀毛線球給他似曾相識、不祥的預感。

「你喜歡金色嗎？」

「還是你喜歡銀色？」

不安才剛掠過川芎心頭，兩道年輕歡快的聲音已先飄落下來。

如果說，川芎方才還只覺得似曾相識，那麼在兩道聲音落下的瞬間，他已驚悟過來。

是那對雙胞胎！

夕陽餘暉下，一金一銀的身影從天而降，他們足尖踩地，兩張相似的面孔綻露微笑。

「還沒說呢，你喜歡金色吧？」金髮銀瞳的少年舉起手，金色毛線球立刻飛回他手中。

「才不是呢，你喜歡銀色吧？」銀髮金眸的少女舉起手，銀色毛線球立刻飛回她手中。

「或者，你喜歡滿天星的顏色。」

那是第三人的聲音。

什麼？川芎全身一震，他壓根沒想到會有第三人出現。他護著張果，反射性地轉頭，看見一張俊美的少年面孔，橙色的眼睛像是凍結的火焰。

同時，還有往自己迎面揮來的巨大鐮刀。

川芎最後的記憶是那抹乍然即逝的橙紅冷光，接著便沒了意識。

他雙腳失去支撐力氣地一軟，整個人倒了下來。

川芎不知道自己要保護的孩子，也在剎那間被金銀雙色的毛線綑綁住手腳。

「成功了，眞的成功了！」銀夕欣喜地拍手，她沒細思那名小男孩爲何不做任何抵抗。

「眞的成功了，成功了！」金月掩不住滿臉得意洋洋。

相較於兩人的興奮，天堂則是冷靜地下達指令，「少廢話，快點把這兩人弄走。」

「知道啦！」終於捕捉到目標物，金月和銀夕心情大好，異口同聲地說道。他們各自伸自出手臂，手掌相貼，宛如通道的黑洞眨眼間就出現在臂彎下。

四肢遭縛的張果第一個被金月扔進去，接著天堂抓住川芎的衣領，卻沒想到就在這時，一道略顯尖銳的急促高喊劃破了寧靜的巷弄。

「哥哥！你們要對哥哥做什麼？」

這聲音讓天堂身形一震，他回過頭，看見膚色蒼白的黑髮少年正從巷口奔來。他還看見那雙墨黑的眸子在望清自己的面貌時，湧現了震驚和不敢置信。

「天堂？你是天堂？」少年抽口氣地大叫。

「金月、銀夕，我們走。」天堂沒有給予少年絲毫回應，只飛快下達指令，他拖著川芎，一個跨步便走進黑洞裡。

金月和銀夕馬上跟進，在那名少年追來之前，兩人後退一步，踏進黑洞裡面。緊接著，他們各抓住黑洞的一邊，快速往自己方向拉捲。

「慢著！等一下！」藍采和極力伸手，黑洞卻在他即將碰到的瞬間，消失得無影無蹤。

夕陽餘暉映照在路上，那裡什麼也沒有留下。

拾玖 金月與銀夕

好像……有什麼東西在碰他？

起初那感覺有些模糊，然後越來越清晰。

川芎的意識開始一點一滴地凝聚，他不知道自己到底失去意識多久，隨著逐漸能感知到外界，他同時也感覺到有隻手在摸自己的身體，不時還會輕捏幾下。

然後，那隻手竟然撩開上衣，直接摸上他的胸膛。

幹！是哪個變態！川芎打了個冷顫，猛地睜開眼睛，頓時和一雙紫藍色眼睛撞個正著。

川芎大腦空白了下，他沒想到會看見一名粉雕玉琢的小女孩。

小女孩的頭髮是奇異的粉紫色，單邊綁了個圓髻，細細的髮辮纏繞圓髻，再垂下來，身上穿著一襲典雅的小洋裝。

川芎眨了眨眼，再眨眨眼，視線從小女孩臉上轉開。他微微撐起脖子，改讓視線繼續往下。他的上衣被人掀得老高，胸膛上正貼著一隻軟白小手。

而他所待的地方，則是個泛著透明藍的房間，天花板除了掛著一盞搖搖欲墜的老舊日光燈，還飄了些星星光環。

星星光環？這又是什麼鬼地方？

川芎愣了下，他原本以爲那是天花板上的裝飾，可定睛一看，確實是星星形狀的光環，而且還是在沒有任何懸吊裝置輔助下，飄浮在空中。

「你醒了啊？」全然沒有露出被人抓個正著的困窘，小女孩反而露齒一笑，漂亮的大眼睛瞇得像是彎彎的月亮，「雖然你沒有很棒的胸肌，不過你的胸膛也挺結實的耶。」

一邊說著，小女孩一邊繼續亂摸、亂拍川芎的胸口，不時還會一臉陶醉地讚歎。

川芎迅速從對環境的疑惑回了神，他黑了臉，作夢也沒想到，自己居然會被一個看起來不到七、八歲的小女孩上下其手，說是性騷擾也不爲過。

……這是什麼世界啊？不過川芎的感嘆只有短短一瞬，他想起了其他事。他記得自己又遇見那對神經病雙胞胎，還有拿著鐮刀朝自己砍來的橘髮少年……

對了，還有張果！張果人呢？

川芎一把抓住小女孩的手，不讓她再繼續亂摸。

「這是哪裡？妳又是什麼人？你們把另一個小孩子藏到哪裡去了？」川芎臉色陰沉，一雙眼睛又黑又凶。

「這裡是我和天堂，還有金月、銀夕一起住的家呀。」小女孩歪著頭，坐在川芎身上，眼睛仍戀戀不捨地盯著他的胸膛，「我叫滿天星。你說的小孩，我一來這就沒看到了。」

川芎原本以爲對方不會吐實，沒想到紫髮小女孩居然一五一十全說了出來。

她說她叫滿天星？這名字聽起來根本就是花的名字。難道說……

「妳是藍采和的植物?」川芎抓住滿天星，迅速撐地坐起，銳利的眼神就像要刺穿那張潔白小臉。

「我是植物沒錯。你好厲害，居然知道耶!」滿天星眨眨眸子，「可是那個藍采和是誰啊?我應該知道他嗎?他和我眞的有關係嗎?」

聽見滿天星的連串詢問，川芎傻住了。**不會吧?是失去記憶嗎?還是說像茉薇等人一樣，被下了什麼術法?**

不對，應該不可能是後者。川芎立即推翻第二個猜測，因爲滿天星沒表現出絲毫惡意與敵意，只是純粹的天眞爛漫——

「欸，帥哥，你可以再讓我多摸幾把嗎?」

滿天星正襟危坐，小手擺在膝上，一副小淑女的架勢，不過吐出的話卻完全不「淑女」。

川芎默了下，他一點也不想被小丫頭毛手毛腳。

「哪哪，拜託你答應啦，天堂難得帶男人回來。每次、每次都是小鬼頭，害我到現在還是好寂寞。」滿天星雙手交握，大眼睛閃動渴求的光芒，「所以拜託你，就讓我……」

滿天星的話還沒說完，就被某種聲音打斷。

咔啦!咔啦!

那是某種東西被拖行的聲音，異常清晰地在川芎所處房間附近響了起來。聲音越靠越近、越靠越近，也越來越清晰。

川芎和滿天星下意識盯向沒有門板的門口，黑髮黑眼的小男孩拖著小木馬，面無表情地走了進來。

當張果踏進房間，本來還坐在川芎身上的滿天星竟「哇」的一聲跳起。

「呀！討厭！爲什麼天堂會抓這類型的？我不喜歡，看起來好可怕！」滿天星有些慌張地後退，她也說不上爲什麼，可是眞的覺得好可怕。

待背部貼上牆壁，滿天星的身體立刻出現奇異的變化。

從雙腳開始，再一路向上，紫髮小女孩幻化成眾多銀藍色星星光環。隨即這些星星光環急急衝入牆壁裡，消失在川芎眼前。

川芎盯著牆壁好一會，確定再看下去也不會跑出滿天星，他放棄地移開視線，改望向什麼事也沒做就將人嚇跑的張果。

「你沒被限制行動？」川芎記得他們應該算被綁票了，但放著肉票自由行動眞的好嗎？還是那些綁匪壓根不在意這種事？

「我醒來就沒看見那些蠢毛線了。」張果拖著小木馬，一步步走向川芎。他在川芎面前站定，想了想，又淡淡地補充道：「其他房間也有人，其中一個和你家照片一樣。」

「什……」川芎這下子吃驚得說不出話，他睜大眼，下個瞬間飛快地跳起來。家中的照片，他們客廳只擺了一張全家福。他的父母尙在國外，所以說……

「莓花！」川芎衝向門口，但旋即硬生生地煞住步伐。他大步地折返回來，一把撈起張果，才再次衝出房間。

走廊相當寬敞，並且連接著許多房間，共同特色是沒有門。走廊的牆壁和地板則是普通的水泥砌成，連用油漆刷過也沒有。

頂端每隔固定距離就有一盞日光燈，有些閃爍，有些黯淡，有些光芒大亮。不管是哪種，都證實了這裡不可能是有人居住的屋宅——沒有誰能容忍自家燈管損壞成這副德性。

在張果指示下接連闖錯幾個房間後，川芎終於在其中一間房發現兩抹再熟悉不過的身影。

川芎倒抽一口冷氣，「薔蜜！莓花！」

遲遲未歸的薔蜜和莓花，竟然出現在這裡。

同樣泛著幽藍光芒的房間內，一大一小躺在牆邊，安安靜靜的，沒有絲毫動靜。

「張薔蜜！莓花！」川芎放下張果，心急如焚地跑向兩人，他在她們身邊蹲下，伸手抓住薔蜜的肩膀，開始大力搖晃，「喂，薔蜜！妳醒醒，薔蜜！」

連連呼喊都得不到反應之後，川芎深吸了口氣，在薔蜜耳邊大喊一聲。

「張薔蜜！妳手上作者的稿子全都開天窗了！」

鏡片後緊閉的美眸反射性睜開。

「誰敢讓稿子開天窗我就讓他的人生一起窗掉！」長直髮的美麗女性瞬間扯住川芎的衣領，黑瞳射出如刀般犀利的光芒。

就算知道這只是自家編輯的直覺反應，川芎還是忍不住被那股氣勢震懾住。他嚥了下口水，慢慢地舉起雙手作投降狀，以表明絕對不是他的稿子要開天窗。

薔蜜緊盯著川芎許久，她瞇細眼，漸漸地，眸中利芒褪去，她鬆開扯著對方領子的手。

「川芎同學？」薔蜜似乎完全清醒過來了，她狐疑地挑高細眉，「爲什麼你會……不對，等等，這裡是哪裡？」

薔蜜眼神倏然一厲，她快速地觀望周遭，發現自己身處在透明藍的房間裡。林家長男蹲在她面前，身旁則是躺著林家么女。除此之外，還有個陌生的小男孩站在不遠處。

小男孩面貌俊秀，就是那雙鳳眼太過冷清了些。

「……你終於決定要開啓新世界，踏上誘拐正太的不歸路了嗎？」薔蜜推下鏡架，語氣嚴肅地問。

川芎默默地給了她一記中指當作回應。

「我開玩笑的。所以那孩子是？」

「這玩笑一點也不好笑。他是東海主任的親戚，因爲一些事先交給我照顧。」

川芎白了眼青梅竹馬，隨後將全部注意力放在莓花身上。他不敢用太大的力道推晃她。

「莓花、莓花，妳有聽見我的聲音嗎？」

有著柔軟鬈髮、蘋果臉頰的小女孩閉著眼，呼吸均勻，動也不動，看起來彷彿睡著了。

「讓我來吧。」薔蜜拉開川芎，用不大不小的聲音在莓花耳邊說道：「小莓花，妳的小藍葛格要找妳一起看『魔法少女☆莉莉安』的電影版喔。」

這是如此神奇的咒語，頓時只見原本閉著的眼睛「啪」地睜開。

莓花急忙坐起，她摸摸頭髮、再摸摸臉，接著緊張無比地望著四周。

「在哪裡？在哪裡？小藍葛格在哪裡？莓花已經準備……咦？」

當周遭景象納入視野，莓花不自覺地停止尋找藍采和。她眨下眼，再眨下眼，圓亮的眸子馬上被困惑和茫然取代，顯然不知道這裡是哪裡，自己又怎麼會在這裡。

看見這幕的川芎心情複雜。他的寶貝妹妹居然是因爲那個（該死的）關鍵字才醒過來，這豈不是表明在莓花心目中，他這個做哥哥的地位還輸給藍采和？

「有些事我們心裡知道就好，川芎同學，說出來傷感情。」彷彿看穿川芎的想法，薔蜜伸手搭上川芎的肩膀，淡淡說道，「對了，這裡到底是哪裡？」

「我才想問這裡是哪裡。」川芎皺著眉，暫且不去計較自己地位輸給藍采和一事，把心思重新放回正事上，「妳們不是說五點前要回來嗎？這中間究竟出了什麼事？」

究竟出了什麼事，一時也很難說清。薔蜜蹙起眉，她記得她們原本是要回豐陽市。

「有個孩子……沒錯，有個像洋娃娃的小女孩趁我沒注意時，想拉著小莓花走……那孩子有點不對勁……」薔蜜試著回憶當時情況。

今天她一早就到林家拜訪，順便成功攔截原本想脫逃的川芎，從他手裡接過莓花，將動物園之行的主角從林家兄妹換成她自己與莓花。

動物園之行相當有趣，她們倆看了許多動物，熱門動物區也因爲非假日而沒有被滿滿人牆遮擋。

回家前，薔蜜還替莓花買了一頂可愛的小熊帽子當作紀念品。

是的，就在回家前。

薔蜜忍不住蹙了下眉。在她們準備離開動物園大門時，她只是一個轉頭沒注意，等要牽起莓花的手時，卻發現莓花身邊出現了一名古怪的小女孩。

薔蜜甚至不知道對方是從哪裡蹦出來的，她有著紫藍色大眼睛和粉紫色頭髮，精緻的臉蛋上漾著甜甜的笑，彷彿一點也不怕生，親親熱熱地拉著莓花就要往旁邊走。

夕陽照耀下，那名小女孩投映在地上的影子竟像是一株巨大植物。

已見識過多種奇異事件的薔蜜立刻明白，對方絕不是人類。但就在薔蜜想抱著莓花迅速離開之際，冷不防又出現一名少年。

少年的髮色和眼色宛若夕陽，然而給人的感覺卻冷冰冰的。

少年擋住兩人的去路，手中握著比人高的鐮刀，鐮刀猝不及防地揮下。

然後，薔蜜就沒有記憶了。

「妳說的，我猜應該就是滿天星和天堂，他們是藍釆和的植物。」

聽完薔蜜的話，川芎大致可以拼湊出事情原貌，就連之前發生在中部地區的孩童失蹤案也都有了解答。

「那個叫天堂的傢伙似乎是想替叫作滿天星的小鬼找玩伴，所以才會有孩童失蹤案。」

薔蜜瞬間醒悟過來，自己和莓花會出現在這，恐怕是莓花被當成了目標。

「總之，現在先想辦法找路出去吧。」川芎做出結論，他站了起來，不忘牽起莓花，卻發現自己的妹妹一臉欲言又止，「莓花，怎麼了嗎？還是說妳身體有哪裡不舒服？」

想到這種可能性，川芎馬上焦急起來，他趕忙抓住莓花肩膀，上上下下地檢視一番。

「沒有不舒服。」莓花用力搖搖頭，不想讓哥哥繼續操心。接著，她扯扯川芎的袖角，小小聲地問，「那個啊……所以小藍葛格沒有在這裡嗎？」

川芎一愣，正煩惱著要怎麼解釋那只是薔蜜用來叫醒她的辦法，突然之間，他放在口袋裡的手機鈴聲大作。

高亢的鈴聲在空無一物的空間裡，顯得格外響亮。

「嚇！」

「哇！」

林家兄妹同時被嚇了一大跳。

不過嚇到歸嚇到，川芎不忘掏出手機。當他看清螢幕顯示的名字時，忍不住又愣了愣。

真的假的？居然這麼剛好？

手機螢幕上，正閃動著「藍采和」三個字。

當川芎一接起電話，另一端立刻傳來少年連珠炮的追問。

「哥哥、哥哥，是你嗎？你們現在在哪裡？有沒有受傷？噢，該死的，我一定要把天堂先嗶——再嗶——不把他這樣那樣，我他娘的絕對不會放過他！」

素來平和的少年嗓音染上了慍怒和焦灼，不難猜出藍采和正激動著。

川芎被那串句子轟得頭昏腦脹，拿開手機才覺得好過些。

只是他沒回答的反應反而使藍采和越發緊張，馬上聽見手機裡流瀉出難掩慌張的聲音。

「哥哥，你怎麼不回答我？玉帝在上！不會吧？不會吧？難道說哥哥已經……」

「嗚嗚嗚……川芎大人啊，你怎麼可以先離開俺和小藍夥伴？俺都還沒讓你領悟到敞開身心的美好啊！」

「阿蘿你說眞的嗎？川芎大人他……怎會這樣？我都還沒跟他要到薔蜜大人的三圍……」

緊接在藍采和之後，又傳出兩道聲音，中間還夾雜著一道沉靜又帶點困擾的嗓音。

「主子，我想川芎大人只是還沒回話……」

風伶剛說到一半，就被阿蘿的嚎啕大哭掩蓋過去。

川芎不只額角狂爆青筋，就連手背上的青筋也清晰迸出。

認識川芎多年，薔蜜自然明白這是他要爆發的前兆。她拉過莓花，將她的兩隻小耳朵都捂在掌心下，心中則開始默數。

一、二——

就在川芎準備發飆痛罵前，一隻小手拉住他的褲管，來到舌尖的粗話硬生生地嚥回去。

川芎低下頭，望見張果正仰著臉，伸手指向手機，再朝他攤開手掌。

這是幹嘛？要手機的意思嗎？川芎一頭霧水，心中怒火也因張果突然的舉動暫時熄滅。

川芎將手機遞給張果，後者按下擴音鍵後，對著手機吐出兩個字。

「閉嘴。」

明明是孩童稚氣的聲音，卻散發出難以言喻的威壓感。原先還吵吵嚷嚷的手機那頭剎那間全沒了話聲。

過了一會兒，才聽見藍采和的聲音略帶遲疑地響起。

「你不是哥哥，你是……」

「藍采和，你不解決天堂和滿天星的事，我就親自解決。」沒有正面回答問題，張果只是繼續用童稚的聲音，平淡卻又冷酷地說著話。

聽見張果竟然說出「藍采和」三個字，川芎不禁大吃一驚，但驚的人可不只有他。

透過擴音功能，所有人都能聽見手機裡傳來不敢置信的抽氣聲，隨即是藍采和的大叫。

「這個語氣……果、果果？，等一下，爲什麼果果你會用哥哥的手機？你下凡了？天哪！你到底是什麼時候下凡的？而且你的聲音怎麼完全不一樣了？」

「給我慢著！這到底是怎麼回事？」川芎一把搶過手機，迅速逼問藍采和，「你和張果認識？」

「唔啊，我才想問這是怎麼回事？哥哥，你怎麼會和果果……」

藍采和的聲音聽起來更茫然，一時半會問他都沒再說話，似乎陷入了混亂。

川芎抓著手機，低頭瞪著高度不到他腰間的小男孩，「張果，你究竟是什麼人？」

「我以爲這已經夠清楚了，川芎同學。」開口的人不是張果，而是薔蜜。見川芎沒有發飆的跡象，她鬆開捂住莓花耳朵的手，用悲憫的眼神望著川芎。

「幹嘛啦！」川芎被青梅竹馬盯得渾身不自在。

「我知道你平常就有點遲鈍，但事情都到這地步了，你未免遲鈍過頭，林川芎。」薔蜜說，「你不是都已經知道這孩子的名字了，爲什麼還不知道他是誰呢？」

「名字？他叫張果有什麼不……」川芎忽然沒了聲音，他的眼睛越睜越大，「不是吧？八仙中的張果老？」

「恭喜你距離收集完整套八仙只剩最後一步了。」薔蜜欣慰地拍拍他的肩膀。

「跟妳說過多少次了，老子對那種收集一點興趣也沒有。」川芎不客氣地撥開肩上的手。暫時不管手機裡怎麼還是一片安靜，他蹲下身，與那雙漆黑鳳眼平視。

「你也是八仙？所以根本不是東海主任的親戚？」

張果小幅度地點點頭。

川芎還是有點不能相信。畢竟神話中記載，張果老是一名倒騎驢子的老者，可此刻站在他面前的，卻是與莓花差不多年紀的孩子。

驀地，川芎又想起什麼，他指著張果拉著的小木馬，「喂喂喂，這隻該不會就是你的驢子變的吧？」

「不是，牠沒有下來，這是乙殼規定的配件。」張果淡然地說，「一百年前牠就不知道迷路到哪去了。」

川芎默然。所以路痴的毛病，是主人和寵物都有的嗎？

「葛格，他是小藍葛格的朋友嗎？」莓花雖然聽不太懂大人們的對話，那對六歲的她來說有些艱深，但還是大概明白了一些事。她睜著眼，好奇地看看與自己年紀相仿的小男孩。

川芎還沒有開口，安靜好一陣子的手機裡又傳出聲音。

「果果是我和小瓊的朋友沒錯呢。哎，哥哥、哥哥，你可以找一下身上有沒有帶花嗎？小瓊給你的那個。」

川芎自然明白藍采和說的是哪個。雖然不知道對方的意圖，他還是在口袋裡摸索著，很快就找到他要的東西。

那是一朵用塑膠套包好的粉紅色小花，外表看似與一般花朵無異，可實際上，它是何瓊專門用來跟人聯絡的通訊工具。

「我這邊是有花，然後呢？你想做什麼？」川芎納悶地問。

「哥哥你什麼都不用做，在原地等我五分鐘就好。」

藍采和笑吟吟地回答，他的聲音又回復平時的清澈如水。

川芎下意識看了薔蜜一眼，薔蜜卻是輕搖下頭，表示自己也不清楚對方打算做什麼。

在摸不清藍采和意圖的情況下，川芎只好按照對方的指示，待在原地什麼也不做。

一分鐘過去、兩分鐘過去、三分鐘過去……就在川芎覺得呆站著不動實在有點蠢的時候，奇異的事發生了。

「葛格你看！」莓花睜大眼，驚奇地喊，「花！」

被川芎握在手中的粉紅花朵從花瓣中間忽然竄出一縷黑影。黑影就像條細長的小蛇，左右動了動，彷彿在確認什麼。旋即，更多、更大量的黑暗一口氣從花心湧出，落地前迅速凝聚成形，形成花苞收攏的形狀。

下一剎那，收攏的黑色花苞在房間中央一瓣瓣地展開，顯露出被包圍在內的三人。

「藍采和？」川芎愕然，「相菰？風伶？」

「哥哥，你們還好嗎？」瞧見川芎等人，臂彎掛著籃子的藍采和馬上衝上前，墨黑的眉眼有著掩不住的擔憂。

「川芎大人、薔蜜大人、莓花小姑娘！俺好擔心你們啊！」掛在藍采和肩上的阿蘿一個飛撲，預定降落地是薔蜜的胸口。

薔蜜連眉毛也沒動，只輕輕地揮手，就將人面蘿蔔搧飛原本的軌道。

失去降落地的阿蘿頓時落在硬邦邦的地板，它發出「唔噗」的一聲，再滾了三、四圈，最後被張果一腳踩踏過去。

「藍采和。」張果走到仙人同伴面前。即使身高有落差，然而從那具瘦小身軀散發出來的威壓，卻比誰都強大。

「張、張大人。」相菰緗緊身子，緊張無比地朝張果行禮。八仙中，張果向來令人難以捉摸，同時也是最爲冷酷的一位。另一邊的風佡也同樣彎身行禮，唇畔的嫻雅微笑早已不見蹤影，由此可見張果的存在亦令他感到壓迫。

張果完全沒望向兩個植物，他看著與自己同等位階的少年，他說，「三刻鐘，否則我親自動手。」

過於簡潔的話語乍聽之下令人摸不清頭緒，藍采和卻猛然變了臉色。

「什……靠杯啦！果果你不能動手！你動手我的植物還用活嗎？」藍采和清楚同伴的手段，一旦說要出手，就不會留任何餘地。

就算藍采和有時會對自己的植物粗暴一點，偶爾還會用繩縛或是ＳＭ的方式管教，但那終歸是他心愛的植物，絕不容許有誰傷害他們。

「果果，三刻鐘太短了，你這樣是爲難我。」藍采和強硬地爭取更長的行動時間。無論如何，對手是他的植物，都必須由他親自解決才行。

「三刻鐘是多長？」川芎低聲問著薔蜜。

「虧你還是唸中文系的……」薔蜜嘆息，「川芎，你眞是讓我失望。」

「靠夭啦，中文系又不是無所不知。」川芎將開頭的髒話壓得小聲，瞪了薔蜜一眼。

「一刻鐘是十五分鐘，這是古代的計時方法。」沒再多開玩笑，薔蜜說道。

一刻鐘是十五分鐘，那三刻鐘不就是……

「才四十五分？這麼短的時間我連一章的稿也寫不完。」川芎咂下舌。

沒想到張果忽然轉過臉，「那要多久才寫得完？」

「咦？啊，大概四個多小時……」川芎的回答相當保守，他不太好意思說，有時可能花上整天也寫不完。

「那就四小時。」張果對藍采和伸出四根細幼的手指。照理說是充滿稚氣的動作，由他來做卻顯現另一種魄力。

四十五分瞬間拉長成四小時？藍采和訝然地睜大眼，他看看張果，再看看川芎，他記憶中的張果分明是一點也不喜歡人類，現在居然會主動詢問人？

難道說……果果和哥哥在我不知道時，發生了什麼事嗎？

「玉帝在上，這比阿權不吃甜食還要令人吃驚……不，好像兩個都一樣讓人吃驚……」藍采和喃喃地說，但隨即那張秀淨臉龐揚起笑容，「四小時的話一定沒問題，接下來就交給我和風伶他們吧。哥哥，你和莓花還有薔蜜姊先回去。」

「從哪回去？該不會……」川芎雙眼盯住藍采和等人先前走出來的黑暗，那如同柔軟布料的黑暗，怎麼看，怎麼眼熟。

幾乎同一時間，川芎和薔蜜的腦海裡浮現一名黑髮白膚、眼神狠戾的男人身影。

「哥哥，你身上不是有小瓊給的花嗎？我身上也有，啊，不過現在是在鬼針那。」藍采和笑咪咪地解釋，「因爲是同樣的東西，所以鬼針才有辦法將兩者連繫起來，扭曲中間的空間，做了條通道出來。好了，哥哥你們就快點……！」

乍然閃現的弧形冷光不只斬斷了藍采和的話，還斬向宛若盛綻花朵的黑暗。

瞬時，竟見黑暗迅速縮小，眨眼間便消失在這藍色空間中。與此同時，四面八方疾射出大量雙色毛線，金與銀迅速在藍采和等人身邊交織、形成一張大網，將眾人圍困其中。

年輕的笑聲響起，分別屬於少年和少女的聲音。

房間對角位置，各有一抹纖細身影平空坐在網子邊上。看似柔弱的金、銀毛線，牢牢地支撐住他們的重量。

金髮銀眸的少年手拿金球，雙腿盤起。

銀髮金瞳的少女手拿銀球，單手支住下巴。

「天堂說要你們安靜點。」金月說。

「你們要安靜點，這是天堂說的。」銀夕也說。

「因爲他有話要告訴你們。」兩道相似的聲音疊合，聽起來就像是一個人在說話。

「哦？我很好奇他到底是有什麼話想說？」藍采和態度平和地問，並沒有因爲自己和同伴身陷網中而變了臉色。

相反地，這名少年仙人只綻露出微笑，眉眼彎彎，眸中甚至有水波般的流光轉動。

那是一張令人完全感覺不到敵意的笑顏。

可是，在他身畔的川芎卻看得清楚，他們家幫傭的那雙眼睛，根本沒有眞的在笑！

「如果你想知道，我當然會告訴你，我的主人。」

驀然間，又一道聲音傳進所有人耳內。即使和金月同樣都屬少年嗓音，然而這聲音卻是冷冰冰的，還帶著刮人的尖銳。

藍釆和怎麼可能認不出這道聲音，因爲聲音的主人就是他失蹤至今的植物——天堂！

還沒等藍釆和開口喊出任何名字，門口有什麼自虛空浮現，先是手、再來是腳，接著是整具身體。

頭髮和眼睛都令人想到夕陽，可眼神卻冰冷結凍的橘髮少年，現身眾人眼前。

通體透紅的鐮刀猝然揮甩，尖端直指藍釆和等人。

「在我說好之前，誰也不准離開這裡。」

貳拾 滿天星的幻境

即使橘髮少年尚未自報姓名，川芎也知道他是誰。

他就是原形爲天堂鳥的天堂，藍采和的植物之一，而且還討厭身爲主人的藍采和。

雖說曾在住家外遭到天堂的攻擊，不過這還是川芎初次看清他的完整面貌。那是個俊美的少年，眉眼細長，橙艷的髮絲和瞳孔極爲搶眼。

不得不說——

「藍小弟的植物們還眞的個個都是俊男美女哪，川芎。」薔蜜在三秒內鑑定完畢，做出結論，「可惜沒有年紀大的。」

「是啊是啊，個性也一個比一個難搞呢。」川芎撇撇唇角，他可不覺得天堂會是個例外，否則對方也不會當街揮出鐮刀。

「在你說好之前？討厭啦，天堂，我怎麼不知道我這主人做事還得經過你的允許？」

藍采和沒有細聽川芎與薔蜜的竊竊私語，他暗中用手勢要相菰、風伶暫且別動手。面對天堂時，他的笑靨更加柔軟似水。

「還是說，你在外面待久了……他×的都忘記誰是你的主人了嗎！」

笑靨瞬間凍成凌厲，藍采和握住滑出袖口的乙太之卡。形似國民身分證的卡片霎時閃過七彩流光，解除乙殼束縛的咒語立即逸出蒼白的唇瓣。

「吾之名為藍采和，現在要求——」

「你以為我會讓你這麼做嗎？」天堂動作更快，手中鐮刀飛快拄地，「金月、銀夕、小星，動手！」

天堂的指示一出口，金月和銀夕操控的毛線網當即起了變化。所有毛線綻放光芒，金色和銀色的光芒如同刀片切割，劃開空間，將藍采和等人隔離開來。

不僅如此，天花板上的銀藍色星星光環像是失去飄浮的力量，迅速掉落，並且在掉落途中毫無預警地化成各色嬌小花朵。

那只是一場花朵雨，可對於身上還帶有詛咒的藍采和無異於最糟的災難。

「哈啾！哈哈哈……哈啾！」無法抑制的癢意竄上鼻子，噴嚏湧出，中斷解除乙殼的咒語。藍采和狼狽不堪地狂打噴嚏，眼角滲出淚水，眸子紅通通的，就像是哭過一般。

「我怎會忘記你是我的主人？就是因為記得，所以我才知道你的弱點，藍采和！」天堂再次揮動巨大鐮刀，銳利的刀鋒在虛空劃出數道閃光，最後鐮刀長柄重重敲地。

一切都碎裂了，空間、光片、地面。

泛著透明藍的地板宛如破碎鏡面，分散成無數塊朝下方跌墜而去，包括那些被光片圍困其中的人們，也跟著跌了下去。

藍采和知道自己正在墜落，他看不見其他人，金色和銀色的光片阻隔了他的視線。他不確定自己有沒有叫出川芎、莓花，或薔蜜的名字，那些還沾附在身的花朵令他無法好好思考。

墜落的過程好像很長又好像很短，直到身體碰觸到硬實的平地後，藍采和才終於確定自己不再往下掉。

包圍在身邊的光片因爲撞擊到底部而碎裂，大大小小的光塊濺落在藍采和身旁，有些甚至砸在他的身上。

但是，藍采和卻不覺得痛。

不，就連自己跌到了地面上，也沒有任何痛感或是強大的衝擊力襲來。

照理說不該是這樣的。他還是乙殼狀態，身體與常人無異，不可能感覺不到痛才對……

藍采和茫然地眨眨眼，支起身子，突然又一個噴嚏跑了出來。他的肩膀跟著晃動，連帶地，神智也恢復了清明，思緒重新運轉。

打完噴嚏後，藍采和隨即屏住呼吸。他站直身體，努力拍打還沾在衣上、肩上的花朵。髮絲間忽然傳來被撥動的觸感，藍采和先是一驚，接著放鬆下來。因爲有一抹巴掌大的迷你身形從他的頭頂飛下來，飛入視野之內。

身高、體型都縮成精巧尺寸的銀髮男子，雙手抱著幾乎將自己臉遮住的多朵小花，飛到藍采和張開的手掌中。

「主子，你還好嗎？」先將手中花朵扔下地，雙眼閉合的風伶這才仰起臉，面向主人。

「我沒……哈啾！」

藍采和想起自己還沒遠離地上的這些花，連忙與它們拉開安全距離。確定不再受影響後，笑容重新回到那張蒼白秀淨的臉上。

「放心，我一點事也沒有的。」

藍采和張望四周環境，這裡和他們剛剛待的房間差不多，也是個透明藍的空間，只是看不見任何隔間，似乎也看不到盡頭。

腳下是透明藍的地板，頭頂是透明藍的天花板，銀藍色的星星光環小堆小堆地簇擁在天花板附近。

除此之外，再也不見其他人。

「把我和哥哥他們分散了嗎？」藍采和無意識地撫下嘴唇。

相菰和張果也不在此處，如果他們幾人未被分開，那麼安全上就沒有什麼顧慮了。

「可是，萬一哥哥他們沒跟相菰或果果在一起……」藍采和的聲音又輕又軟，眸底凝著化不開的冷酷，「敢傷害哥哥他們，天堂你要有被老子扒皮的心理準備了。」

「主子，阿蘿也不在這裡。」風伶的感官比任何人敏銳，他感覺了下四周，並沒有發現另一位植物同伴的存在。

「用不著擔心，阿蘿可是比超合金還堅固。」藍采和讓風伶坐到自己肩上，選了個方向，開始邁步前行，「倒是你，怎麼突然變成了省電模式？」

他的植物只有在力量不足或是想要節省力量時，才會變成巴掌大的迷你體型。

「很抱歉，主子。」風伶嫻雅的語氣中滲入一絲歉意，「我原本想突破那些奇異的光，然而力量卻像是被堵塞住，怎樣也無法使用，最後反而受到反彈，造成了一些損傷。」

「這不是你的錯。」藍采和伸手摸摸風伶的頭，「被堵塞住了嗎？看樣子，天堂使用了『封閉』的力量。鬼針做出的空間通道，肯定也被他封閉起來了。」

原形是天堂鳥的天堂，擁有的力量是封閉。只要他的鐮刀揮砍過去，就能封閉住有形或無形的事物。

被封閉的空間通道、被封閉的力量宣洩口，就連川芎當初會昏迷而被帶至此，也是因爲意識遭到封閉。

雖然力量時效不長，尤其針對生物時，卻也相當棘手。

「或許，這整個地方也被封住了，我聯繫不上相菰或阿蘿。」風伶輕聲地說，「還有，這裡顯然不只有天堂……」

「滿天星那丫頭也在這裡哪。」藍采和停下腳步，他踩了下硬實的地面。如果從高處摔到這，絕不可能沒有任何痛感。唯一的解釋，就是他們並非眞的自高處摔下。

而他的植物中，就屬滿天星幻術之力最強。

「倘若是滿天星的幻術，恐怕我和相菰都難以輕易破解。」風伶平靜分析。他與其他植物同伴已共存悠久歲月，熟知彼此的性子與能力。

也因此，風伶心中一直存著無法解開的疑問。天堂的攻擊不難理解，他本就不喜主子。

但是，滿天星卻不可能會對主子出手。她和主子在天界時，是眾所皆知的好感情。

「主子……」風伶微蹙起俊麗的眉，欲言又止。

「我也不明白，風伶。不過照之前發生的事來看，或許有兩種可能。」藍采和說，「一是滿天星也被施下術法，二則是她失憶。」

風伶陷入短暫的沉默，他想起前些時候，自己也被不明的力量施下術法，不但忘記藍采和，還出手攻擊對方。

不過這份沉默沒有維持太久，很快地，風伶抬起臉，手中握著瞬時出現的銀白長刀。

「主子，有東西接近。」

「你別出手，交給我就行了。」藍采和想了想，又補上一句，「這是我的命令。」

於是風伶手上的長刀消失，他向來對於自己主人的命令沒有二話。

既然風伶說有東西接近，藍采和也就不再前進，他停在原地，主動等對方靠近。

忽然，有什麼碰觸到藍采和的鞋尖。

他下意識低頭，映入視野內的是一金、一銀的兩顆小球。

藍采和細眉一挑，他對這兩顆小球有印象。

下一秒，兩道聲音切開了這個空間的寂靜。

「你看到我的球了嗎？」金髮銀瞳的少年倏然站在藍采和左方，「你喜歡金色吧？」

「你看到我的球了嗎？」銀髮金眸的少女緊接著出現在他右方，「你喜歡銀色吧？」

面對宛若同個模子印出來的雙生子，藍采和沒有感到驚訝，他仍是笑吟吟的，「哎，如果我都不喜歡呢？」

「不對，你不喜歡的應該只有金色。」銀夕立刻不悅地雙手扠腰。

「胡說，你不喜歡的是銀色。」金月不甘示弱地板起臉。

「是金色，金色太醜了。」

「才怪，是銀色，銀色太醜了。」

金月和銀夕頓時針鋒相對，彷彿忘記要對付的敵人正在一旁。

下一秒，這對吵得不可開交的雙生子猛地扭過頭，金眸和銀瞳有志一同地鎖定藍采和。

「你說，到底是誰說的對！」

假使這時是川芎在場，面對突來的質問，可能會先呆住幾秒。但現在面對金月和銀夕的人是藍采和。

他只柔柔一笑，說，「我討厭你們的金色，也討厭你們的銀色，所以你們不要在那邊靠杯來靠杯去的。」

最後一字才剛逸出嘴唇，金月和銀夕錯愕的同時，藍采和飛快無比地一腳將金球踢了出去，一腳狠狠踩住銀球。

「吾之名爲藍采和，以下咒語省略！」

金月和銀夕來不及震驚他們堅硬無比的毛線球竟被弱不禁風的蒼白少年一腳踩扁，藍采和已握住乙太之卡，解除乙殼的束縛。

透明藍的空間被水藍色的光華徹底籠罩，距離極近的金月和銀夕狼狽地遮住眼，心底則催動意念。

不知被踢到何方的金球重新現於金月手中，被踩扁的銀球也回復原狀，回到銀夕手上。

「銀夕！」

「金月！」

金髮少年和銀髮少女大喊出彼此的名字，他們手上的毛線球瞬間轉動，無數毛線朝藍光中心疾射而去。

要先下手為強！

金月和銀夕只有這個念頭，但兩人怎樣也沒料到，金、銀毛線即將沒入藍光前，一陣勁風倏地自藍光內部吹出，將雙色毛線吹離軌道。

同時藍光褪去，他們還來不及看清面前景象，只覺眼角似乎有數道極細銀光一閃即逝。

當兩人終於定睛一看，卻發現前方已空無一人，沒有那名黑髮少年的蹤影。

「什……到底在哪？」金月大驚，他和銀夕有些慌地四處張望，然而尚未轉頭，一股滑膩柔軟的觸感伴隨著毛骨悚然迅速竄上。

金月和銀夕僵著身體，他們轉動眼珠，在彼此眼中確認這並非錯覺。

眞的，有一隻柔膩的手，各從他們頸後伸探出來，就像是擁抱人般的親密姿勢。那手貼著他們的脖子皮膚，像蛇似地慢慢上移，來到下頷處。

然後，無預警將之扳起。

金月和銀夕差點悲鳴出聲，一張蒼白但右眼下水藍焰紋增添妖嬈氣息的面龐，就這麼猝不及防地撞入他們眼裡。

第一眼看見那張被藍光襯得近乎青白的臉，雙生子幾乎以爲見鬼了；但第二眼，他們注意到那張臉跟方才的少年一模一樣，只是髮色與眼色全變成水藍，右眼下還多出了花紋。

而第三眼，他們的注意力全被對方身上散發出來的氣息吸引過去。

是那個味道！那名人類男性身上傳出來的，就是這個味道！所以說……眞正的味道源頭難不成是這少年？

金月和銀夕迅速交換眼神，他們同時行動，用力掙脫扳住自己下頷的那隻手。

「你是什麼來歷？」金月跳到右邊，銀眸緊緊瞪著居然任他們掙脫的藍髮少年。

「你的來歷是什麼？」銀夕跳到左邊，金瞳除了警戒之外還有一絲狂熱。

因爲好香，眞的太香了！比起那名人類男子，面前的藍髮少年才眞正教人按捺不住。

「我？我沒什麼來歷。」回復眞身，並將風伶塞回籃裡的藍釆和唇畔含笑，態度從容地輕揮袖，「我只是林家的幫傭而已，最近正朝著家事技能九十九級的修煉之路邁進。」

這什麼意思？

但聽起來好像亂強一把的？

金月和銀夕用眼神交換訊息，隨後他們達成共識。

「管你現在是幾級，既然你是天堂的敵人……」金月挪動腳步。

「那就不用交給天堂，由我們吃！」銀夕手上毛線球飛出，從高空射出多條毛線。每一條銀線都朝藍采和手腳而去，顯然想束縛他的行動。

可是，奇異的事發生了。

一身水藍長袍、腳踩水色錦靴的藍髮少年分明動也不動地站在原地，但那些朝他飛去的銀色毛線卻在還未逼近前，全斷成無數截，冉冉地飄落在地。

藍采和揚起臉，伸手搭著前方，朝臉色大變的雙生子露出柔和一笑，「靠杯啦，你們眞的以爲我什麼都不會做嗎？」

「你……」銀夕瞪大眼睛，她看見藍采和伸手搭住的位置，閃過一瞬細微光芒。像是看出對方的驚疑，藍采和手指悠閒地朝半空輕彈了下。

這次，不管是金月還是銀夕都看得清楚，藍采和的身周居然圍繞著數條極細銀絲。對方不知在什麼時候，竟無聲無息地布好防禦用絲線，使之成爲一道堅固護網。

「剛剛我好像聽見有人想吃掉我？可以啊，有本事就來啊。」

藍采和望著雙生子，慢悠悠地說道。雙手不知何時也抓握著一束銀絲，他手指收緊，猛地朝兩旁一扯，眼角唇角帶笑。

「就讓我們試試，到底是誰的繩縛技巧比較高吧！」

金月和銀夕瞬間一顫，他們從沒想過那樣秀淨的面龐，竟能綻出比惡鬼還猙獰的笑容。這瞬間，雙生子萌生出逃跑的念頭。但偏偏不能跑，跑了誰也不知道天堂會用什麼手段對付他們。

「豁出去了，銀夕！」金月大叫，他的身旁浮現多顆金色的毛線球。

「沒辦法了，金月！」銀夕高喊，她的身旁亦浮出多顆銀色毛線球。

一金一銀的身影浮升而起，帶著他們身邊的毛線球，猛然朝中央的藍髮少年疾衝過去。

藍采和露出了與秀淨五官完全不符的獰笑。川芎、薔蜜、莓花都是他想保護的人，一旦動到他們，無異就是觸到他的逆鱗！

「敢對哥哥他們下手，你他娘的準備知道慘字怎麼寫吧！」蒼白手指飛快一舞動，纏繞在指間的銀色光絲頓時漫天飛出。

藍采和眼神凌厲銳利，手指一抽一拉，所有光絲忠實地執行他的意志，精準穿繞空隙，將那些還來不及放射出毛線的金銀毛線球死死纏綑。

「斷。」藍采和口吐單音，指間光絲連同被捕獲的毛線球脫離墜地。

藍采和五指又一輪翻轉，蒼白的手指宛若盛綻花朵。他握住了再次出現的淡銀光絲，水色錦靴一蹬地，立即躍離地面。

金月和銀夕只覺得從他們上方翻躍而過的藍髮少年，身影就像隻展翅飛鳥，寬大的袖襬和飛掀的衣角迷眩了他們的眼。

那其實不過是瞬間的事。

而這一瞬，可以決定很多事了。

當金月和銀夕發覺自己的身軀傳來束縛和壓迫的感覺，已徹底來不及。

藍采和沒有手下留情，他噙著高雅的笑，用肉眼追不上的速度，神乎其技地將金月和銀夕綁成像蓑衣蟲的大繭，只留下頭顱露在外面，保留呼吸的自由。

水色錦靴踩上包著金月的硬繭，藍采和笑吟吟地說，「再說想吃的話，我就把你們衣服扒光，綁成龜甲縛，下面再點蠟燭好了。電視上穿皮衣的姑娘說，這招效果很不錯呢。」

您……您到底是看什麼節目啊？過度驚懼讓金月無意識在心裡用上敬稱。雖然藍采和腳踩在他身上，一仰頭就可以望見對方的臉，然而他卻覺得彼此之間根本是天差地遠。

當初打不過天堂就算了，現在又敗給這個看起來弱不禁風的少年……這豈不表示他們其實才是最弱的嗎？

想著想著，金月頓時悲從中來。

「嗚……」

發出哭聲的卻不是金月，而是銀夕。少女眼中閃動淚珠，淚水很快沿著臉頰落下。

「太過分了……認真說起來，我們才是受害人啊……」

「哎？」藍采和大吃一驚，不只是因爲聽見銀夕的話，還有此刻雙生子身上的異變。

金月和銀夕身上發出光芒，光芒之中，他們的身形竟逐漸縮小，越縮越小，最後……

藍采和難得呆滯了，他低下頭，看著那些軟綿綿又五彩斑斕的觸手。

是的，就是觸手沒錯。

藍采和幾乎以爲自己眼花了，他蹲下身，慢慢地伸出手，戳了戳那兩個無脊椎生物，聽見他們發出「噗啾」的一聲。

啊，原來海葵還會噗啾、噗啾……

「噗你媽啦！」藍采和瞬間冷下眼神，他腳踩一隻、手拎一隻，「說！你們這兩隻海中生物爲什麼要接近我家植物？你們對他下了術法嗎？還是另有幕後主使者？」

「你家……植物？」被藍采和拎在手中的海葵縮著身體，從觸手間露出兩隻銀色眼睛，推測應該是金月。

「天堂是我的植物，你們跟著他有何居心？」藍采和眼角含笑，可眼底卻笑意全無。

「什……我們才不是自願要跟著他的！」金月大叫道。

「跟著他才不是我們自願的！」銀夕也努力擠出聲音，「那個魔鬼、戀童癖！」

「壓榨人、濫用暴力！」金月控訴。

「咦？」沒想到會聽見這番出人意表的話，藍采和呆了下，他移開腳，不再踩著銀夕，接著蹲下身，放下金月，「什麼意思？爲什麼說你們不是自願的？」

「剛剛不是說了，我們才是受害人啊！」銀夕說。

「受害人才是我們啊！」金月說。

「是天堂那個暴力狂，強迫我們做這些事的！」

「咦？咦咦咦？」藍采和大感震驚，幾乎不敢相信自己聽見的。

按照他原本的猜測，這兩隻海中生物和天堂他們的關係，應該是像之前的余曉愁和風伶一樣，煽動天堂、使天堂與他爲敵。

可是現在他們說的，卻又完全推翻了藍采和的猜想。

「我和銀夕，根本就不知道爲什麼自己會在這裡。」金月蠕動了下身體。

「我們失憶了。」銀夕補充，「醒來後第一眼看到的是天堂，然後天堂就強迫我們跟他回去了。」

藍采和張著嘴，費了好大的勁才閉上。他呆然地看著地面的兩隻海葵，並不認爲他們在說謊。

若這兩隻海葵像當初的余曉愁，是被某人指派過來的，那麼他們就應該知道自己是誰。

「天堂要我們照顧小小姐，還要我們替小小姐找玩伴，所以我們才會去抓那些人類孩子……」像是怕被誤會，金月連忙說道：「啊，不過都已經還回去了，小小姐對他們一點興趣也沒有。」

藍采和自然猜得出來，那位「小小姐」指的應該就是滿天星。

他喃喃地說：「滿天星當然不會有興趣，因爲她喜歡的是……等一下，那哥哥他們呢？就是其他的那些人類。」

「那些人類，天堂說要用他們引誘你過來，我們也不知道他想做什麼。」

「眞的不知道。」

「所以你不能對我使用暴力，對金月就可以了。」

「什麼？是對銀夕就可以了。」

「是你！」

「是妳！」

沒有理會那兩隻莫名其妙又吵起來的海葵，藍采和因爲連串驚人的眞相有些消化不良。所以說，天堂會做這些事，都是出於自身意志嗎？並不是被人下了術法？

如果，如果眞的是這樣……

「那絕對是不能輕饒的呢，天堂。」藍采和輕聲地說，他沒發現那些飄浮在天花板的星星光環，突然無聲無息地快速移動。

它們全都聚集在一塊，緊接著從後方逼近藍采和。

眼角瞥見有銀藍色光輝靠近，藍采和反射性回頭，卻因猛然撞入視野內的強烈光芒而不得不閉眼。

無數銀藍色星星穿過藍采和的身體，就在穿過的剎那間，星星變成了花。

「哈、哈啾！哈啾！」藍采和因詛咒而造成的過敏馬上發作。他忍耐不住地拚命打噴嚏，鼻頭和眼角又變得紅通通的，完全沒有餘力注意金月和銀夕的情況。

等藍采和發現時，兩隻海葵已失去了蹤影。

那些灑落在地的嬌小花朵變回星星，迅雷不及掩耳地竄升起，往某個方向疾飛而去。

「等一下，滿天星！滿天星！」藍采和心急追著，「妳忘記我了嗎？我是藍采和啊！」

銀藍色星星沒有停頓，眨眼間消失在藍采和眼前。

已經看不見星星光環，藍采和只能停步。他深呼吸幾次，望著星星消失的方向，最後決定繼續往前走。

不管怎樣，都先設法找到哥哥他們再說吧。藍采和心中才閃過這樣的念頭，突然一道悠揚樂聲響起。

提著竹籃的他先是嚇了一跳，接著才反應過來是自己的手機鈴聲。

藍采和連忙從衣襟內取出手機，螢幕上顯示著來電者。

打電話的人竟是林家長男。藍采和一怔，隨即醒悟過來。雖然天堂封閉了整個空間，阻礙他與風伶以意識聯繫同伴，可他阻礙的也只是他們這些非人類的通訊能力，手機可不算在內。

讚美玉帝，讚美現代科技！

藍采和笑逐顏開，他喜孜孜地接起了電話。

「喂，哥哥──」

貳壹 誘餌的正確使用方式

川芎打電話給藍采和時，並沒有想到手機會馬上接通，他原本不抱太大希望。所以當手機另一端傳來再熟悉不過的少年嗓音，他愣了好幾秒才反應過來。

——是藍采和。

「藍采和，你現在在什麼地方？咦？你問我的位置，還有身邊有誰……」川芎停頓半晌，他轉頭環視身邊的環境，以及此刻和他在一起的同伴。

就某種程度來說，他身邊的人還眞是……挺多的。莓花、薔蜜、張果、相菰，加上人面蘿蔔一根。

「我想你沒看到的傢伙，全都在我這邊了吧。」川芎揉著眉心嘆氣。

事實上，他們此刻一群人、還有非人，處在一條蜿蜒的走廊。兩側的牆壁和地板看起來是普通的水泥色，天花板並沒有飄浮著銀藍色的星星光環。放眼望去，也完全找不到任何對外窗。

走廊光源倚靠天花板上的日光燈提供。

若非對之前發生的事記得一清二楚，川芎幾乎要認爲他們是在普通的廢棄倉庫裡打轉。

但川芎也不能肯定他們走了多長距離，只覺得繞來繞去都是相似的走廊、相似的房間——

並且沒有門板。

這地方活脫脫像是個找不到出口的詭異迷宮。

川芎他們大概是在十分鐘前掉落於此地。

等到川芎重新站穩，發現視野內少了藍采和與風伶，其他人倒是全部都在。

川芎想不透天堂讓他們待在這究竟有何用意，但有一點確實相當奇怪——就在他們自高處摔下時，先不說相菰、阿蘿這兩個非人類，他們幾個人，加上未解除乙殼的張果，居然半點傷也沒有。

川芎甚至為這問題苦想好幾分鐘，最後決定放棄深思。套句薔蜜的話，有些事太認眞計較就輸了。

況且，現在最重要的，是如何順利離開這簡直像是鬼擋牆的地方。

「我不知道我們在哪，不過肯定還在屋子裡。」川芎一邊講手機，一邊試探性地往前走，「你說天堂他們嗎？不，我們誰也沒碰到，也沒遭到攻擊，搞不懂他們到底是……什麼？」

不知道藍采和在手機裡說了什麼，川芎頓時收住步伐。

其他人見狀，也跟著停下腳步。唯有張果像是渾然沒注意到，他拖著小木馬，自顧自地繼續往前走。

似乎全然不意外張果的反應，川芎眼明手快地扯住對方的衣領，將人抓回來，順道附送一記警告的眼神，要他不准亂跑。

管對方是不是仙人，也不管自己這行爲是否對神明不敬，在川芎眼中，張果只是個孩子，小孩子就要乖乖地讓人保護。

目睹川芎此舉，相菰和阿蘿卻是將嘴巴張成了O字形。

「阿、阿蘿，川芎大人這樣對待張大人好嗎？」相菰緊張兮兮地問，雙眼不敢離開男人與小男孩。就怕在天界素來無人敢招惹的仙人，會因被冒犯而翻臉，「那那那，那可是那個張大人……」

「俺也不知道啊，相菰。俺很想上前，可是……」阿蘿擺出預備救援的姿勢，但一對上張果那雙黑澈的眼睛，立時畏縮地一抖。它很怕自己一過去，就會被人攔腰折斷。

「你們嘰嘰喳喳地在說什麼？」川芎抽空瞥了眼阿蘿與相菰，「說那麼小聲誰聽得到？」

就是不敢讓人聽到才說那麼小聲啊！相菰抱著阿蘿，淚眼汪汪。

「川芎，藍小弟是跟你說了什麼嗎？」雖然有聽見植物們的對話，但既然他們不想讓當事者之一聽見，薔蜜便體貼地幫忙岔開話題，壓根沒注意到相菰在看向自己時，淚眼汪汪立刻變成了心心眼。

「他說會想辦法過來找我們。還有……」川芎皺眉，「他要我們設法先抓住滿天星。」

這話一出，與川芎同爲人類組的薔蜜、莓花流露出困惑；相反地，相菰和阿蘿卻是同時擊掌，滿臉恍然大悟。

「對吼！俺怎麼忘記這關鍵的一點？夥伴、夥伴，你眞不愧是俺的小藍夥伴啊！」阿蘿雙手交握，大聲地誇讚著。

「現在不是說這個的時候吧？」川芎長臂一伸，直接從相菰懷中拎起阿蘿，黑瞳威嚇似地瞪著它，「快說，這到底是爲什麼？」

「因爲只要抓住滿天星，天堂就絕對不敢輕舉妄動了。」

相菰小小聲地說，但在發現薔蜜的視線也投注在自己身上時，頓時挺起了胸膛，想在心上人面前好好表現。

「天堂他啊，超級迷戀滿天星的！」

「啥？」沒想到會聽見這樣的答案，換川芎張著嘴，愕然地望著相菰。

他剛是說什麼？天堂迷戀滿天星？那個看起來冷冰冰的橘髮少年，迷戀那個和他們家莓花差不多年紀的小丫頭？

……這什麼世界。

「就像相菰說的那樣，哥哥。」

藍采和笑吟吟的聲音從手機裡傳了出來。

「滿天星剛剛跟我算是有接觸，我想她暫時不會再出現在我面前，所以由哥哥你們下手應該可行。阿蘿身上有很好用的法寶，詳情你再問它，我現在馬上想辦法趕過去。」

「法寶？什麼法寶？喂，藍采和！」聽見手機裡傳來斷訊的聲音，川芎只能收起手機。

他瞇細眼，盯著據說身懷法寶的阿蘿。他很難想像，這根人面蘿蔔會在接下來的計畫中擔任關鍵性角色。

「葛格，小藍葛格是不是又說了什麼？爲什麼你要看著阿蘿？」模仿兄長的動作，莓花也眨巴著大眼睛，好奇地盯住阿蘿。

「討厭，你們不要這樣熱烈地看著俺。」受到多雙眼睛注目，阿蘿雙手捧在胸口，滿臉嬌羞，「俺會害羞的啦。」

「小莓花乖，這種有害眼睛的畫面不適合小孩子看。」薔蜜直接捂住林家么女的眼睛，不讓她看見嬌羞起來令人覺得有點噁心的人面蘿蔔。

川芎倒沒像往常惡狠狠地出言恫嚇，例如說要把對方做成蘿蔔湯或是蘿蔔絲之類，他只是挑眉、冷冷一笑，說：「信不信我把你塞給張果？」

事實證明，這是相當成功的新威脅方式。

對阿蘿來說，張果和鬼針一樣，都是最不想靠近的恐怖人物。

「報告長官，請讓咱們來擬定作戰計畫吧！」阿蘿瞬間收起嬌羞，挺胸縮小腹，在葉子還被抓住的情況下，擺出最標準的敬禮姿勢，「不過要先麻煩你告訴俺，小藍長官是交代了什麼？」

「藍采和說，你身上有可以抓到滿天星的法寶。」川芎也不囉嗦，直接切入重點。

阿蘿先是思索地摸摸可能是下巴的部位，接著它似乎想到什麼，迅速地彈指。

「原來小藍夥伴說的是那個！抱歉啊，川芎大人，可不可以先把俺放下來？」

待雙腳跺地，阿蘿馬上伸手在它茂密翠綠的蘿蔔葉裡摸索，不久還眞取出一疊東西。

「見鬼了，這是怎麼塞的？」川芎咂舌，「那裡是什麼不可思議空間不成嗎？」

「川芎同學，我想我告訴過你很多次了。」薔蜜語重心長地拍上青梅竹馬的肩膀。

「認眞就輸了。囉嗦，我又不是不知道。」川芎拍掉薔蜜的手，他發現自己可愛的妹妹已經湊過去看照片。

沒錯，從阿蘿葉子裡拿出來的是一疊照片。

然後，莓花不知道是看見什麼，她睜大眼睛，低頭摸摸自己細細的胳膊，再抬頭望著照片，最後一臉大受打擊的表情。

川芎連忙搶過阿蘿手上的照片，想看清究竟是什麼讓莓花哭喪著臉。

只不過這一看，川芎卻是呆了，他抓著照片，好半晌都沒有反應。

「哎呀。」薔蜜推下鏡架，略顯吃驚地看著照片中一身褐亮肌膚、肌肉賁張結實、相當高大又健美的……女性，「這位看起來比川芎同學還有男子氣概的小姐是？」

「喂。」川芎沒反應不代表沒聽見，他扔了記白眼過去。

「薔蜜大人，這位就是在多崎的選美比賽中，迷倒小藍主人的十八號小姐。」相菰踮起腳尖，熱心地指著照片中媲美健美小姐的強壯身影。

相菰說的，是他們前陣子去多崎濱海小鎮時發生的事。

當時多崎連續發生多起遊客無故溺水的事件，即使沒有造成任何傷亡，卻打擊到這座以沙灘和美麗海水聞名的小鎮了——雖然他們去了之後才知道，原來溺水事件跟藍采和的失蹤植物有著密不可分的關係。

為了吸引更多遊客，所以多崎舉辦了泳裝選美比賽。而照片裡的女性，就是當時的第十八號參賽者。

薔蜜也有去多崎，不過舉辦選美比賽時，她留在民宿房間裡，自然不清楚這號人物；也不知道對於崇尚肌肉的藍采和來說，對方無異美如天仙。

「為什麼會有這疊照片？說！」川芎的口氣像是在審問犯人，畢竟這些東西可是讓他家莓花露出沮喪表情的原凶。

「川芎大人不知道嗎？夥伴有跟這位小姐交換電子信箱當筆友呢，這些照片都是夥伴特地要來收藏的唷。」

阿蘿不解釋還好，一解釋更是讓莓花倍受打擊，圓亮的大眼睛浮現薄薄的霧氣。

莓花淚眼汪汪地扯著川芎的衣角，「葛格、葛格，莓花也可以變得跟這位姊姊一樣嗎？莓花……莓花也想要迷倒小藍葛格……」

「不可以！莓花妳絕對不能變得跟她一樣！妳現在就可以迷倒藍采和那小子了！」川芎連忙抱起妹妹，斬釘截鐵地說。他不忘暗中投給阿蘿和相菰凶狠的眼神，要他們別再提肌肉的話題。

「那個、那個，莓花大人非常可愛，小藍主人眞的很喜歡妳呢。」見自己的失言讓莓花大受打擊，相菰趕緊設法補救，「川芎大人，照片就給我吧，我立刻去設陷阱。」

「其他人就跟著俺走吧，咱們先到另一邊躲著。」當相菰拿著照片跑走，阿蘿則是扯下頭頂的一根蘿蔔葉，充當導遊的小旗子在半空揮呀揮的，帶領眾人往目的地移動。

川芎一群人全躲到某個空房間裡，從門口望出去，可以清楚看見走廊上相菰的行動。個頭矮小的男孩彎著腰，一邊後退，一邊將照片等距地放在地板。

那些充斥著健美身影的照片，就這麼放了整路，直直延伸到川芎他們躲藏的房間。川芎怎麼也沒想到，所謂的陷阱竟是這樣設的。

這根本就不叫陷阱吧！

「別開玩笑了，你們這是把照片當餌嗎？」川芎壓低聲音，惱怒地對躲在門口旁邊的相菰說道：「你們該不會以爲，眞的會有人爲了撿照片一步步靠近吧？滿天星又不是藍采和那小子，怎麼可能……」

話說到後面，川芎忽然沒了聲音。他想起自己和滿天星初次見面時，洋娃娃般的小女孩坐在自己身上，毫不矜持地掀起他的衣服，小手亂摸著他的胸膛，而且還一臉陶醉。

「靠，不會吧……」川芎喃喃地說，不敢置信地望向相菰和阿蘿，「你們該不會是要告訴我，滿天星和藍采和一樣，都是……」

「他們都是熱愛肌肉的好碰友喔，川芎大人！」

阿蘿朝他豎起大拇指，不忘將自己充當小旗子的蘿蔔葉插回頭上。

「滿天星還和夥伴在天界組成了肌肉萬萬歲聯盟，她是會長，夥伴是副會長，俺是掛名的社員。按照天界法規定，社團要三人以上才能成立。附帶一提，滿天星喜歡肌肉也喜歡年紀大的唷。」

「哦？那我們說不定合得來呢。」欣賞的類型是中年大叔的薔蜜摸著下巴，微微一笑。

川芎無力地閉上嘴，萬萬沒想到，那個擁有紫藍色眼睛和粉紫色頭髮的小女孩，居然喜歡「肌肉」？

……管他哪個神明在上，這到底是什麼狗屁世界啊！

爲了成功誘捕滿天星，川芎他們靜靜地在房間裡等著。而等待的過程中，川芎不時還得將我行我素的張果抓回來。

直到川芎終於不耐煩地沉下臉色，威脅張果，要是他再不安分，自己絕對會當著眾人的面痛揍他的屁股一頓之後，張果才總算安靜地坐在牆邊，看著牆壁發呆。

時間就在等待中一分一秒流逝。

雖然不論是相菰或阿蘿，都信誓旦旦地保證喜愛肌肉的滿天星定會爲了這些照片現身，但川芎的心裡仍抱持著懷疑。

就算滿天星真的想出來，天堂和那對雙胞胎難道不會攔著她嗎？除非滿天星是瞞著他們偷偷的……

幹！還眞出現了？川芎差點因眼前畫面被口水嗆到，連忙捂嘴，雙眼難以置信地睜大。

從門口望出去，可以看見牆壁上忽然竄冒出許多銀藍色星星光環。很快地，那些光環凝聚在一起，隨即有抹嬌小玲瓏的身影從半空中跳下。

宛若一尊洋娃娃的紫髮小女孩先是朝左右望了望，似乎是在確認四周情況，緊接著，她惡虎撲羊般，一個箭步蹲到首張照片前。

即使隔了段距離，川芎等人依然能看見滿天星的雙眼綻放出燦爛光芒。她雙手捧起照片，用臉頰蹭了蹭，小臉滿是陶醉興奮的神情。

林家長男頓時沉默了，滿天星對肌肉的執著讓他什麼話也說不出來。

而就如相菰和阿蘿的保證，這根本漏洞百出的計畫竟然眞的順利進行下去。

滿天星彷佛忍耐許久，每發現一張肌肉照，她雙眼就一亮，只差沒開心地歡呼出聲。她的目光緊緊黏在照片上，完全沒發現正前方的門口旁，一堆人正在守株待兔。

隨著距離越漸拉近，地板上的照片也一張張地減少。

終於，滿天星來到門口前，照片剩下三張、剩下兩張、剩下最後一張……

滿天星不知不覺進到了房間裡。

「川芎大人，就是現在！」相菰立刻大叫。

就算覺得撲倒小蘿莉是可恥的行爲，但爲了能牽制天堂，川芎只能在心裡邊唾棄自己，邊和相菰一同撲向滿天星。

聽見相菰聲音的滿天星抬起頭，眸子驚慌大睜。不只是因爲突然有人朝自己撲過來，更重要的是，她看見張果正用一雙黑得沒有光的眼，漠然地注視自己。

那眼神讓滿天星直覺感到害怕，就像是被蛇盯住的青蛙，喪失了逃跑能力。

一時間，滿天星竟忘記使用自己的能力逃逸，只能反射性尖叫出聲。

「天堂救我！」

天花板上的日光燈管全數碎裂，劈里啪啦地響個不停，房間瞬間成了一片昏暗。

但昏暗也只是短短數秒。

滿天星腳下突然出現淡藍色光輝，那陣光芒立時往四周擴散，將原本普通的水泥地板和牆壁全都染成了透明藍。

透明藍的空間猛然被撕出裂縫，三抹身影從黑色通道內飛快衝出。

「小小姐！」

「小星！」

天堂與雙生子眨眼間出現在川芎等人面前。

看見滿天星被川芎和相菰抓著，天堂眼睛發紅，憤怒如狂風暴雨席捲而來。

「放開小星！」天堂的雙掌一秒出現巨大鐮刀，橘紅色的弧形刀鋒猛地朝著川芎和相菰揮去。

「川芎大人！」相菰驚呼，連忙將川芎猛力拉下，有驚無險地避開這波攻擊。

著冷酷。

鐮刀沒有成功傷害到目標，而是在牆上劃出嚇人痕跡。

天堂卻沒有在意，他長臂一伸，一把搶回了對自己來說最重要的小女孩。

將臉色嚇得發白的滿天星輕輕放下地，天堂回過身，色澤宛若夕陽在燃燒的雙眼裡凍結

「相菰，你好大的膽子。」天堂冷笑，吐出的字句冰冷無比，手中鐮刀如同映照他的情緒，折閃出森寒冷光，「敢動小星，休怪我無視同胞情誼。」

話音剛落，天堂提起鐮刀，腳尖一蹬地，身形如同箭矢朝著相菰而來。

「相菰！」莓花心急如焚地大喊，眸中甚至急出了淚。如果不是薔蜜抱著她不放，她可能真的會衝動地跑出去。

然而危機並非只逼近相菰。

「忘記我們的存在是不行的。」少女說。

「不行忘記我們的存在。」少年說。

薔蜜一驚，她抱著莓花迅速抬頭，一金一銀的相似身影立即映入眼中，同時逼近的還有縱橫交錯的雙色毛線。

「薔蜜大人、莓花小姑娘！俺這就來保護妳們！」阿蘿三步併作兩步地衝過去，它用力地彈跳起來，張手擋在薔蜜和莓花之前。

金色和銀色的毛線纏綑住阿蘿，不到數秒，一根被纏得只剩眼睛、嘴巴露出來的蘿蔔，

「咚」的一聲墜落在地。

「爲什麼毛線會先纏上那根蘿蔔？」銀夕不敢相信地尖聲喊著，「金月，是你的錯，是你想要先抓那根蘿蔔的對吧？」

「胡說，想抓那根蘿蔔的人是妳才對吧，銀夕！」金月不甘受到誣賴，不高興地反擊回去，「我要抓的明明是小孩和女人！」

「呼呼呼……知道俺的厲害了吧？」躺在地上的阿蘿發出得意的笑聲，「俺可是經過小藍夥伴的千錘百鍊，任何繩子看到俺都會下意識想要綁住俺……喂，等一下！不要無視俺而對薔蜜大人她們出手啊！」

阿蘿得意的笑聲到中途就轉爲悲鳴。

金月和銀夕完全忽視它，再次祭起毛線，直接對薔蜜、莓花發動攻擊。

金、銀毛線並沒有把兩人纏成阿蘿那副模樣，而是束縛住四肢，限制她們的行動，並在她們周圍交織數條毛線，形成一個簡易的禁錮之地。

緊接著，金月和銀夕就像是看守的獄卒，一左一右站在牢籠前。

「我必須說一件事。」既然被剝奪了自由，暫時也沒有危險，薔蜜乾脆平靜地對阿蘿說出她剛才就想說的話，「阿蘿先生，你那體質其實有點噁心。」

阿蘿大受打擊，蘿蔔葉全塌了下來。

另一邊，相菰躲得狼狽。這地方沒有足夠的水源讓他召出水鍵盤，同時他還得避免天堂把川芎和張果當作目標。

鋒銳的刀鋒又橫空劈來，相菰下意識地想再閃避，卻瞥見了薔蜜和莓花的情況。

「薔蜜大人！莓花大人！」發現暗戀的對象被縛，相菰哪可能冷靜得下來，他的心思全落到薔蜜身上，一時忘記自己還在與天堂戰鬥。

「相菰你還不躲！」比相菰的尖叫更快的，是川芎氣急敗壞的怒吼。

從眼角餘光驚見相菰居然忘記躲閃鐮刀，川芎的一顆心幾乎要跳到喉嚨了。他不敢猶豫地拽住相菰，在刀鋒揮下的刹那，千鈞一髮地將人拽拉到自己懷裡。

揮刀落空的天堂暫時停止行動，他盯著黑髮男人，眸光這瞬間變得越發冷酷。

「天堂，你想做什……！」嗅到不對勁的相菰臉色刷白，話還來不及喊完，前方的橘髮少年已再次逼近，橘紅色鐮刀高舉。

相菰急忙伸手，既然沒辦法使用水鍵盤，他打算召出三色菇來作爲屏障。

天堂眼神冷酷，鐮刀俐落斬落。

然而橘紅色冷光卻不是針對相菰，而是揮劃過他面前的虛空。

相菰起初還猜不透天堂的意圖，但下一秒，他驚慌地發現三色菇居然無法鑽出地板。

「我把地板『封閉』住了，相菰。」天堂噙著冰冷的笑，不給植物同伴反應的機會，他一手抓住對方的衣領，將那矮小身體朝旁扔去。

就像是早已準備好，金色和銀色的毛線疾速飛來，三兩下就把相菰綁得動彈不得。

金月和銀夕互望一眼，滿意地點點頭，人質數量頓時再加一人。

不去看被關在線牢裡的人們加一根蘿蔔，天堂的目光鎖定川芎，猝然出手。

「天堂！」

「川芎！」

「葛格！」

「天堂你不能動川芎大人啊！」

此起彼落的驚叫聲中，鋒利無比的鐮刀破空揮下。

但是，卻不是針對川芎揮出，竟是朝川芎斜後方的張果而去！

阿蘿和相菰發出了更加淒厲的慘叫。

「天堂住手！」

「那位絕對不行！」

川芎這瞬間只覺腦袋空白，他沒聽見阿蘿他們的慘叫，身體反射性先行動了。

他想也不想地擋在張果面前，抱住那名居然不閃躲的孩子，用自己的背當作護盾。

張果的黑瞳刹那間急遽收縮，誰也沒有看見。

天堂的臉上掛著更加冰冷的笑，他嘴角揚起，鐮刀毫不留情地直直斬下——

有什麼從中阻擋了鐮刀的攻勢。

尖銳高亢的金屬撞擊聲響徹室內，炫亮的火花甚至從交擊處迸濺出來。

天堂臉上冷笑僵住，他的鐮刀被人擋下，被植物當中速度最快的風伶的刀擋下了。

「主子有令，誰也不准傷害川芎大人，你也不例外。」雙眼閉合的銀髮男人說，唇畔沒有任何弧度。

「風、伶！」天堂從齒縫間擠出森寒的聲音，他不是笨蛋，當然知道風伶現身意謂什麼。放棄再次攻擊川芎，天堂提著鐮刀，迅速與風伶拉開距離，卻沒想到剛躍離一、兩步，身體竟全然動彈不得。

「怎麼能隨便後退呢？你不是想要我來嗎？」

清澈如水的少年嗓音拂過天堂耳畔，他的身體第二次出現僵直。他感覺有兩隻光滑的手臂無聲無息地從後伸出，圈住他的肩膀。

「我們這就來好好算一下總帳吧，天堂！」清澈如水的嗓音倏然滲入猙獰，圈住天堂肩膀的藍髮少年明明綻出了笑，但散發的氣勢卻是用「恐怖」兩字也難以形容。

「敢做出這些事，你最好有心理準備知道『慘』字他媽的要怎麼寫！」

貳貳 天堂

藍采和終於在緊要關頭趕過來。

即使外表看起來依然溫和，但只有他知道，當他望見天堂竟舉起鐮刀朝川芎他們揮下時，一顆心幾乎都要提到了嗓子眼。

不行不行，絕對不能讓這事發生的！

在風伶提刀擋下鐮刀的同時，藍采和自己則守在天堂背後，等待對方自投羅網。

確實就如藍采和所料，天堂不會貿然與風伶硬碰硬，尤其他明白風伶現身代表何意。

藍采和伸手圈住天堂的肩膀，正準備用光絲將那具身子捆綁起來，卻沒想到天堂突然發出了他無法理解的低笑。

藍采和一怔。

就是這短短的刹那間，讓天堂敏銳地抓到空隙，手中鐮刀迅速拄地，屬於他獨特的封閉能力頓時展現。

看不見的屏障阻擋了光絲近身，天堂同時再將鐮刀柄朝後撞去，趁藍采和鬆手瞬間，掙脫那雙蒼白手臂的箝制。

天堂馬上與藍采和拉開距離，他落於另一側角落，護在滿天星身前。

遭到天堂逃脫的藍采和只嘖了聲，他掃視整個房間，看見莓花等人被困在毛線交織成的牢籠裡時，眼中閃過一絲淩厲，那使他向來柔和的藍眸看起來像冰凍的湖泊。

或許是判斷出現在不是救援的最佳時機，藍采和只能強壓下憂心。他飛退至川芎面前，毫不猶豫地擋住對方，用行動向天堂表示，他身後的這名人類不容許受到傷害。

「我就知道那個幻境不可能困你太久的，藍采和。」天堂唇邊浮現冷笑，就連說話的聲音也冰冷得不可思議，「現在你不覺得這是一個很好的機會嗎？」

「哦？哪一種很好的機會？」相較於天堂冰冷的聲音，藍采和的語氣仍是一貫的柔和。他不著痕跡地瞥了川芎後方的張果一眼，眉眼清冷的小男孩對他的出現果然沒有任何反應。

這樣很好，藍采和暗暗鬆了口氣。如果張果真的有任何反應，他才會傷腦筋，他一點也不希望自己的植物被張果不留情地剷除。

此刻的張果的確在實行先前允諾過的——在約定時間到來前，他無論如何都不會出手，不管發生什麼事。

「你問我？我的主人，這眞是教我吃驚，你居然會問我這個問題？」

天堂的笑容越咧越大，看得一旁的金月、銀夕心驚膽跳，他們從不曾見天堂這樣笑過。

下一秒，天堂的笑容凍成森冷。

「新仇舊恨一起算上，你以爲我會放過這次打倒你的機會嗎！」

不待藍采和出手，橙紅色的鐮刀已迅迅速地朝藍采和方向縱揮而去，帶著逼人的冷冽和鋒銳的風勁。

幾乎在天堂揮出鐮刀的瞬間，風伶的手指亦按在刀柄上，然而站在前方的藍采和就像是預知到他的動作，柔和的嗓音猛地拔高。

「風伶，你忘記我的命令了嗎？不准出手！」

風伶從來不會忘記，更別說違背主人的命令。

放在刀柄上的手指收回，風伶飛快地將臉轉向金月、銀夕，然後身形改往那方向撲去。

在兩人驚覺前，雙眼閉合的銀髮男人已站在他們旁側，幾近透明的長刀橫舉，以防他們中途出手，擾亂這場屬於天堂與藍采和的戰鬥。

泛著淡銀光芒的無數絲線從藍采和指間竄出，眨眼間，這些銀絲張結成網，硬生生承接天堂的那記斬擊。

明明就是柔軟無比的銀絲，可鐮刀的刀鋒卻怎樣也無法突破。

天堂眸光冷下，握著鐮刀柄的雙手施勁，但銀絲只是隨他的力道往下，仍沒有斷裂。

目睹此景，滿天星只覺心焦如焚。她不知道爲什麼天堂會跟那名藍髮少年打起來，還稱對方爲主人。

主人、主人……如果那名少年真的是天堂的主人，是不是……也是她的主人？

滿天星想不透，越想頭越痛。她完全沒有任何相關記憶，可是有一件事是確定的，她不希望天堂受到傷害！

她的小手往虛空一抓，掌心間頓時冒出星星形狀的光環。

剛好面對滿天星的藍采和沒漏掉這幕，他在上回已經吃過滿天星幻術的虧了，倘若再讓對方製造出大量花朵，那麼這場戰鬥立刻就會畫下句點。

「會長，不守規矩是不行的。」藍采和吐出了奇異的稱呼。

天堂和滿天星的臉色同時一變。

滿天星的幻術戛然而止，她睜圓眼睛，覺得自己一定在哪聽過這個稱呼。

「小星！」天堂迅速扭過頭，望見的卻是小女孩眼露茫然和困惑的模樣。他心裡一緊，沒料到單單兩個字就能對滿天星造成影響，他明明已完美封閉了她的記憶——每當封閉快要失效時，他就會再次施展。

難以言喻的憤怒湧上天堂心頭，他立即想將怒氣發洩到始作俑者身上。

橘髮少年快速地再回過頭。

然後，映入他眼中的是藍采和溫和無害的笑臉。

「嘿，我不是叫你該準備知道『慘』字怎麼寫了嗎？」

藍采和笑意吟吟，然而掛在臂彎上的提籃不知何時已來到手中。他抓緊籃子提把，毫不留情地將籃子當成凶器，重重地往天堂腦袋砸去。

所有人目瞪口呆，誰也沒想到平常只是充當裝飾品、最多就是讓植物們進進出出的竹籃子，竟也有被當成凶器的一天。

外表看似以竹條編製，但實際上不知是何材質的籃子，搭配藍采和的天生怪力，形成了完美的暴力。

天堂手裡的鐮刀掉落在地，他被打得後退幾步，也就只有幾步而已。

因爲藍采和下一秒就用光絲縛住天堂的身軀，令他動彈不得。

成功限制住天堂的行動，接著，藍采和輕巧如貓地繞到他面前，藍眼全是柔軟的笑意。

「小莓花，把眼睛閉起來一下好嗎？」藍采和忽然笑容可掬地對莓花說。

雖然不知道要做什麼，但只要是藍采和說的話，莓花就毫無來由地感到安心。

有小藍葛格在，一定不會有事的！莓花聽話地閉上眼。

確認林家么女的雙眼閉起，藍采和重新回望天堂，後者是一臉冰冷又挾帶怨怒的表情。

藍采和毫不在意，他後退幾步，微微一笑，「你最好咬緊牙關了，天堂，這次跟剛剛可不一樣啦。」

下個瞬間，藍采和握緊拳頭，凶猛地朝天堂一拳揮出。

這還是川芎等人初次看見藍采和在仙人形態下，不帶任何玩笑性質，毫不留情地對自己的植物揮出拳頭。

天堂只覺得難以言喻的巨大疼痛轟上臉頰，即使身體被光絲縛住，那股力道還是大得衝斷了光絲的箝制。

淡銀絲線盡數斷裂，天堂的身體就像是砲彈般倒飛出去。

「天堂！」滿天星眼中溢出淚，稚嫩的嗓音染上哭腔，她再也忍耐不住地伸出雙手。

天花板上的星星飛也似地聚集落下，在天堂即將狠狠撞擊到地面的前一秒，星星光環鋪展開，像張地毯般承接他的身體。

「可惡！」

「可惡！」

天堂的受創驚回了金月和銀夕的神智，恐懼和怒氣交織，最後形成一股更巨大的衝動。

「就算天堂愛壓榨人、濫用暴力！」

「還是個戀童癖、可惡的魔鬼！」

趁風伶見到天堂被擊倒而放鬆，金月和銀夕突破防守，朝中央的藍髮少年衝過去，他們異口同聲、氣急敗壞地高聲叫道。

「也不該是由你這個娘娘腔來打倒他！」

在場的所有人，包括川芎、薔蜜、相菰、阿蘿、風伶，甚至還有天堂，都能清楚地聽見某人理智線斷裂的聲音。

「你們他娘的……說誰是娘娘腔啊王八蛋！」伴隨著憤怒的咆哮，兩記強而有力的拳頭接連揮出。

瞬間只見兩抹身影高高飛起，撞破了透明藍的天花板，在夜色流瀉進來的同時，呈現完美拋物線飛了出去，還在天邊一角劃過金銀色的光芒。

「這下應該算是場外全壘打了。」隨著雙生子消失，人質們身上的毛線也跟著消退。薔蜜瞇起眼，望著上方的兩個人形大洞。

藍采和深呼吸幾次，才甩甩握拳的手，一步步靠近天堂與滿天星。

「不、不要過來！」滿天星抓著天堂的手，她的腦袋一團混亂。不知爲何，她覺得朝他們走近的水藍色身影既熟悉又親切，可心裡的某個角落卻又大喊說那是打傷天堂的人。

「滿天星？」小女孩的排斥讓藍采和愣了愣，他頓下腳步，朝她溫柔地伸出手，「滿天星，妳忘記我了嗎？我可是妳的副會長呢。」

副會長？什麼東西的副會長？滿天星不自覺地大力抓住天堂的手，她感覺有某個極爲重要的關鍵字就快突破腦中的迷霧，直衝出來。

那究竟是什麼？非常重要的……

滿天星的小臉上閃現混亂和痛苦。

「小星不要聽他的，妳跟藍采和一點關係也沒有！」天堂吃力地撐起身，咬牙擠出話，就算這動作會令他高高腫起的臉頰更加劇痛難耐。

藍采和的微笑降了些溫度，「靠杯啦，天堂，你眞的是學不乖嗎？我知道你不喜歡我，但你非得要老子對你先嗶——再嗶——才肯乖乖聽話嗎？」

藍采和咬破食指，血珠從傷口溢出，旋即像是獲得生命，靈巧地飛旋到半空中。隨著藍采和再次邁出步伐逼近，空中的血珠也在改變形態，眨眼增長擴大。

當藍采和站定在天堂跟前，寫著「小藍專屬」的巨大圖印也覆蓋在天堂的頭頂上空。

藍采和舉起手，紅印就要罩下。

「不行、不行……」滿天星眼神漸趨狂亂，「不可以、不可以，絕對不可以……」

「小星？」天堂察覺到滿天星的不對勁，他想要搭上對方的肩膀，卻在伸出手之前被滿天星反射性揮開。

「誰也不能傷害天堂！」滿天星抱著頭，倏然放聲尖叫。

淒厲的童聲像刀般劃開空氣，震動著這個透明藍的房間。

不對，這房間是真的在震動！

就像被一隻看不見的大手肆意揉捏，天花板凹陷下來，地板上下起伏。

「滿天星！」藍采和想要穩住身形，但腳下一個顛簸卻讓他跌跪在地。

「小藍夥伴！」阿蘿大叫，無奈也自身難保。它身下的地面忽然彈升，使它飛起又落下。

薔蜜緊緊抱著莓花，她們已經滑到牆角邊。她以背抵牆，使盡一切力氣穩住身體。

「薔蜜大人！」相菰想要召出三色菇當作保護墊，但地板被天堂用了封閉能力，不僅召不出來，他也隨著地面傾斜一路滑到薔蜜身邊。

還是薔蜜眼明手快，空出手抓住相菰的領子，使他避免直接撞上牆壁的命運。

另一邊，川芎則是抱住個頭矮小的張果，努力與震動的地面對抗，只可惜效果不彰。在他即將滑撞上後方牆壁之前，另一隻白皙手臂及時抓住他。

風伶將刺進地面的長刀當作支撐點，抓著川芎的手才慢慢鬆開，使對方可以不受太大衝擊地靠上牆壁。

透明藍的房間此刻像是被人拎起，劇烈地晃動著。

不僅如此，原先泛著藍光的牆壁也在變化。那些美麗的藍色迅速剝落，黑色正包覆著整個空間。而在其中的兩邊角落，甚至冒出了熾熱的火焰和凍人的寒冰。

滿天星像是什麼也沒發現，依然抱頭尖叫著。

「小星！小星！冷靜下來！」天堂眼中再也尋不著任何冷酷，俊美的面孔因焦急而扭曲，但是他想要靠近的手，卻被突然自滿天星身邊湧出的星星光環彈開。

黑色、藍色、火焰、寒冰、銀藍色的星星光環，這個空間就像是扭曲錯亂了一樣。

藍采和當然知道這是怎麼回事，其他植物也知道。

這是滿天星的幻術正在失控崩潰。

過度強大的幻術會成爲眞實，再這樣下去，會危害到所有人。

「天堂，我要跟你說抱歉了，我必須對滿天星用稍微粗暴一點的手段。」藍采和輕聲地說。他知道天堂有多重視滿天星，他也重視自己的植物，可無論如何，都不能再任由情況失控下去了。

水藍色眼眸一暗。

天堂的心猛然一緊，聲音滲入慌張，「住手！那明明不是小星的錯！一切都是我的錯！

藍采和，你不能對小星動手——」

他幾乎是撕心裂肺地喊。

同時間，卻有另一道平淡漠然的聲音響起，那是屬於小孩子的聲音。

「吾之名爲張果，現在要求解除乙殼封印，應許・承認。」

沒有特意放大的童聲，卻無比清晰地傳入每個人耳中。

下一刹那，白光熾綻。

貳參 第七位仙人

川芎感覺到懷裡的小男孩掙開他的雙臂，然後聽見平淡的童聲說出解除乙殼的咒語。

再然後，他看見了光。

那是一片潔白且沒有任何雜質的光，白得不可思議，白得純粹。不似藍采和、何瓊那般柔和，也不若曹景休的剛硬。

包圍住張果、乃至整個空間的光，是不帶溫度的。

白光吞噬了黑色、藍色、火焰、寒冰，還有銀藍色的星星。

那只發生在剎那間，但川芎卻有種長似永恆的錯覺。

白光讓川芎忍不住閉上眼，直到光線似乎不再那麼扎人後，他才慢慢張開。

川芎徹底呆住。

錯亂的空間已經恢復正常，沒有黑色、沒有藍色、沒有寒冰、沒有火焰，也沒有銀藍色的星星光環。牆壁和地板都是再普通不過的水泥，破碎的日光燈管懸吊在天花板上。

滿天星倒在地上。

佇立在房間中央的，是一抹高大頎長的身影。雪白長髮披散在背後，髮絲末端微鬈。

白髮男人身覆近乎及地的白色長袍，手持一根通體透白的法杖。他的雙眸呈現詭異的銀白，乍看之下，令人以爲那雙細狹的鳳眼沒有瞳孔。

那是一雙會讓人感到恐怖的眼睛。

而在男人眼下，則烙著宛若獠牙的白紋。

男人的面孔沒有表情，他周身氛圍甚至是平淡的，但卻散發出無與倫比的威壓感。

這就是張果，八仙之中的張果。

「這……眞的是……」薔蜜無意識地推扶下鏡架，美麗的臉孔上有著掩不住的吃驚。

川芎則完全說不出話了。他作夢也沒想到，自己以爲毛都還沒長齊的小鬼，轉眼間居然變成一名成熟高大的男人。

張果沉默不語，他舉起雪白的法杖，杖端直指滿天星。

「果果，你要做什麼？」藍采和心生警覺，「時間還沒到，你不能……果果！」

身形玲瓏的小女孩突然平空飛起，緊接著被無形力量施壓，朝身後牆壁疾速飛去。

天堂沒辦法思考，他只知道不能讓滿天星受到傷害。他用盡所有力氣撲了過去，抱住滿天星，他的身體重重地撞擊在牆上。

張果的法杖仍是平舉。

天堂感覺身後的牆壁好像在凹陷，似乎還傳來劈里啪啦的聲響，他快要不能呼吸。

「果果！」

「張果你住手！」

數條光絲纏住張果的法杖，藍釆和指間抓拉著光絲，一雙藍眸是與平時不同的凌厲。牆上的滿天星和天堂跌了下來。

張果卻不在意自己的法杖被壓制，他微微偏過臉，淡然地看著對他咆哮的林家長男，他說：「我只是讓他們『鎮靜』下來。」

鎮靜？什麼意思？川芎不解，可他卻看見藍釆和與他的植物全都露出鬆口氣的表情，相菰甚至脫力般地跪坐在地。

於是川芎也跟著稍稍放下心。好吧，看樣子絕對不是什麼壞事。

像是要驗證川芎的猜測，被天堂緊緊抱著的小女孩忽然呻吟一聲，接著慢慢睜開眼睛。

直到這時，確認一切都已結束的薔蜜才放心地鬆開手，不再讓莓花埋在自己懷裡。

「已經沒事了，小莓花。」她柔聲地說。

聽見這話，莓花抬起頭，然後用最快的速度撲進川芎懷裡，用力地抱住自己的哥哥。

滿天星終於完全睜開眼，她先是低頭望望自己，再轉頭看看抱著自己的天堂。緊接著，她的目光移向其他人，最後定在藍釆和與張果身上。

紫藍色的眸子困惑地眨了眨。

下一秒，滿天星瞪大眼，「釆和主人？張大人？為什麼你們會……哇！不好意思，我失禮了！」

似乎猛然想到什麼，滿天星快速地跳起來，她雙手提著裙角，慌張地向張果欠身行禮。

也不在意對方是否有正視她——反正在天界，張果本來就是令人捉摸不定的人物——滿天星隨即轉頭望著藍采和，她雙手交握，眼裡閃動著點點光彩。

「采和主人，不，副會長……我好想你啊！」滿天星歡欣地大叫一聲，朝藍采和飛撲過去，用力地抱住他。

「會長，我也好想妳啊！」開心的笑顏綻露在臉上，藍采和也大力回抱。

「喔喔！雖然沒有肌肉的觸感，但這個力道……采和主人，你越來越有男子氣概了！」滿天星陶醉地磨蹭了下藍采和的胸口。

川芎看見天堂的臉色瞬間發青，卻絕不是因為傷口作祟。

「好好……莓花也想被小藍葛格『噗啾』一聲地抱在懷裡……」莓花滿臉羨慕，眼中有著渴望。

「哎呀，這可能有點難了……」薔蜜苦笑。凡人被藍采和「噗啾」一聲地抱在懷裡，那估計是要出人命了。

像是終於磨蹭夠藍采和的胸膛，滿天星維持著掛在他身上的姿勢，轉過頭，看著那些她認識與不認識的人們。藍紫色的眸子快速地眨了幾下，似乎一時間還不明白發生什麼事。

「滿天星，妳還好嗎？妳都想起來了嗎？」離滿天星最近，因為年齡相近而感情較好的相菰關切地問著。

滿天星頓時忘記自己在思考什麼，她再扭過頭，雙眸緊盯相菰。

相菰被她看得莫名其妙，可就在下一刻，換他臉色乍變。在天界時，他和滿天星確實是交好，但滿天星有個毛病總是令他吃不消。

玉帝在上，小藍主人在上啊！我怎麼會忘記了？！相菰冷汗直冒。

眼見滿天星七手八腳地自藍采和身上爬下，改朝自己步步逼近，相菰再也忍耐不住，他尖叫一聲，反射性撿起阿蘿充當防身武器，轉身就逃。

滿天星馬上就追！

「嗚哇！不要啊！滿天星妳不要再逼我了，我眞的不想變那種東西啊！」

「什麼那種東西？那是藝術，是美的結晶！相菰我拜託你快變給我看啦！」

「不要不要，說什麼我也不要變成健美先生讓妳摸個夠！人家……人家還沒嫁人啊！」

「不然變成健美小姐其實我也不在意……啊，這位小姑娘好可愛喔！」

滿天星經過莓花身前時，猛地煞住腳步。她優雅地提起裙襬行禮，再牽起莓花的小手。

「小姑娘，妳喜歡肌肉嗎？要不要加入我們肌肉萬萬歲聯盟？我是會長，采和主人是副會長，妳可以當榮譽會員唷。」

聽見藍采和的名字，莓花迷迷糊糊地就想答應。

「混帳！不要對別人的妹妹灌輸亂七八糟的東西！」川芎搶在莓花點頭前惱怒吼道。

「莓花大人快跟我一起逃吧！」發現滿天星竟將目標轉到莓花身上，相菰趕忙折返回來，從滿天星手上搶回莓花，拉著她一起跑。

滿天星立刻再追。

這中間誰也沒聽見阿蘿的哀號，「俺要暈了……再晃下去俺就要暈了啊……」三個孩童外加一根蘿蔔，就在另一端展開你追我跑的追逐戰。

「對了，風伶，可以請教你一件事嗎？」薔蜜扶好微歪的眼鏡，撥理了下髮絲，問著顯然最適合解答她疑惑的銀髮男子。

「是的，薔蜜大人請說。」風伶有禮地回道。

聽見薔蜜有事要問風伶，川芎也好奇地挪近，途中心情複雜地瞥了眼身形高大的張果。

媽啦，明明是那麼迷你的小鬼，爲什麼會瞬間變得這麼大隻？

「方才張果對滿天星和天堂做的事……也就是他說的鎮靜，究竟是？」

「那是張大人的能力，他能將一切紊亂狀態回復安定。」

聽到這裡，川芎大致明白了。所以說房間也是因爲鎮靜，而恢復到原先模樣。但滿天星又是……

「果果，你是不是也將滿天星的記憶鎮靜下來了？所以她記得所有的事。」似乎看出林家長男未出口的疑問，藍采和笑著插話。

張果小幅度地點下頭，沉默半晌，他忽然又淡淡說道：「滿天星只是單純失去記憶。但是，有人把她回復記憶的可能性封閉住了。」

當「封閉」兩字從張果口中吐出，頓時所有視線全轉向天堂。

天堂挺起背，他的半邊臉頰腫得老高，破壞了俊美的臉龐。但即使被眾人注視，他依舊面無表情地迎視回去。

「天堂，果果說的是眞的嗎？」藍采和斂了笑意，語氣透出嚴肅。

「張大人沒說錯。」天堂用冰冷的聲音回話，但仔細觀察，就會發現他五指緊捏，像是在極力忍耐什麼，「小星到人間時，因爲不小心撞到頭失憶。她忘了所有事，也想不起自己爲什麼會離開籃中界。」

「那個，關於籃中界……」一提到自己因爲大意而使植物們的居住地淹水，藍采頓時顯得有些心虛。

「我不管原因是什麼，反正十之八九是你粗心造成的。」天堂面無表情地說，投給藍采和的眼神隱隱帶有鄙夷。

猜得眞準。川芎忍不住在心裡感嘆，雖說天堂不喜歡藍采和，但顯然是極爲了解他的。

「總之，你也用不著再問小星了，所有事情都是我一個人做的。包括綁架那些人類小孩，包括把小星恢復記憶的可能性封閉住。」天堂閉上眼，直接扛下全部責任。

藍采和抿著唇，像是在思索什麼。

「我知道你綁架小孩是想給滿天星當玩伴。」川芎有個疑問遲遲無法想透，他不禁問了出來，「但是，爲什麼要把她恢復記憶的可能性封閉住？」

這問題就像觸到天堂心底某個不願被提起的傷疤，他倏然睜開眼，平時總是凍著冰冷的橘色眼瞳，此刻如同要激烈地燃燒起來。

「爲什麼？你問我爲什麼？當然是因爲不希望她回想起來！」

天堂咬牙切齒地低吼，語氣中有著明顯的憤怒。

「那個該死的肌肉愛好！小星才幾歲？她年紀還那麼小，卻偏偏被藍采和這個王八蛋影響到那種鬼愛好！她應該像個普通的小孩，而不是一天到晚想著胸肌、腹肌、六塊肌、上臂二頭肌，還有那些該死的健美先生、健美小姐！玉帝在上，小星她才五百八十歲而已！」

……五百八十歲是哪裡小了？今年才二十歲的川芎沉默，和薔蜜彼此交換一記眼神，同時心裡也隱隱猜到天堂討厭藍采和的眞正原因。

突然，天堂伸手抓住川芎的肩膀，那股力量大得令他皺起眉。不過川芎還沒開口，就聽見天堂壓抑的聲音響起。

「你自己想想看，假使你的妹妹，那個人類小女孩，也受人影響，開始一天到晚都崇尚著肌肉多美好，你對那個害你妹妹變成這樣的原凶作何感想？」

「開什麼玩笑！」川芎想也不想，斬釘截鐵地回答，「幹掉那個影響我家莓花的混蛋！」

「等一下，哥哥！人不是我殺的……不對，我什麼都沒做呀！不要瞪著我說啦！」藍采和慌張辯駁，立刻改變話題，「天堂，那對雙胞胎呢？你爲什麼會跟他們在一起？他們是海葵，你什麼時候跟海中生物有交集了？還是說，是『有人』派他們過來嗎？」

提及「有人」時，藍采和柔軟的嗓音倏然注入冷厲。

「我不知道他們是哪裡來的。」天堂微蹙著眉，說出了更加不可思議的眞相，「我不是說小星撞到頭失憶嗎？她就是到人間時，不小心撞到金月、銀夕他們，結果三個人全都失憶了，我才順便帶著他們。」

「咦？咦？是這樣嗎……原來眞的只是這樣嗎？」藍采和張口結舌了好一會兒，這下子總算徹底明白，爲什麼那對雙生子會說自己是受害者了。

這個，確實是受害者沒錯哪。

藍采和鬆口氣地垮下肩膀。他原先還忍不住懷疑這次事件又跟那個不明人物有關。幸好，對方並不是針對哥哥他們而來。

「還眞是峰迴路轉的結果啊。」薔蜜感嘆地做了結論。

「是啊是啊，但最峰迴路轉的……根本就是『這個』吧！」川芎緊皺著眉，猛然伸手指向由小變大的張果，「他本來不是小鬼嗎？」

「不是的，川芎大人。」風伶平靜地說，「現在這才是張大人的原來面貌。」

「是乙殼吧？果果一定是抽到『小孩子』了。」藍采和立刻猜出答案。也只有乙殼的限制，才能使張果屈就於孩童的樣貌，「果果，你怎麼會忽然下來？你現在是住誰那？小孩子的乙殼應該比較不方便吧？」

「……只是剛好下來。」張果沉默一會兒才說道，他覺得自己好像是爲了什麼事，但既然想不起來，就當作沒這回事吧，「今天早上是去找鍾離權。藍采和，你住的地方還有位置嗎？鍾離權的家到處是糖，看了煩。」

「哎？我住的地方嗎？但我是……」藍采和欲言又止地望向川芎。

「喂，不准再打我家的主意，我家可是已經有你跟小瓊了。」川芎立刻心生警戒。

「我們家？葛格，我們家怎麼了？」莓花從旁邊「砰」地撲抱住川芎的大腿，她仰著臉，圓亮的眸子好奇地瞅著。

「小莓花，藍小弟的朋友也想暫時住在你們家。」薔蜜說，她似乎是以看自己的青梅竹馬為難為樂。

「張薔蜜！」川芎咬牙切齒地低吼。

「小藍葛格的朋友？好啊好啊！」莓花想也沒想便答應，但隨即又輕「啊」了一聲，

「可是，還要問葛格……葛格，可以嗎？可以嗎？」

她眨巴著大眼睛，一臉冀求神色。

川芎最沒辦法抵抗這種眼神，他有些動搖，但還是勉強支撐住。

望了眼林家么女的祈求模樣，張果突然從眞身形態回復成乙殼模樣。

與川芎他們曾見過的其他仙人不同，張果變回乙殼時，就像在視覺上發生一場小型爆炸。

「砰」的一聲。

彷彿還帶著白煙爆裂的效果。

房間裡的高個子瞬間不見蹤影，取而代之的是一名黑髮黑眼的小男孩站在原地。

張果模仿莓花的動作，雙手交握，仰起小臉，漆黑的眼睛眨也不眨地盯著川芎，有樣學樣地傳達無聲的請求。

川芎可沒想到連張果也來這招，面對小男孩與小女孩的雙重攻勢，他狼狽地後退幾步，心中的防線正在慢慢崩塌。

「葛格，不行嗎？眞的不行嗎？」莓花眼中似乎有閃閃淚光。

發現這點的張果思考半晌，他鬆開交握的雙手，在自己的腿上大力地捏了一下。

然後他繼續面無表情地仰起頭，小小的雙手交握在胸前，黑澈的眼眸裡隱隱閃動著因疼痛而浮現的淚水。

面對兩雙閃動淚光的眼睛，川芎幾乎都要產生自己不答應就是禽獸的錯覺了。

川芎心中的防線塌了又塌，終於——

「我答應！我答應總行了吧！」

林家長男發出自暴自棄的大叫。

「現在把你那該死的小狗眼神給我收起來！並且以後都不准再模仿我家莓花！」

看著這幕的藍采和偷笑，只要是關於小莓花的請託，哥哥果然都無法拒絕。

接下來，尚未回復乙殼姿態的他轉頭看著天堂。

「一切過錯皆在我，任何的處罰我都會接受。」天堂平靜地說，然後他低下頭，「藍采和，我的確不喜歡你，不過也不是眞的討厭你。」

「啊，我知道。」藍采和微微一笑，「你是我的植物，我怎麼會不知……」

「采和主人！」

玲瓏嬌小的身影猛然衝過來，滿天星一把拉住藍采和的手臂。

「相菰變了，相菰他終於變成相片中那位美麗的小姐！采和主人，快點跟我過去看！」

「什麼？眞的嗎？可以順便摸個夠嗎？」藍采和瞬間忘記原先要說的話，他雙眼一亮，立刻跟著滿天星跑向另一個房間。

天堂被留在原地。

橘髮少年臉色青白交錯，他捏緊手指，手背和額角浮現青筋。

他要收回前言。

藍采和……

「該死的我還是討厭……！」

剩下的話被一個凌空扔來的竹籃子打斷。

天堂愣了下，他先是看向籃子扔來的方向，原以爲跑進另個房間的藍采和從門口探出頭，對他露出眞摯的笑靨。

「噢，我忘記說一件事了，天堂。雖然你做這些事的出發點不是惡意，你綁架了孩子，但你還是將他們全部平安地送回去；你把薔蜜姊他們當作人質，可是你讓金月、銀夕關著他們，其實是避免他們受到波及。你是個好植物，我也很喜歡你。」

「不過，這不代表你不用受到懲罰。」

藍髮少年的一雙眼睛瞇成彎彎的弦月狀。

「好了，天堂，你現在可以低頭看看了。」

天堂反射性地低下頭，他的目光落至剛才砸到自己的竹籃子。接下來，他看見籃內突然飄出陣陣黑氣，眨眼間，那些黑氣變成了兩雙腳。

墨色的靴子屬於男人，鮮紅的高跟鞋則屬於女人。

天堂慢慢地抬起頭，映入橙色眼中的，是他在籃中界時壓根不想扯上關係的兩張臉。

「你最好做好心理準備了，天堂。」茉薇嬌笑道，手中的荊棘長鞭冷酷拉緊。

「去後悔你所做出的愚蠢行爲吧。」鬼針抬起手臂，漆黑的細針平空浮現。

天堂咬牙，在心裡將想得到的髒話全罵過一次。

但是第三道聲音，卻又在天堂還沒罵完髒話之際出現。

「我都不知道你的膽子變這麼大了，你這變童的。」椒炎站在天堂後方，數顆鮮紅圓珠環繞在他身旁，「居然，敢傷害藍采和？」

望著即將上演暴力鏡頭的一幕，薔蜜冷靜地推推鏡架，她走到莓花身邊，順便拍拍又迎來新房客的川芎肩膀，然後將莓花帶到另個房間，觀看相菰的變身秀。

見到已沒有年幼孩童在場，藍采和對自己的植物綻露出最和煦的笑臉。

「哎，你說任何懲罰你都會接受的吧？」

尾聲

黑暗的天幕上，倏然飛劃過兩道金、銀色光芒。它們呈現長長的拋物線，隨著距離越飛越遠，光芒的高度也在快速降低。

終於，金色和銀色的光芒砸落在某處空曠郊外，發出沉重的悶響。轉眼間，雜草叢生的郊野又恢復安靜。

正從郊外駛過的車輛沒注意到任何異狀。

當車燈光亮遠去，原本寂靜的郊野中忽然傳出兩聲呻吟，分屬少年和少女的聲音。緊接著，兩抹纖細身影從地上爬起。

「痛痛痛……」金髮銀瞳的少年按著額，五官皺成一團。

「痛痛痛……」銀髮金眸的少女抱著頭，眼角泛著淚花。

少年和少女對視上，下一刹那，他們同時跳起。

「我想起來了！」

不過他們隨即因爲這劇烈的動作感到腦內像有無數鎚子在敲敲打打。兩人頓時又抱著頭，哼哼唧唧地蹲下來。

「怎麼辦啊，銀夕？」金月忍著痛，哭喪著臉。

「我才要問怎麼辦啊，金月？」銀夕淚眼汪汪，「我們竟然忘了那麼重要的任務……」

「那麼重要的任務我們竟然忘了，萬一被陛下知道……」金月縮下肩膀。

「會被吊起來打的！」銀夕掩面悲鳴，「嗚嗚嗚，都是金月的錯！」

「胡說，明明是銀夕妳的錯，就叫妳不要走那條路了……」

「是我叫你不要走那條路的！」

「是我！」

「是我！」

金月和銀夕互不退讓地瞪視著，下一秒，他們懊惱地大叫出聲。

「可惡，都是天堂和滿天星的錯！」

就像是用盡力氣，金月和銀夕無力地躺下，望著黑漆漆的天空。

「就算是他們的錯也沒辦法……」

「他們是藍采和大人的植物……」

「天啊，我們竟然還想吃掉藍采和大人……」

回憶起自己做的事，雙生子忍不住打了個寒顫。他們只是小小的海中生物，竟然冒犯位階比自己高出太多的仙人。

「幸好沒把小命賠進去。」金月坐了起來。

「沒把小命賠進去眞是幸好。」銀夕也坐了起來。

兩人拉著手一塊站起。

「喂，銀夕。」

「喂，金月。」

「『還是先趕緊完成陛下交代的任務吧！』」

「陛下交代什麼任務？」

「啊？那還用說嗎？當然是調查這陣子的動靜。這座海島附近的海域都是歸屬殿下所管，但殿下應該還在禁閉期間，所以陛下才派我們調查，該不會是跟殿下……銀夕，妳幹嘛一直拉我？是做什麼啦！」

「金月……剛剛我沒有說話。」銀夕艱澀地說，眉宇帶了一絲恐懼。

金月呆住，緊接著他的後背爬上顫慄。他究竟在跟誰說話？他是不是說了不該說的話？

金月和銀夕緊拉著彼此的手，他們面前沒人，他們猛地轉過身。

一雙大掌猝不及防地覆上他們的臉。

金月和銀夕頃刻間像是被抽光所有力氣，一動也不動，眼神空白。兩人不會知道站在他們面前的，是一名黑髮獨眼的高壯男人。

沒有綁束的長髮隨意披散，未被黑色眼罩覆住的青綠眼珠，閃動著如同肉食動物般的野蠻和嗜血光芒。

男人的嘴角勾起張狂的弧度。

「陛下的使者，你們的任務已經達成，回去稟報說什麼事情也沒有吧……嗯？這個記憶是？」男人嘴角弧度越發上揚，帶著濃厚的興致。

又一輛車驀然駛過，亮晃晃的遠燈照亮郊野一側，但很快地，金月和銀夕所處位置又恢復黑暗，除了他們以外，再沒有其他人。

雙生子的眼神也從空白恢復了靈動。

「唔……」金月搖搖頭，「喂，銀夕，我們剛剛是說我們要……」

「要回去向陛下稟報。」銀夕敲敲額角，「眞是，爲什麼還待在這裡？金月，動作快點。」

「要快點的人是妳才對……我們走吧。」

金月拉住銀夕，兩人的身影在瞬間化成金銀色光點，迅速地衝入黑夜之中，光點間不時還傳出「是你」、「是妳」的爭論。

金月和銀夕並不知道，在他們離去的空曠郊野上，竟又慢慢地凝聚出一抹高大身影。

「與藍采和感情要好的人類……林川芎、林莓花，還有張薔蜜嗎？」

黑髮獨眼的男人露出獰笑，一把握住手指。

《裏．八仙　卷三》完

裏八仙

被蠱惑而引發騷動的蕉李梨三姊妹，
遭綁架的強森……呃，還是叫喬治、布朗？
總之，八仙齊聚的豐陽市將迎來氣勢磅礴的最終戰！
阿蘿的愛慕者也順勢登場！

「不要啊！夥伴，拜託你千萬不要移動一步！」
「哎呀，阿蘿你的反應真是讓人傷心。面對當年追求失敗的我，
不是應該更溫柔一點嗎？」

完結篇・敬請期待！

國家圖書館出版品預行編目資料

裏八仙 / 蒼葵 著.——初版.
——台北市：魔豆文化有限公司出版：蓋亞文化有限公司發行，2023.05
冊；公分.——（Fresh；FS208）
ISBN 978-626-96918-3-8（卷三：平裝）

863.57 112004652

fresh FS208

裏八仙 卷三

作　　者　蒼葵
插　　畫　夜風
封面設計　莊謹銘
責任編輯　林珮緹
總 編 輯　黃致雲
發 行 人　陳常智
出 版 社　魔豆文化有限公司
發　　行　蓋亞文化有限公司
地址：台北市103承德路二段75巷35號1樓
電話：02-2558-5438　傳眞：02-2558-5439
電子信箱：gaea@gaeabooks.com.tw
投稿信箱：editor@gaeabooks.com.tw
郵撥帳號 19769541　戶名：蓋亞文化有限公司
法律顧問　宇達經貿法律事務所
總 經 銷　聯合發行股份有限公司
地址：新北市新店區寶橋路二三五巷六弄六號二樓
電話：02-2917-8022　傳眞：02-2915-6275
港澳地區　一代匯集
地址：九龍旺角塘尾道64號龍駒企業大廈10樓B&D室
電話：+852-2783-8102　傳眞：+852-2396-0050
初版一刷　2023年 5月
定　　價　新台幣 340 元
Published and printed in Taiwan

ISBN 978-626-96918-3-8

魔豆

魔豆